고요의 남쪽

고요의 남쪽

문학적 자전 에세이

강현국 지음

시와반시

삶이란 만남과 헤어짐을 축으로 한 관계의 총체이다. 이승에서 우리, 만나고 헤어진 사람들, 사물들, 풍경들, 시간들과 연루된 두두물물이 이쯤 서서 되돌아보니 한결같이 소중하고, 하나 같이 아름답다. 소중한 만남 아름다운 동행이었다. 그것이 비록 빛깔과 향기를 달리 한다하더라도 운명이었으니까. 아아, 그러나 검은 시간의 골짜기에서 만나고 헤어진 내 누이의 날들, 폐허의 정거장을 잊을 수 없다.

당신이 시인이라면 정거장은 수천 번의 이별과 수만 갈래의 미로를 내장한 시간의 육체임을 안다. 정거장엔 아무도 집 짓지 않고 정거장엔 아무도 오래 머물지 않는다. 정거장의 이미지는 형벌이며 유적이다. 당신이 시인이라면 폐허로 태어나 폐허로 살다가 폐허로 되돌아가는 이 세상 정거장의 아픈 숙명을 안다. 기록이 필요한 이유이리라.

기록이란 말은 영구불변의 금강석 같다. 기록이란 소멸의 항체이다. 기록한다는 것은 생의 의지이다. 그러나 기록에 대한 기록한 사람의 지분은 아주 적다. 금강석은 단단해서 시간을 비끼고, 그 빛은 찬란해서 천지를 비추나 한 시절의 주인은 이미 그곳에 없다. 나마스테! 노을 진 창 너머로 보면 지난여름 초록은 얼마나 무거웠던가. 흰 구름 간다, 寂寂寂寂.

2017년 여름, 고요의 남쪽에서
강현국

차례

1984년, 딸 지운(7), 아들 교현(5)의 어린 날
나는 이 아이들이 철새들의 이동을 이용해서 왔으리라 생각한다.

고요에 대하여

2008년 성지순례: 그리스 뫼테오라 옛 수도원

고요에 대하여

고요의 입구

달라이 라마를 읽었다. 『마음을 비우면 세상이 보인다』로 번역된, 내가 읽은 책의 원제는 『The Path to Tranquillity』. "오늘날 세계는 너무도 골 깊은 갈등과 고통에 빠져 있으므로, 누구나 평화와 행복을 갈망한다."로 시작해서 "우리가 역사상 유례없는 엄청난 시련과 고난을 겪는 동안, 인도의 주도하에 세계인이 우리에게 준 연민과 후원과 도움은 영원히 기억될 것이며 역사에 기록될 것입니다."로 끝나는 이 책은 어느 한 해 동안의 달라이 라마의 일기, 365 도막의 명상록이다. "내가 은혜를 베풀고/내가 큰 소망을 가졌던 자가/내게 해를 입힐지라도/그를 성스러운 영혼의 친구로 여기련다."등의 노래가 자신에게 큰 영감의 원천이 되어왔다는 고백이 들어 있는 〈작가의 말〉을 저자는 1998년 2월 26일에 쓰고 있다. 아마도 이 일기는 1997년의 것일 터이다.

　『The Path to Tranquillity』, 이 말의 울림은 신선하고 아름답다. Tranquillity에서 나는 고요의 살갗을 만진다. Path라는 말의 음영에서 고요의 발자국 소리를 듣는다. 그 살갗은 유리처럼 투명해서 고요의 몸속이 환히 보이는 듯, 그 발자국 소리는 너무 청정해서 하늘하늘 조랑말 갈기가 민들레 노란 언저리를 달리는 듯하다. 그런데, 왜,『마음을 비우면 세상이 보인다』고? 이상해라, 바뀐 이름 속엔 고요가 없다. 고요가 없으니 세상이 안 보인다. 자본의 야욕으로 가득한 세상의 뒷모습이 얼비치니까, 한 꺼풀만 벗기면 털이 숭숭한 검은 손이 보일 터이니까, 내게는 그렇게 읽혀지니까.『마음을 비우면 세상이 보인다』고! 고요를 뜯어먹는 굶주린 욕망, 내 눈에 보이는 것은 탐욕의 검붉은 사육제뿐이라면 과장일까. 억지일까.

당신은 알겠지만 나는 지금 영어예찬을 하고 있지 않다. 이율배반의 돌부리에 두 발 상하고 우회의 모퉁이에 마음 다치며 우리는 비로소 고요의 입구를 찾아간다는, 건너뛰어 말하건대 종교가 그렇고, 음악이 그렇고, 시가 그렇고…. 꿈꾸는 삶의 끝 간 데에는 고요의 산정이 있다는, 햇살 눈부신 고요의 빙벽이 있다는, 나는 지금 그 말을 하고 싶은 것이다.

"아파트 입구 캄캄한 공중전화 박스 안에/갇혀, 누가 오래 울고" 있는가. 당신은 알 수 없는 돌부리에 걸려 넘어지고 불 꺼진 창가에서 갈 길을 잃은 사람, 누가 고요의 입구를 더듬고 있는가.

3분이 지나 통화가 자동으로/끊긴다. 왼쪽 가슴뼈인가, 느닷없이/몸의 일부가 잘리운 듯한 통증이/느껴진다. 수화기를 놓고/몸의 구석구석을 살핀다./처음엔 몸을 뒤져 10원 짜리 동전 2개를/더

찾아내려 했다. 동전만 있으면/다시 전화 걸 수 있고/우리의 끊긴
말을 이을 수 있다. 헤어질 때/침묵의 심연을 들여다보며/우린 다
투었고, 그는 엇갈렸다./그도 기다리고 있으리라. 어둠에 발을 상
한/짐승처럼. 그러나 밤이 깊어/아파트 앞 상가의 불도 꺼지고 이
젠/동전을 바꿀 수가 없으니./이 밤의 끊긴 시간이 밤사이 우리를/
의혹의 미궁 속으로 데려가/영 찾지 못하게 될지도 모른다./내일
아침이면 너무 늦은데/아파트 입구 캄캄한 공중전화 박스 안에/갇
혀, 누가 오래 울고 있다.

-백미혜,「끊긴 시간의 한 끝을 잡고」 전문

위의 시를 나는 사회사나 문명사의 그것이 아닌 개인사의 코드
로, 일상사의 코드로 읽는다. 나무를 버리고 숲을 본다는 것이, 구체
가 사상된 보편이라는 것이, 내가 빠진 우리라는 것이, 부분을 떠난
전체라는 것이, 그래 대승적이라는 것이, 그래그래 공적(公的)이라
는 것이 도무지 역겨워 못 견딜 때가 있다. 그것은 삶의 허세이거나
책임지지 않아도 좋은 뜬구름이어서 참으로 사적이고 싶을 때가 있
다. 지금 내가 그렇다. 고요의 입구를 더듬기 위해 우리는 얼마든지
더 많이, 얼마든지 더 구체적으로, 얼마든지 더 맨몸으로 아파야 하
는 것이다. 어둠에 발을 상한 짐승처럼 고요는 한 생을 희망 없이 기
다려본 사람의 것. "밤이 깊어/아파트 앞 상가의 불도 꺼지고 이젠/
이 밤의 끊긴 시간이 밤사이 우리를/의혹의 미궁 속으로 데려가/영
찾지 못하게 될지도 모른다." 그러므로 팔공산 자락이 멀리 보이는
대명2동 연구실 창가를 떠나간 내 마음은 밤이 깊어 캄캄한 상가 앞
에 오래 머문다. 끊긴 시간의 한 끝을 잡고. 내일 아침이면 너무 늦

은데, 내일 아침이면 너무 늦은데…. 고요의 입구에는 적막이 산다.

고요와 적막 사이

결여가 욕망을 낳는다고 한다. 석 달 열흘 주린 배가 알곡 가득한 곳간을 꿈꿀 때, 그 꿈은 아름답다. 자연스럽기 때문에, 자연이기 때문에. 나무는 숲을 이루되 물과 햇살과 바람을 독과점하지는 않는다. 인위와 자연은 여기서 갈린다. 그러므로 키 낮은 질경이 잎사귀에도 연초록 바람 불고, 아침 햇살은 아무 데서나 샛노랗게 눈부시다. 그러므로 시냇물 맨발로 흘러흘러 먼 바다에 이르고.

문제는 객체인 욕망이 주체가 될 때이다. 욕망이 결여를 낳을 때이다. 주객이 바뀔 때 욕망은 밑이 없고 결여는 끝이 없다. 욕망은 끝없이 새끼를 치고 결여의 식욕은 게걸스럽다. 늙지 않는 욕망은 노욕이 되고 죽지 않는 욕심은 탐욕이 된다. 길길이 날뛰는 탐욕의 불길에 세상은 불타고 그때 당신은 숯검뎅이처럼 캄캄해진다. 초록의 빈 터, 청정한 신성이 사라지는 이유이다.

적막은 그렇게 온다. 숯검뎅이처럼 캄캄한 얼굴을 하고. 스치는 바람에도 검정이 묻어날 듯 적막은 그렇게 온다. 그해 여름 나는 황량한 세상 풍경을 한 일간신문에 다음과 같이 썼다

고요와 적막은 비슷한 말이지만 많이 다르다. 고요라는 말의 뜨락에는 탱자나무 울타리가 벗어놓은 아침햇살이 있고, 적막이라는 말의 우산 속에는 아무도 없고 아무도 없는데 저 혼자 비 내리는 늦은 밤 정거장이 있다. 고요는 다람쥐가 초록 속에 감춰둔 인적 끊긴

길가에 있고, 어느 날 사랑은 가고 이제는 텅 빈 그대 옆자리에 적막은 있다. 그러므로 고요는 가볍고 적막은 무겁다. 문명과 제도와 욕망의 우울을 먹고사는 적막과 흰 구름, 산들바람, 느리게 흘러가는 강물소리의 혈육인 고요는 비슷한 말이지만 이렇게 다르다. 그대 영혼은 가벼운가 무거운가. 무릇 인간의 문화적 노력이란 가벼워지기 위한, 또는 적막에서 고요로 옮겨 앉기 위한 안간힘이 아닐까.

어느 날 마침내 만져 보고 싶은 그 보송보송한 고요의 맨발이 벗어놓은 햇살의 食性과 불 꺼진 창을 흘러내리는 저 끈끈한 적막의 허벅지에 달라붙은 파리의 그것은 어떻게 다른가

초록 속으로 발 뻗는 물들거나 녹슬지 않는 까치수염 기르는 나비 떼 팔랑팔랑 불러들이는 아아, 내 마음 속 날다람쥐 허공 높이 쏘아 올리는 떡갈나무 숲길 같은….
토담길에서 조껍데기술 아리아나 2층에서 흑맥주 OB캠프에서 또 흑맥주 노래방에서 내 마음 갈 곳을 잃어 오오, 캄캄하게 처박히는 새벽 세시 두산오거리 같은….

잠에서 깨어나니 아아, 와 오오, 사이 어느덧 십 년이 흘러갔네

곰삭은 어금니와도 같이 아무 말 못하고 허물어진 내 삶의 흑백사진 속에 갈앉은 시간의 앙금 속을 하염없이 꼼지락거리는 장구벌레는 그러면 고요의 자식인가 적막의 새끼인가

-강현국, 「시작 노트」 전문

내 쓸쓸한 아침마다 찾아가는 대구시 수성구 범물동 진밭골 뒷산 오솔길에 와 보라. 고요가 살고 있다. 까치수염 기르고 나비 떼 날게 하는, 개미들의 긴긴 이사행렬을 말없이 지켜보는, 잠시 내 적막의 물기를 휘발시키는 힘센 고요가 저 혼자 살고 있다. 그러나 그것은 가끔 그리고 언뜻 스쳐가는 에피퍼니 같은 것. 고요를 살기는 힘들고 고요가 되기는 불가능한 꿈이다. 고요에 인간의 체온이 묻는 순간 그것은 아연 적막으로 변하기 때문이다.

가령 이런 일이 있었다. 그곳 서해안 안면도의 푸른 소나무 숲에는 태초의 고요가 살고 있었다. 젊은 날 죽은 고등학교적 친구의 시비 제막식은 헌화로 시작되어 미망인의 인사로 끝이 났다. 슬퍼할 것, 추억할 것 저마다 챙겨들고 홀홀 떠난 뒷자리를 나는 오래 지켜보고 있었다. 고요가 적막으로 변하는 바람의 빛깔과 만져질 듯 아려오는 시간의 두께 앞에서 얼마나 망연했던가. 이승의 삶이란 고요와 적막 사이 가건물 지어 놓고 마른 풀잎처럼 부대끼는 것…이보게 친구, 쓸쓸해하지 마. 가파르게 살다 먼저 간 시인의 목소리가 푸른 솔바람 저쪽에서 들리는 듯하였다.

정비瀞飛

미당이 죽었다. 2000년 12월 24일 미당 서정주 선생이 먼 길 떠나셨다. 그날도 눈이 왔던가. 지난 겨울은 눈이 잦고 풍성했다. 눈이 잘 내리지 않는 이곳 대구의 앞 뒷산이 흰 도화지 깊숙이 가라앉은 설경을 자주 볼 수 있었으니까. 삼월이 다가도록 무주는 설국이라는 소식이 들렸으니까. 미당이 혼자 가는 그 먼 길에도 눈이 내렸을까. 기억이란 어쭙잖은 것이다. 미당이 떠난 게 얼마나 되었다고 나는 그날을 컴퓨터에 물어야 한다. 미당을 두드리니 "12월 24일 하늘이 내린 모국어의 마술사 영면!", "'하늘나라' 별이 된 부족 방언의 마술사 미당 서정주 선생이 운명하셨다. 지난 9월 황순원 선생의 작고에 뒤이어 우리 문학계의 큰 별이 다시 세상을 뜬 셈이다. 이로써 우리는 해방 이전부터 활동해온 대표적 원로 시인과 작가를 거의 동시에 잃어버렸다."고 알려준다. 그 날 눈이 내렸는지 아니면 '눈이 부시게 푸르른 날'이었는지 알 수 없지만 그는 하늘나라로 혼자 가셨다.

당신도 지금의 나처럼 '저기 저기 저, 가을 꽃 자리'에서 목 메이시기를.

눈이 부시게 푸르른 날은/그리운 사람을 그리워하자//저기 저기 저, 가을 꽃 자리/초록이 지쳐 단풍 드는데//눈이 나리면 어이 하리야/봄이 또오면 어이 하리야//내가 죽고서 네가 산다면!/네가 죽고서 내가 산다면?//눈이 부시게 푸르른 날은/그리운 사람을 그리워하자

-서정주, 「푸르른 날」 전문

한 문학잡지 속에서 말년의 미당이 웃고 있다. 그 곁에 갈색 두루마기를 입은 중년의 선생이 댓잎을 만지며 엷게 웃고 있다. 그 아래 생가의 앞뜰에는 백일홍이 피어 있고 백일홍 그늘에 맷돌이 앉아 있고 아무도 없는 집을 여름 햇살이 지키고 있다. 선생의 웃는 모습

은 참으로 불가사의하다. 기쁨과 슬픔이, 무거움과 가벼움이, 갈색과 노란색이 드러냄과 감춤이 묘하게 어우러진 웃음, 아마도 부족방언의 빛깔이 저와 같은 것일까.

흰 수염이 꺼칠한, 시간에 침식되고 세월에 풍화된 선생의 모습은 적막하다. 얼마나 많은 세월이 흘러야 적막을 고요로 고쳐 쓸 수 있을까. 병상에 누워 선생이 드셨다는 이승의 마지막 음식, 맥주 몇 스푼. 시와 맥주 몇 스푼은 어떻게 다르고 어떻게 같은가. 높낮이가 있는가 없는가. 시를 쓴다는 게 무엇인가. 죽음 앞에서 시는 무엇인가. 눈이 나리면 어이 하리야 봄이 또 오면 어이 하리야. 책을 덮고 나는 멍청하게 앉아 있다. 그리운 사람을 그리워하는 듯 심지가 다 닳은 촛불의 처연함 앞에 지금 나는 망연자실하다.

쉬이 펑퍼짐하게 인생론에 퍼질러 앉는 삼류와는 달리 가혹한 긴장의 삶을 견디어낸 고급한 예술가들의 발자취가 그와 같듯이 미당의 문학적 궤적 또한 적막에서 고요로 옮겨가는 노정으로 설명되지 않을까. 〈을마나 크다란 슬픔으로 태어났기에, 저리도 징그라운 몸둥아리(「화사」)로부터 〈서으로 가는 달같이는/나는 아무래도 갈 수가 없(「추천사」)〉는 지상의 번민과 운명의 굴레, 육신의 감옥을 벗어나려는 안간 노력을 거쳐 〈동지 섣달 나르는 매서운 새가/그걸 알고 시늉하며 비끼어 가(「동천」)〉는 자유자재의 천상에 이르는, 범박하게 말해서 피에서 이슬로, 무거움에서 가벼움으로, 지상에서 천상으로, 적막에서 고요로 이행하는 고단한 여정이 미당 상상력의 등뼈가 아닐까.

당신은 알겠지만 고요는 힘이 세다. '내 마음 속 우리님의 고운 눈썹을/즈문밤의 꿈으로 맑게 씻어서/하늘에다 옮기어 심어(「동천」)' 놓을 수 있는 것이 고요이다. 누가 있어 지상적 삶의 무쇠덩어리를 눈썹처럼 가벼이 하늘로 옮겨갈 수 있단 말인가. 고요가 아니라면 새의 비행을 어떻게 저렇듯 마음대로 부릴 수 있단 말인가. 새의 비행, 그렇다, 고요는 정비(瀞飛)를 닮았다.

고요한 비상, 정지한 듯 날아가는 비행…. 저 먼 북쪽 나라에 사는 새들은 추운 계절이 다가오면 한 철을 깃들일 따뜻한 곳을 찾아 아래로 아래로 남하한다. 그 중 한 무리는 시베리아에서 동쪽 해안을 타고 우리나라를 거쳐 동남아시아로 내려가고 다른 한 무리는 중앙아시아를 거치고 히말라야산맥을 넘어 인도 쪽으로 내려간다. 그런데 이 철새 무리가 높은 산이나 광막한 바다를 만날 때 취하는 비행법이 바로 '정비'이다. 새는 보통은 죽지에 연결된 가슴뼈의 움직임으로 비상하지만 아주 먼 거리를 여행할 때에는 가만히 날개를 펴고 기류에 몸을 맡긴 채 예정된 공간을 통과한다. 사실 조그만 새가 근육이나 뼈의 힘으로 그 높은 산맥을 넘을 수는 없을 것이다. 거대한 장벽과 맞닥뜨린 새는 경망스런 날갯짓 대신 광대무변한 우주의 섭리에 몸을 의탁함으로써 목적을 성취한다.

-남진우, 『올페는 죽을 때 나의 직업은 시라고 하였다』, 열림원, pp.181-2

정비하는 새의 모습을 상상해 보라. 그것은 고요의 화육(化肉), 고요의 현실태이다. 고요는 히말라야산맥을 들어 올리고 광대무변한 우주의 섭리를 자기화 한다.

고요의 남쪽

그러나 고요는 보이지 않는다. 몸도 마음도 없으므로 보이지 않고, 몸도 마음도 아예 없으므로 그것은 영원하다. 그렇다하더라도 때로 그것은 시각적이기도 하고 촉각적이기도 하다. 비오는 날 그것은 향기이기도 하고, 깊은 밤 그것은 별빛 스치는 광물질의 소리이기도 하다. 고요는 수평의 붉은 동물성이 아니라 푸른 수직의 식물성이다. 다시 그것은 타동사가 아니라 영원한 자동사이다.

고요의 남쪽엔 누가 살고 있을까. 어쭙잖은 것이지만 내 시 두 편을 소개해야겠다.

육군 강병장을 만나러 간다 완주군 구이면 중인리 정자나무 근처에서 출발한 그 길은 논둑 밭둑을 지나 돌배나무 그늘을 가로지른다 초록에 막힌 산길은 물론 통화권이탈지역 솔방울 떨어지는 소리에 놀라는 것은 돌배나무 이파리나 날다람쥐만은 아니다 무르팍 깨지도록 그의 이름 부르며 물봉숭아 군단 곁을 지나거나 첨벙 첨벙 개울물 건널 때 깜짝 놀라 흩어지는 모래바람 같은 길들

모악산 어디에도 육군 강병장은 보이지 않는다 날다람쥐가, 계곡 물소리가, 낡은 군화 한 짝이 아주 오래된 문지방을 넘나들고 있다

-강현국, 「통화권이탈지역」 전문

떡갈나무 그늘을 빠져 나온 길은
황토 산비탈로 자지러진다
차돌처럼 희고 단단한 고요
오직 고요의 남쪽만 방석만큼 비어 있다
길은 또 한 번 황토 산비탈로 자지러진다
온몸에 고추장을 뒤집어쓴 어떤 애잔함이, 출렁
섬진강 옆구리를 스치는 듯도 하였다

-강현국, 「고요의 남쪽」 전문

고요의 남쪽엔 모래바람 같은 길들이 살고, 육군 강병장이 살고 아주 오래된 문지방이 날다람쥐와 물소리와 낡은 군화 한 짝을 데리고 산다. 고요의 남쪽에 가면 자지러지는 소리가 만든 황토길이 있고 어떤 애잔함이 온몸에 고추장을 뒤집어쓰고 있기도 하다. 앞에서도 말했지만 그때 그곳엔 잠시 내 적막의 물기를 휘발시키는 힘센 고요가 저 혼자 살고 있다. 그러나 그것은 가끔 그리고 언뜻 스쳐가는 에피퍼니 같은 것. 고요를 살기는 힘들고 고요가 되기는 불가능한 꿈이다. 그곳은 통화권이탈지역이니까. 그러나 어쩌겠는가, 그게 인생인 것을.

이 글을 쓰고 있는 오늘은 2001년 4월 21일 토요일, 집 아이가 군대간 지 엿새 되는 날. 달라이 라마는 그해 오늘 이렇게 쓰고 있다.

일상생활에서 선량한 마음은 매우 중요하고 또 좋은 효과를 발휘하기도 한다. 자녀가 없는 가족이라 해도 가족 간에 따뜻한 마음을 갖고 있으면 평화로운 분위기가 넘쳐날 것이다. 하지만 가족 중 한 사람이 화를 내면 곧 집안에는 팽팽한 긴장감이 돈다. 좋은 음식이나 근사한 자동차가 있어도 평화와 차분함이 없어지고 만다. 그러므로 모든 것은 물질보다 마음에 달려 있다. 물질도 중요하다. 그것도 인정해야 한다. 하지만 물질은 적절히 써야 한다. 이제 우리는 좋은 머리와 선량한 마음을 한데 합해야 한다.

-『마음을 비우면 세상이 보인다』, 공경희 옮김, 문이당, p.85

〈마음은 중요하고⋯. 마음에 달려 있다〉. 독자인 당신, 부디 이 평범한 가르침에 밑줄 긋기 바란다.

『The Path to Tranquillity』, 참 좋은 이름이다. 30년 전 육군 강병장이 살고 있는 모악산 산정이 보인다. 얼음꽃 핀 겨울나무 가지 끝이 눈부시다. 연병장을 터덜터덜 들어서는 내 아이의 발길에 부서지고 흩어지던 그때 그 유리 옷 입은 고요. 밤새도록 달려온 바람이 다시 먼 길을 떠날 차비를 하고 있는지 소쩍새가 적막한 한식경을 울고 있다.

고요는 허심과 친형제이다. 마음을 비우면 고요가 보이고 고요는 마음을 비우게 한다. 고쳐진 책이름에 딴죽을 걸었던 것은 내 잠시 허심하지 못했던 탓, 마음을 비우면 정거장의 쓸쓸함이 잘 보인다고 고쳐 쓴다.

거기 실개천이 흐르네

2010년 7월: 고향풍경

거기 실개천이 흐르네

하늘까지 70리

나는 한 번도, 그리고 아직도 그 길의 끝까지 가보지 못하였다. 그 때 왜 나는 코피를 내거나 코피를 흘리거나 끝장을 보지 못하고 울음 속으로 도망치고 말았을까.

단기 4288년 3월 어느 날 나는 상주군 화북면 평온리 조그만 국민학교 운동장에 서 있다. 한쪽 가슴에는 붉은 점박이 천으로 만든 콧수건을 달고, 다른 한쪽 가슴에는 그것이 무슨 뜻인지도 모르고 '문맹퇴치세금잔납의달'이라고 쓴, 뜻을 안다 해도 잉크가 번져 판독할 수 없는, 광목을 오려 만든 패찰을 달고 뻣뻣하게 굳은 자세로. 산길에서 신작로로, 자연에서 문명으로 들어서는 입문의 순간, 낯선 세계와 처음으로 관계를 맺는 자리, 제도와 사회 속으로의 편입을 위한 의식, 아마도 입학식 날이었으리라.

의식이란 무거운 것, 무거운 분위기에 가위눌려 한결같이 주눅들고 한결같이 긴장한 생후 8년 혹은 10년 안팎의 아이들 중에 오직 한 아이만이(곧 알게 된 사실이었지만 학교 근처에 사는 그 아이, 신현수의 아버지는 순사였고 그의 형은 몸집이 큰 상급생이었다)기세 등등하다. 기선을 제압하겠다는 듯 처음 보는 아이들의 얼굴을 향해 호드기로 후후 아주 기분 나쁘게 침을 튀기며 휘젓고 다닌다. 덤비면 그냥 두지 않겠다는 듯, 두 눈을 부라리며. 아무도 만류하지 않고 아무도 대항하지 않는다. 누구 하나 꿈쩍하지 않고 착한 강아지처럼 차례차례 꼬리를 내리고 있다. 어찌할 것인가. 내 차례가 다가오고 있다. 가슴이 쿵쿵, 얼굴이 화끈 화끈 달아오른다. 꼬리를 내릴 것인가, 맞설 것인가. 생땀나는 갈등의 시간. 꼬리를 내리자니 명예와 자존심이 말이 아니고 맞서자니 부라린 눈알이 너무 무섭다.

여덟 살짜리 까까머리 꼬마가 무슨 명예? 무슨 자존심? 화북면 남부출장소 소장을 지내신 아버지는 딸자식을 도시로 유학 보낼 만큼 개명한 분이셨고, 내가 입학한 국민학교의 사친회 회장이셨고 뼈대 있는 집안의 종손이신 아버지는 고을의 유지이자 상주군 일대의 지명인사이셨고, 따라서 나는 언제나 아버지의 후광과 동네 사람들의 기대로부터 자유스럽지 못했던 것.

명예와 자존심에 떠밀려 불쑥 솟구쳤다 캄캄한 낭떠러지로 떨어져 혼비백산하는 느낌! 두 주먹을 불끈 쥔 그 순간의 낭패스러움을 이와 달리 어떻게 표현할 길이 없다. 짧은 순간의 눈싸움이 있었지만 상대방의 기세는 더욱 등등하였고 두 팔을 걷어 부치고 기마자세를 취한 그는 넘을 수 없는 거대한 파도처럼 나를 압도했다. 어쩌면 싸우지 않고도 상대방의 기를 꺾어 주위의 찬사를 한 몸에 살수도 있으리라는 기대는 터무니없는 오판이었고 마침내 나는 울음 속으로 도망침으로써 부끄러운 패배를 자인하고 말았다. 힘세고 싸움 잘하면 대장이 되고 영웅이 되던 시절 처음으로 겪은 처참한 좌절의 경험이었다. 나는 그렇게 이 세상과 조우했다. 상처였다. 트라우마였다.

문병 온 사람들에게 팔순이 훨씬 넘으신 어머니는 묻지도 않은 고향 이야기를 꺼내셨다. 하늘까지 70리 밖에 되지 않는 하늘 아래 첫 동네라는 요지의 말씀이셨다. 지금의 행정구역상으로 경북 상주시 화남면 임곡리를 어머니는 그렇게 소개하셨다. 짐작컨대 그렇게 불쑥 고향 이야기를 하시는 어머니의 의중에는 험난하고 가파른 삶의 비탈을 들추어내고 싶은, 들추어내지 않으면 안 되겠다는 어떤 강박관념이 있었던 게 아닐까. 산비탈을 타고 내려온 고난의 여정, 그 끝 간 데가 바로 여기 당신이 누워 계신 병상이라는 것을 설명하고 싶으셨으리라.

그곳에 오려면 25번 국도를 이용해야 한다. 승용차가 없으면 북부 정류장에서 버스를 타고 화령 장터에서 내려 시골 택시에 고단한 몸을 맡기면 된다. 당신의 출발지가 대구나 서울이라면 두 시간, 혹은 세 시간쯤이면 하늘 아래 첫 동네에 닿을 수 있다. 호드기 사건의 현장인, 지금은 폐교가 되어버린 평온국민학교 근처에서 신작로를 버리고 산 속을 향해 십리 길을 더 오면 된다. 아마도 당신은 하늘 아래 첫 동네로 접어드는 그 십리 길이 포장된 도로임을 의아해 할 것이고, 산을 깎고 암석을 깨부수는 채석장을 수시로 드나드

는 덤프트럭 군단에 놀랄 것이고, 晉州姜氏世居地라고 쓴 표석이
서 있는 성황당을 넘어 범죄 없는 마을을 기리는 입간판을 지나 그
곳에 이르면 너무도 똑같은 여느 시골 마을임에 실망을 금치 못할
것이다.

진주 강씨, 인동 장씨, 김해 김씨 성을 가진 세분의 할아버지가
임진왜란 때 피난 와서 정착한 마을이라고도 하고, 그 지형과 지세
로 보아 전설 속의 우복동이 바로 이곳이라고도 하고, 동학의 접주
들이 피신했다 잡혀가기도 한 마을이고 보면 한때 얼마나 두메산골
이었는지 짐작할 수 있으리라. 한국의 알프스로 불릴 만큼 경관이
수려한 구병산이 아홉 폭의 병풍을 북쪽 멀리 두르고 있는 모습이
하늘 아래 첫 동네를 꿈꾸었던 당신의 기대를 충족시키지는 못한다
할지라도 그곳은 여전히 내 어머니에게는 하늘까지 70리 밖에 되
지 않는 하늘 아래 첫 동네이고 적어도 그곳은 내 생의 출발점이자
내 삶의 근거임을 어쩌랴. 산과 들의 빛깔로부터, 바람의 표정과 태
양의 기울기로부터, 흐르는 개울물 소리로부터 세시풍속의 체취로
부터, 말씨와 말투로부터 우리들의 의식이 자유롭지 못하다면 다시
그곳은 내 문학적 상상력의 한 가운데임이 분명하다.

솔직히 말하건대 25번 국도를 따라 열에 열 시간을 달린다하더
라도 하늘까지는 여전히 구만리이고 우리나라 지도를 이 잡듯 쥐
잡듯 뒤진다 하더라도 하늘 아래 첫 동네는 이제 없다. 그곳이 그립
다면 당신은 자동차를 버리고 낙타를 타야한다. 언어의 낙타를 타
고 맨발로, 그리고 아주 느리게 흑백필름 같은 세월을 거슬러 와야

한다. 20년 가까이 되었으리라. 하늘 아래 첫 동네에 대한 그리움을 나는 이렇게 쓴 적이 있다.

퍽 오랜만에 고향집에 들러 나는 깊고 곤한 잠에 빠져들었다. 대구에서 3백 리, 먼 여행길의 피로와 속리산 세미나로 밤잠을 설쳐 몹시 지쳐있었기 때문이었다. 잠에서 깨어나니 깊은 시골 밤이 빗소리에 젖고 있었다. 아마도 내 곤한 잠을 일깨운 것은 봄비 소리였을 것이다. 뼛속 깊이 스며드는 풋풋한 고향의 흙 냄새였을 것이다. 야단이 난 듯한 개구리들의 소란스러운 합창이었을 것이다. 저토록 애절한 소쩍새 울음 소리였을 것이다. 그렇지 않다. 저들이 지키는 적막한 공간, 등불을 들고 몽상의 작은 숲길을 걷고 싶어 나는 잠에서 깨어났을 것이다. 모두다 어디로 사라져 갔을까. 사라진 것들이 한없이 그리웠다. 칠성님이 살던 떡갈나무 성황당, 산신령이 잠자던 후미진 산신각, 청아한 바람 불던 소나무 숲, 깊이를 알 수 없던 미궁의 늪, 논둑 길 누비던 꽹과리 소리, 궂은 날 울던 앞산 능구렁이, 산 고양이 새끼 치던 외양간 다락방, 북 치며 귀신 쫓던 눈먼 참봉, 진달래 하늘대던 아저씨의 나무지게, 이들은 이제 사라지고 없었다. 사라져 그리운 것이 어디 그 뿐이랴. 먼저 간 누이의 환한 얼굴, 보리밥 먹고도 배부르던 행복, 사서삼경 가르치던 선비들의 푸른 이마, 옹달샘 물맛처럼 끝없이 좋은 인심, 난리도 피해 간다는 내 고향의 전설이 사라지고 없었다. 돈 벌기 위해서, 편하게 살기 위해서, 출세하기 위해서 쓸 만한 사람들은 도시로 떠나고 병약한 사람들만 애처롭게 사는 마을, 도시생활에 실패한 사람들이 비료 값도 안 되는 농사나 지으러 어깨 풀 죽이고 찾아오는 곳, 마을의 빈집들을 바라보고 있노라니 춘궁의 지난날이 차라리 그리웠다.

돈 벌기 위해서, 편하게 살기 위해서, 출세하기 위해서 나도 고향을 떠난 사람들 중의 한 사람. 지금 나는 돈도 출세도 나의 것인 아닌 백면서생이 되어, 무명 시인의 침침한 눈으로 하늘 아래 첫 동네, 춘궁의 그날을 되돌아보고 있다.

까까송이 어린 날 나는 왜 찻길까지 가 보려는 모험을 했던 것일까. 차를 타고 멀리 멀리 가면 아름다운 동화 속의 나라가 있다고 믿었던 것일까. 구병산 저 너머가 왜 그리 궁금했을까. 똑같은 하늘, 똑같은 골목길, 똑같은 배고픔이 지겨웠던 것일까. 산길을 벗어나 드넓은 신작로를 끝없이 가면 맛있는 음식, 예쁜 스웨터, 눈바람을 막아주는 방한모를 구할 수 있다고 생각했던 것일까. 아니다, 그렇지 않았을 것이다. 바깥 세상에 대한 단순한 호기심, 심심한 날의 부질없는 나들이이었을 것이다. 나중에 알고 보니 군용 트럭이었지만 마당가에 땔감으로 쌓아둔 소나무 더미가 도망치는 광경이 신들린 듯 무서웠다. 우리는 그 길의 끝까지 가지 못하고 멀리 신작로가 바라다 보이는 황서방네 묘지까지 갔다가 되돌아왔다. 날 저문 동구 밖을 향한 어머니의 눈길이 잦았으리라. 그때 나는 처음으로 미루나무 끝에서 푸르게 반짝이는 바람을 보았다.

동해안 어느 바닷가에서 어머니는 미역을 파셨다 어머니 머리 위에 얹힌 미역의 긴 올을 거슬러 오르면 그 끝에 우뚝, 구병산이

있고 구병산 가파른 벼랑이 있고 벼랑 끝에 매어달린 내 어머니의
석 달 열흘이 있다 산발치까지야 3시간이면 닿을 수 있겠지만 동
해 바다에 몸 푼 어머니의 미역은 길고 미끄럽다

두리번거리며 어머니
동해안 작은 마을을 서성이시고
밀려오는 파도소리에 무명옷 적시며 저녁 맞으시고
참봉의 占卦가 펼쳐 든 바다
강보에 싸인 어머니의 그 바다
한스럽고 질긴 올을 거슬러 오르며 나는
수없이 미끄러져 발을 다친다

내가 어머니의 태몽 속 성난 멧돼지였던 구병산 어느 움막 속으
로 들어가기에는, 지난 40년이 너무 멀고 낯설다 대구에서 3시간
이면 구병산 날벼랑에 닿을 수 있겠지만 황간이나 영동 부근 어디
쯤에서 나는 차를 돌려야 할지도 모른다 길고 긴 어머니의 미역이
자주자주 핸들에 감긴다면,

-강현국, 「태몽」 전문

아버지에게도 그랬고 어머니에게도 그랬다. 나에게도 마찬가지
로 춘궁의 그날, 하늘 아래 첫 동네는 버리고 떠나야할 곳이었다.
그러나 아버지는 꿈의 기와집을 지었다 부수고 부수었다 짓는데 한
평생을 보내셨고 어머니는 창출을 고아 만든 한약을 이고 포항으로
동해로 열흘이나 보름씩 떠돌다 되돌아오는 게 고작이었다. 아버지

는 소심한 가장이자 선산의 조상을 지켜야할 책무 때문에, 어머니는 한 인간이기 이전에 아내이고 어머니일 수밖에 없었기 때문이셨다. 가난한 시절 이 나라 부모들이 다 그와 같았겠듯이 아버지 어머니는 내게 삽과 괭이 대신 연필과 필통을 쥐어주셨고 나무지게 대신 책가방을 등에 메어주심으로 언젠가 그날 하늘 아래 첫 동네를 벗어나려 하셨다. 나는 자랑스러운 대학생이 되었던 것이다.

편지, 혹은 김춘수와 김수영

나는 한 번도, 그리고 아직도 그 길의 끝까지 가보지 못하였다. 입영하기 전날 밤이었을 듯하다. 작은 도시의 한 여인숙; "신새벽 뒷골목에 네 이름을 쓴다 민주주의여"와 "떨어진 가랑잎에서 들리는 지난여름 풀무치 소리"를 뒤적이며 밤을 지샌 기억이 있다.

김춘수를 만나고 연이어 김수영을 만나게 되었다. 김춘수를 읽으면 김수영이 풀밭처럼 다가왔고 김수영을 읽으면 김춘수가 바람 부는 호밀밭 풍경처럼 어른거렸다. 다음 글(80년대를 바라보며 선후배 시인의 書信을 통한 詩의 論議, 1980년 『심상』 1월호 특집)에 그때 내 마음의 음영이 잘 드러나 있다. 그대로 옮겨 본다.

八公山의 빛깔이 아름다운 겨울입니다. 봄도 그렇듯이 大邱의 가을은 퍽 짧은 듯합니다. 언덕 하나를 사이에 두고 이웃하여 살면서도 이렇게 적조하였습니다. 건강은 어떠하신지요.
저는 지난 일 년 동안 줄곧 金洙暎과 모더니즘과 에리히 프롬과

疎外問題에 매달려 있었습니다. 그것은 힘겨운 일이었고 절망과 회의와 한없는 짜증스러움이었습니다.

제가 기실 金洙暎에게 관심을 갖게 된 이유 중의 하나는 선생님의 詩世界를 이해하고자 하는 욕구와 무관하지 않은 듯합니다. 선생님으로부터 문학수업을 받고, 추천이란 것을 받고, 선생님의 작품에 익숙한(선생님의 작품을 애독하였다는 뜻으로)저에게 無意味詩는 별다른 저항 없이 수용되어 있습니다. 이것은 無意味詩論이 당대에 진행 중이라는 사실만큼이나 오히려 객관적 이해를 그르치는 것으로 느껴지기도 합니다. 널리 알려진 바와 같이 해방 후 한국 시단에, 선생님과 맞은편에서 가장 중요한 작업을 하다 간 시인이 金洙暎이었고 맞은편이라는 선생님과의 대립적 관계는 無意味詩論의 이해에 필요한 거리를 유지하는데 다소의 도움이 되리라 믿었습니다.

60년대 말부터 선생님께서 진행하고 계시는 無意味詩에 대해 제가 알고 있는 지식은 퍽 상식적인 것임을 미리 말씀 드려야 하겠습니다. 따라서 지금 말씀 드리고자 하는 몇 가지 궁금함은 우매한 것이 되리라는 것을 예측할 수밖에 없습니다.

선생님께서는 최근 어느 칼럼에서 無意味詩에 대한 견해를 명쾌하게 지적하고 계십니다.

〈나에게 있어서 무의미란 무엇일까. 사물을 있는 그대로 보려는 노력이라고 할 수 있다. 文字를 쓰면 存在次元에서 사물을 보자는 것인데 이것은 일상생활에서는 거의 불가능한 일이다. 그래서 나는 시는 일상생활에서의 경험과는 다른 것으로 생각하고 있다.

일상생활에서 우리가 사물을 대할 때는 認識이나 감정이 우리의 관습이나 既成觀念을 떠날 수가 없다. 이것을 우리는 타파해야 한다. 그러니까 무의미의 시는 관습이나 기성관념의 입장에서 보면 虛無가 된다. 허무는 일체의 의미를 거부한다. 그것은 이 세계를 의미 이전의 원점으로 돌리는 일이 된다. 다만 사물이 있다는 감정으로 사물을 볼 따름이다. 이것은 시에서만 가능한 일이다…. 의미는 그러니까 論理고 論理의 結論이고 그 체계라고 할 수 있다. 나는 이런 일련의 사실들을 시에서 거부한다. 사물은 논리나 논리의 그물인 체계에 얽매일 수는 없다. 그 자체 자유로운 것이다. 그러니까 시는 자유로워야 한다. 시는 絶對自由에 대한 동경으로 태어난 것이다. 나는 그렇게 생각한다. 시는 상대성을 떠나고 있다. 이런 입장은 시에 대한 하나의 極限的 認識이라 할 수 있으리라. 남들도 나의 이러한 생각을 그렇게 말하고 있는 경우가 있는데 나는 그것을 시인한다. 그러나 散文을 대하는 내 입장은 다르다.〉

우선 여기에서 느껴지는 것은 인간보다 사물을 앞세운 듯한 태도입니다. 시는 인간의 知的行爲의 소산이고 인간의 행위는 인간을 위한 것이라고 할 때, 사물을 意味 이전의 세계로 환원시킴으로써 기성논리의 사슬로부터 해방된 절대자유의 공간을 획득하려는 무의미시의 노력은 인간의 편에서 보면 우회적으로 보이고 우회적이라는 점에서는 소극적인 자세가 아닌가 여겨집니다.

또한 궁금한 것은 무의미시의 어떤 한계입니다. 시가 언어를 매제로 하는 숙명적인 사항과 함께, 논리를 파괴하려는 無意味詩의

논리도 종국적으로 하나의 보편적 관념이 될 수 있으리라는 것을 상기할 때 예상되는 한계는 불가피한 것으로 보여집니다.

이러한 점에서 무의미시론의 시에 대한 극한적 인식은 하나의 실험으로 이해됩니다. 실험은 항상 전위적이며 전위적 행위는 反大衆的 속성일 듯합니다. 현대의 위기를 분별없는 대중의 분별없는 권리주장에서 찾고 있는 오르테가가 현대예술의 기능에 대해 예술을 이해하는 부류와 그렇지 못한 부류를 구분하는 것이라 말할 때 그것은 범속한 인간들에 대한 적의의 표현으로 보이고 또한 선생님의 무의미시의 이념과도 유사한 점이 있는 듯합니다. 과연 우리와 같이 미숙한 사회, 頂點에 의해 이끌려 가는 대중이 소외된 사회에서도 오르테가적 관점이 얼마만한 설득력을 가질까 하는 데는 의문이 생깁니다. 오일쇼크로 대변되는 자원난, 이념의 흔들림, 산업공해로 빚어지는 인간소외, 물질문명의 횡포와 정신문화의 간단없는 붕괴 등의 보편적 사항 이외에도 우리는 3.8선의 눈치를 살펴야 한다는 남다른 어려움에 처해 있기 때문입니다. 눈치를 살핀다는 것은 이미 근본적으로 창작의 차원이 아님을 명심할 때 우리의 상황은, 특히 시인에게 있어서 그것은 아무리 궁핍하다 하더라도 지나치지 않을 미숙한 사회로 여겨지며 시로서 무엇을 어떻게 하겠다는 것인가, 할 수 있다는 것인가를 회의하기 이전에 눈 돌릴 수 없는 위급함으로 인식됩니다. 김수영이 그의 생애를 통틀어 고민한 것 중의 하나로 우리와 같이 미숙한 사회에서의 시인은 시의 技術에만 치중할 수 없다는 애로와 불행의 각성이었는 듯합니다. 이러한 김수영의 고민에 대한 도식적인 이해가 허락된다면, 그것은 詩人意識과 市民意識, 藝術性과 社會性의 갈등으로 보입니다. 이것은 시인이면 누구나 한번쯤 겪는 갈등이겠지만 해결하기 힘든 것으로 느껴집니다. 김수영의 표현을 빌린다면, 시는 예술성의 편에서 보면 예술성이 자기의 전부이고 사회성의 편에서 보면 사회성이 자기의 전부이기를 주장하는, 즉 그것들의 반반이란 있을 수 없다는데 그 어려움이 있는 듯합니다.

많은 논란의 여지가 있겠지만, 대체로 60년대 한국시가 시의 예술성에 관심을 기울였다면 70년대는 그 사회성에 치중한 듯하고 史的 논리로 볼 때 80년대의 시는 그것들의 초극적 지점의 확보와 전개가 요청된다고 하겠습니다. 또한 그것은 바람직한 것이 아닌가도 생각하고 있습니다. 이러한 것은 가능한 것인지요. 가능하다면, 이미 시문학사의 거대한 산맥을 이루신 선생님의 무의미시론의 입장에서 어떤 암시를 받을 수는 없는지요.

어느 지면에선가 선생님께서 〈處容斷章〉과 관련하여 섹스와 테러리즘을 말씀하신 것을 본 기억이 납니다. 그것이 실제 작품에서 어떻게 수용되고 극복되는가에 대한 저의 관심은 〈處容斷章〉 3부를 기다리게 하고 있습니다. 이것은 저의 개인적인 관심이 아니라 한국문단 전체의 기대이리라 봅니다.

저는 요즈음 테러리즘에 집착하고 있습니다. 오히려 폭력이라는 표현이 더 적절할 듯합니다. 테러리즘은 어딘가 모르게 감추어진 세련된 기교와 같은 뉘앙스가 있지만 저를 억누르며 압도하는 것은 노골적이며 거친 것으로 인식되기 때문입니다.

지난가을 저는 제 무릎이 하염없이 부러지는 하룻밤을 겪어야 했습니다. 그날 당한 고통과 울분은 육교를 오르면서도 문득 생각이 나고 잠자리에서도 저를 괴롭히곤 합니다. 마음 같아선 좀 더

굵고 큰소리로 시를 쓰고 싶었습니다. 그것만이 저를 구원해 주리라는 희망은 아직도 쓸쓸한 유보사항으로 남아 있습니다.

횡설수설이 되었습니다. 저의 두서없는 글이 선생님께 누가 되지 않을지 염려하고 있습니다.

사람들은 누구나 카렌다를 갈아 걸며 지난날을 반성하고 부푼 꿈에 설렙니다. 풀렸던 태엽을 감으며 80년대를 맞이하겠습니다. 뭐 그리 속 시원한 일이 있을 리 없겠지만…. 삶의 진실이 영원함으로 남을 노래, 聖書처럼 인간에게 비전을 주는 한 行의 빛나는 시, 절실한 아픔의 절실한 표현을 찾아 한눈팔지 않고 헤매겠습니다. 저의 젊음에 대한 신뢰와 오만을 버리지 않겠습니다. 선생님의 작업이 필경 험한 상황의 고독한 양심임을 믿고 있듯이 이것이 선생님께서 제게 주신 사랑에 보답하는 것이라 믿기 때문입니다.

20여 년 전의 내 생각은 위에서 보는 바와 같이 정교하지 못하다. 그러나 소박한 대로 김춘수와 김수영 사이를 머뭇거리는 심리의 음영은 얼비쳐 보인다. 그 길의 끝까지 가 보지 못한, 그 길의 끝까지 갈 수 없는 날들의 우유부단한 태도와 엉거주춤한 의식이 〈~인 듯하다, ~일 것이다, ~느낌이 든다〉 등등의 어사가 빈번히 사용되고 있는데서 새삼 확인된다. 문체심리를 들여다보건대 나는 단정과 확신의 햇볕 속으로 나서지 못하고 늘 추정과 유보의 그늘 아래 숨어 있는 것이다. 어쭙잖은 나의 편지에 선생님께서는 다음과 같은 답장을 주셨다.

姜군에게,

언덕 하나를 사이하고 이웃에 살고 있으면서 정말 만나보기가 힘드네. 오늘은 자네에게서 조금 색다른 편지를 받고 얼마큼은 생각을 가다듬어야만 했네. 답을 쓰지 말까 하다가 결국은 답을 쓰게 되었네. 이 글이 우리 두 사람 사이에서 오고가는 사사로운 것이 아니라, 공개될 성질의 것이라 망설이지 않을 수 없었네. 그러나 어차피 이런 기회가 아니면 쓰지 못할 것 같은 물음을 자네가 해왔기 때문에 몇 자 내 생각을 적어보기로 했다네.

자네가 인용한 글에 나와 있는 그대로 〈無意味詩〉란 그런 것이라네. 물론 더 많은 설명을 해야 하겠지만 지금은 적당한 자리가 아니라서 생략하네. 다만 왜 그런 詩觀과 입장을 취하게 되었는가에 대한 설명을 좀 해두는데 그치기로 하겠네. 나에 대한 오해랄까 이해부족이랄까 하는 견해들이 있는 것 같아서 말일세. 그리고 자네의 글 속에도 내 詩觀과 입장에 대한 궁금증이 있는 것 같기도 해서 그런다네.

자네도 말하고 있다시피 나는 金洙暎을 늘 의식하고 있었다네. 그가 「우리와 같은 미숙한 사회에서의 시인은 시의 技術에만 치중할 수 없다는」 고민을 했다고 자네가 말하고 있는 것은 옳은 말이네. 그는 그랬었고, 나아가서는 60년대의 한국에서는 시가 필요 없다고까지 생각하고 있었다고도 할 수 있다네. 이때의 시는 물론 예술을 지칭한 것이라네. 그는 결국은 예술을 부정했지만, 그는 生理的으로 예술을 저버릴 수 없을 뿐 아니라, 現代의 여러 前衛藝術에 대한 관심과 소양이 있었다네. 그러나 그런 것들을 다 버리더라도 그는 60년대의 이 땅에서 뭐가 필요한가를 짐작한 사람이라네.

그것은 良心-道德的 覺醒이라고 할 수 있을 듯하네. 그의 시의 난삽함과 混沌相은 그의 生理 및 藝術的 素養과 道德感覺과의 갈등 때문이라고 할 수 있겠지. 끝내 그는 어느 쪽으로도 자기를 청산하지 못하고 말았다네. 그러나 그의 고민-갈등을 밀쳐두고 그의 한쪽만을 날카롭게 전개시켜간 그의 후배들이 수없이 나타나고 그들의 詩作을 비호하는 이론들이 무수히 쏟아져 나왔다네. 이 사실을 자네는 잘 알고 있겠지. 그것은 도덕적 각성의 문제라네. 이것이 우리의 역사적 現場에서는 무엇보다도 시급하고 거의 유일한 문제라고 판단한 사람들의 과장에 가까운 표정이요 주장이었다네. 지금도 이런 표정과 주장은 그 密度를 더해가고 있다고 생각할 수 있다네. 나는 이 사실 자체는 매우 고무적인 것으로 받아들이고 있다네. 그러나 歷史의 어떤 시기에 있어서도 하나의 표정과 하나의 주장으로 굳어진다는 것은 그 표정과 그 주장을 위해서도 바람직한 현상은 아닐 것일세. 나는 그 점에 있어 하나의 반성의 자극제가 되고 싶었다네. 藝術에의 모험과 感性의 모험이 그래서 필요하다고 생각되었다네.

金洙暎식으로 藝術을 技術-더 나아가서는 技巧라고 해도 상관없지만-이라고 하더라도 그 기술을 통하여 우리는 形式意識을 가지게 되고 文化意識으로까지 그것은 연장될 수 있다네. 예술을 버릴 때 우리는 문화의 중요한 속성을 놓치게 된다네. 洙暎의 도덕에의 志向性이 고조될 때는 反形式的 어떤 표정이 드러난다네. 그의 시의 난삽성이나 混沌相을 이런 측면에서도 바라볼 수가 있을 듯하네. 한편 우리가 도덕 쪽으로 너무 기울어지게 되면 만년의 톨스토이처럼 民謠와 같은 旣成의 가장 소박하고 自然發生

的인 형식에 의식적으로 접근해가서 이 또한 形式的 無感覺 상태에 빠지게 된다네. 새로운 형식에의 각성은 예술의 부단한 任務라야 하네. 그것이 또한 예술의 創造性의 일변이 아닌가? 다다이즘의 傳統破壞도 그것은 형식으로부터 시작되었고, 그 운동 자체가 새로운 형식에의 意識을 밑바닥에 갈고 있었다고 봐야하네. 藝術의 展開란 形式의 전개라고도 할 수가 있을 것이네. 내가 하고 있는 시에서의 論理의 破壞도 실은 새로운 형식에의 의지와 관계가 있다네.

그 다음으로는 詩가 지나치게 道德的이게 되면 生의 實相(Reality)을 놓치게 된다는 그것이 문제라네. 시는 그래서 存在次元 ―의미(도덕)이전의 원점을 응시하는 노력을 잊어서는 안 된다네. 善이니 惡이니 하는 가치(의미)이전의, 의미가 새롭게 떠오르는 方向感覺이 있어야 된다는 말이네. 그러니까 無意味―즉 虛無와 늘 對面하고 있어야 한다는 말일세. 이것은 시의 자세를 말한 것일세. 그런 일을 우리 시단에서 누군가가 해 주어야지, 그렇잖으면 사태를 안이하게 처리하는 타성이 詩壇에까지 만연할 것일세. 나아가서는 劃―化된 어떤 의미가 혼자서만 판을 치게 될 것일세.

姜군, 물론 나는 孤獨하네. 그러나 누군가가 고독하지 않다면 이승에서의 우리들의 진짜 連帶와 참다운 意見傳達은 不可能하게 될 것이네. 나는 孤獨했던 사람들의 얼굴을 내 意志가 해이해지려고 할 때는 떠올리곤 한다네. 그럼 오늘은 이만 하세. 한번 들리게나.

문학에 대한 노 시인의 고뇌가 배어 있는 선생님의 글 속에는 무의미시론을 떠받치고 있는 고독, 허무, 형식, 모험 같은 어휘들이 벽돌처럼 단단하게 박혀 있다. 고독이 두렵고 모험이 무서워서일까. 나는 형식 쪽으로도 도덕 쪽으로도, 역사 쪽으로도 허무 쪽으로도 그 길의 끝까지 가보지 못하였다. 김수영과 김춘수가 내 의식 속에 공생하고 있었다. 예술과 사회가, 내용과 형식이 길항하고 화해하기를 바랐다. 화해와 길항의 자장이 내 시의 에너지이기를 꿈꾸었다. 두 번째 시집인 『절망의 이삭』이 출간되었을 때 부산의 『오늘의 비평』팀이 나를 찾아왔다. 그들은 내 시에서 김춘수와 김수영이 만난 자리를 읽는다고 했다. 감각은 김춘수에게서 배우고 삶에 대한 시각은 김수영에게서 배운 것이 아닌가라는 그들의 진단에 나는 그렇다고 쉽게 동의했다. 엉거주춤을 옹호하기로 했다.

샤크 샤보가 누구인지 나는 잘 모른다. 잘 모르는 그의 한 구절이 자주 나를 찾아와서 위로하고 격려하고 때로는 나무라곤 하였다. "…진정한 작가란 事物과 言語, 現實과 想像, 이승(神話, 文化)과 저승…. 이 양자 사이의 경계에 천막을 치는 유랑인으로 남아 있는 자이다. 그의 주된 덕은 (그의 유일한 덕은 아닐지라도)이 양자의 어느 쪽에도, 사물에도 언어에도, 현실에도 상상에도, 이승에도(放棄에 의해서) 저승에도(豫期에 의해서)자리를 잡지 않으려 하는 데 있다." 문학청년 시절 애독했던 『바슐라르 연구』(곽광수, 김현 저)의 날개에서 나는 이 구절을 만났다. 경계라는 말, 천막이라는 말, 유랑인 이라는 말은 매혹적이었고 지금도 사정은 마찬가지다. 그 길의 끝까지 간다면 이미 경계는 없다. 경계란 끝과 끝의 이음 부분이니까. 천막이란 이동 중인 집이니까. 그 길의 끝은 유랑의 끝이기도 할 테니까.

내 시의 엉거주춤은 경계에 천막을 치는 유랑인의 자세라고 규정하기에 이르렀다. 그러면 나는 그 길의 끝까지 가 보지 못한 것이 아니라 가보지 않은 것이다.

엉거주춤한 자세를 취해 보라. 선 것도 아니고 앉은 것도 아닌, 화장실에서 용무를 끝내고 혁대를 잠그기 직전의 속옷을 추스르는 자세를 떠올려 보라. 그것은 인체가 취할 수 있는 가장 힘든 자세임이 틀림없다. 하늘과 땅을 떠받치고 있는 모습이니까. 하늘과 땅의 무게에 짓눌리고 있는 형국이니까. 그러나 엉거주춤에 대한 옹호는 반거충이라는 자괴감과 맞물린 정서이자 그와 유사한 감정이다. 그 길의 끝까지 가지 않은 엉거주춤함에 대한 옹호조차 엉거주춤한.

나를 훔쳐간 도둑

나는 한 번도, 그리고 아직도 그 길의 끝까지 가보지 못하였다. 내 말은 경상도 상주 말도 아니고 충청도 보은 말도 아니다. 당신은 내게 고향이 어디냐고 묻는다. 나는 철봉대를 껴안고 혼자 노는 쓸쓸한 아이였다.

의심은
도둑입니다
도둑고양이 울음소리 들리네요
근대문학사를 읽다 말고
가을엔 편지를 써야겠지요

도둑고양이 창가에서 울고 있네요
사랑한다 사랑한다 편지를 쓰다 말고
조선총독부를 찾아가야겠지요
의심은 도둑입니다
도둑이고말고요
저놈의 고양이를 집을 수 있었다면
학자가 되었거나 시인이 되었거나
기회가 없는 것은 아니었지요
춤과 싸움 사이
울음과 노래 사이
풀꽃과 코피 사이
아아, 당당히 건널목을 건넜다면
투사가 되었거나 도사가 되었거나
의심은 도둑입니다 도둑이고 말고요
산성비 두려워 우산 쓰고
오염된 땅 더러워 장화를 신고
잎도 뿌리도 뻗을 곳이 없네요
쓸쓸하네요, 우산 벗고 신발 벗고
하늘엔들 땅엔들 알몸을 바쳤다면
흰 구름 날개이든 땅바닥 돌멩이든
내 지금쯤
폼 나는 무엇이 되었겠지요
도둑이고말고요
도둑입니다

의심은 도둑입니다

무엇이 된다는 게 무엇인지

폼 나는 무엇이 된다는 게 무엇인지

저물기 전에 먼 길 떠나며

나는 마침내

의심의 도둑고양이입니다

세월의 헛간에서, 의심은

의심의 알을 까고 새끼를 치고

사랑의 욕망마저 도둑맞은 어느 봄날

욕망의 실눈마저 도둑맞은 아침나절/(기다려주어요)

소문 없이 집으로 돌아오겠습니다

민들레 꽃씨처럼, 흰 구름처럼

바람 타고 둥둥 돌아오겠습니다

맨발에 날개 달고 돌아오겠습니다

도둑이고말고요 의심은 도둑입니다

나를 훔쳐간 도둑입니다

-강현국, 「반거충이 · 2」 전문

　　어떻게 되었을까. 호드기 사건의 그 아이는 풍문에 듣건대 가난한 교회의 목사가 되어 있다. 부리부리 무섭던 그 눈도 자비와 연민의 빛으로 달라졌을 것이다. 그 길의 끝까지 가 보았다면 나는 지금 어떻게 되었을까. 투사가 되었을까, 도사가 되었을까. 길이 끝나는 곳에서 길이 되는 해맑은 시인이 되어 있을까. 아니면 이곳저곳 불려 다니며 강연도 하고 저자 사인회도 하는 배부른 영혼이 되어 있을까.

기침 소리에도 놀라 까무러칠 만큼 병치레가 잦던 아이는 죽지 않고 자라 십리 산길을 넘어, 황막한 신작로를 지나 평온국민학교 운동장에 서 있다. 만지면 깨질까 불면 꺼질까 마음 조인 어머니는 먼발치로 운동장을 가만가만 훔쳐보신다. 다른 아이들은 그렇게도 씩씩한데 철봉대를 껴안고 혼자 노는 아이가 눈에 밟혀 어머니의 발길은 더욱 무겁고 바위고개 언덕길이 시름에 겹다.

상주군의 서북단, 충청도 보은 땅과 실개천 하나로 이어진 곳, 신발은 충청도에 벗어두고 잠은 경상도에서 자는 그런 곳, 내 말은 상주 말도 아니고 보은 말도 아니다. 말이란 정서와 의식과 문화의 총체일 때 소속감이 결여된 어린 날의 나는 철봉대를 껴안고 혼자 노는 쓸쓸한 아이였다. 경상도 말에 서툴러 6년간을 주눅 들었던 나는 중학생이 되자 경상도 보리문디로 다시 따돌림을 당한다. 충청도에 소재한 중학교에 입학했던 것. 나는 왜 그 길의 끝까지 가보지 못하였을까. 무엇이 내 발길을 막고 있는 것일까.

실개천은 상주 땅과 보은 땅을 낳고, 상주 땅과 보은 땅은 상주 말과 보은 말을 낳고 상주 말과 보은 말은 상주 사람과 보은 사람을 낳고…. 경계는 실개천을 낳고 다시 실개천은 경계를 낳고 경계는 소속감의 결여를 낳고 소속감의 결여는 의심을 낳고 의심은 우유부단과 그의 형제인 엉거주춤을 낳고….

(가) 정처 없는 영혼의 정처 찾기

(나) 목마른 날의 출애굽기

　(가)는 오늘도 걷는다마는 정처 없는 이 발길로 시작되는 대중가요, '나그네 설움'에서 따온 것이고 (나)는 잘 아시는 바 유대민족의 탈출서사인 구역성서, '출애굽기'에서 훔친 것이다. 내 시는 (가)와 (나)사이에 있다. (가)와 (나) 사이에는 40년을 헤매는 광야가 끼어 있고, 구병산이 있는 거기 50년이 지나도록 지워지지 않는 실개천이 흐른다. (가)의 실루엣은 궂은 비 내리는 여인숙이고 (나)의 그것은 햇빛 쨍쨍한 약속의 땅이다. 여인숙에서 당신은 잠시 머물고 약속의 땅에서 우리는 아주 산다. 내 시는 그러니까 당신과 우리 사이, 머물다와 살다 사이에 있다. 있다기보다는 부대낀다. 담배꽁초와 젖과 꿀 사이에 내 시는 끼어 있다. 끼어서 부대낀다. (가)와 (나) 사이에는 허무와 희망이 길항하고, 혹은 기표와 기의가 팔씨름하고 (가)와 (나)사이에는 까치와 까마귀가 눈싸움을 하고 있다. 되풀이하거니와 (가)는 '나그네 설움'에서 따온 것이고 (나)는 '출애굽기'에서 훔친 것이다. 내 시는 결국 세계의 표정을 따온 것이고 사물의 본질을 훔친 것이다. 나만 그런가, 김수영도 김춘수도 이승훈 교수도…. 사정은 마찬가지다.

　바라건대 언어의 불꽃이 광야를 삼키고 실개천을 지우기를, (가)와 (나)사이, 아득한 경계를 허물 수 있기를, 마침내 (가)/(나)로 미끄러지기를.

-강현국, 「경계 허물기」 전문

나는 아직도 그리고 한 번도 그 길의 끝까지 가보지 못하였다. 그 길의 끝까지 가보지 못한 거기, 50년이 지나도록 지워지지 않는 실개천이 흐르고 있었음을 이제야 깨닫는다. 그러나 나를 훔쳐간 도둑이 실개천임을, 끼어서 부대끼는 내 삶의 엉거주춤이 끼어서 부대끼는 실개천 때문임을 원망도 후회도 하지 않는다. 비켜설 수 없었던 운명이니까.

25번 국도를 따라 하늘까지 70리 밖에 남지 않는 그 마을에 들른다면 오랑캐꽃 정다운 논둑길 너머 초록이 풀어놓은 예의 실개천을 만날 수 있으리라. 작아서 너무 작아서 군사지도에도 그려 넣을 수 없는, 눈감고 보면 핀셋으로 집어낼 만한, 그러나 내 마음 한가운데 큰 소리로 흐르는 아름다운 도둑을 만날 수 있으리라. "물풀 사이로는/물새가/새끼를 데리고/잘 다니는/좁은 길(오규원)"을 만날 수 있으리라.

땀이 배어 미끄러지던 고무신 신고 책보자기 울러 메고 양철 필통 달랑이며 뜀박질하던 바위고개 언덕길을 당신이 내 손을 꼬옥 잡고 넘어서 오신다면.

첫사랑

2017년 어느 날: 아내의 일상

첫사랑

부끄러움에 대한, 부끄러움을 위한

대학 시절, 오혜령이 쓴 '환상방황'이었던가, 나는 연극을 한 적이 있고 경북대학교 정문 앞에서 학사주점 델레스망을 경영(?)한 바 있다. 그저 그렇고 그래서 강의가 시들한 날이면 일청담 옆 등나무 그늘을 서성거리며 꽃시계 앞을 지나가는 여학생들에게 동전을 구걸하여 막걸리를 마시는 뻔뻔스러움을 자행한 적이 한 두 번이 아니다. 찬물 끼얹은 듯 조용한 도서관에 태연자약 참새를 날려 한 순간의 아연실색, 풍지박산 분위기를 낄낄거리기도 하였다. 물론 그 사건으로 하여 취사장 뒤로 불려나가 제주도 출신 이병진 병장에게 밤새도록 죽어라하고 두들겨 맞긴 하였지만, 육군 이등병 시절 부대 피서지 오락회에서 사회를 맡은 나는 대대장 부인에게 노래를 시키려다 여의치 않자 하늘같은 그 여자를 껴안고 강물로 뒹구는 가당찮은 잘못을 범한 일도 있다. 어디 그 뿐이랴. 대구 문화방송 시청자 여러분 안녕하십니까…. 하며 수년 동안 눈 하나 깜짝 하지 않고 방송국 카메라를 노려본 한때도 있었다. 하지만 한 껍질 벗기고 보면 나는 당신 생각보다 유약하고 부끄러움을 잘 타는 여성성이 짙은 남자이다.

　　동전 한 닢이 떨어진다.
　　경쾌하고 정중하게,
　　여보세요---
　　---희망 없이 기다려요
　　철벽을 꿰뚫은 내 말의 순수함
　　순수하므로 갇힌다.

　　돌아가지 못하는 캄캄한 밤에
　　힐끔힐끔 눈이 내린다.
　　아침까지 흩날리는 생살의 눈부심
　　눈부시므로 밟힌다.

-강현국,「부끄러움」전문

　첫 시집 순서를 정할 때 위의 시를 제일 앞장에 싣는데 주저함이
없었다. 오래 전의 일이어서 잘 기억되지 않지만 초고에는 그 말미
에 "서둘러 서울을 벗어 던지며 나는 비로소 안심되었다"는 구절이
있었던 듯하다. 내리는 눈의 의태를 〈힐끔 힐끔〉이라고 쓴 뒤 얼마
나 스스로를 대견해 했었던가!

　이런 일이 있었다. 그것은 와룡 선생 상경기였다. 1976년 12월,
아니면 이듬해 1월이었으리라. 『현대문학』에 추천 받은 그해였으니
까, 몹시 추웠던 기억이니까, 중등학교 선생이었던 나는 방학이 아

니면 나들이가 불편한 때였으니까. 같은 학교에 근무하던 선배 시인의 권유로 그 선배 시인을 따라간 서울, 서울에서의 일박은 역겹고 힘들었다. 김국태 선생이 편집장으로 일하는 현대문학사에서도 그랬고 아리랑 담배를 사들고 큰절하러 찾아간 조연현 주간 선생의 댁에서도 그랬다. 김수영의 화법을 빌건대 내 몸은 부끄러워 비틀거렸다. 내친 길에 문학과지성사를 찾아갔다가 허탕치고 나오는 골목길에서 문학과지성사 책임자를 만나 와룡 선생 상경을 고한 것 같기도 하다. 함께 갔던 선배 시인은 그 후 값진 지면을 얻어 장시를 발표하는 성과를 올렸지만 나는 아무 것도 얻은 것 없이 이른바 문단, 혹은 문단 정치라는 것에 대해 알레르기 반응만 기르게 되었다. 위의 「부끄러움」은 그때 쓴 것이다. 오죽했으면 서울 하늘의 눈이 힐끔힐끔 내렸겠는가. 나를 태운 경부선 열차가 마침내 서울을 떠날 때 아, 얼마나 편안하고 안심되었던가!

부끄러움에 대한 기억은 뿌리가 깊고 가지도 여럿이다. 낯선 사물 앞에서, 예쁜 여자 앞에서 나는 왜 부끄러운가. 내가 던진 질문의 전말을 꿰뚫어보는 학생들의 강의실을 만나면 부끄럽고, 희한한 자세로 골프 채를 휘두르며 땀 뻘뻘 흘리는 당신의 뒷모습도 부끄럽다. 낯선 사물 앞에서, 예쁜 여자 앞에서, 그 강의실에서, 코믹한 세상의 표정 앞에서 내가 조금만, 아주 조금만 뻔뻔스러울 수 있었다면….

고깔모자와 버선

눈 쌓인 겨울 아침 버들개의 추위는 대책이 없었다. 대책 없는 추위로부터, 고개를 넘고 물을 건너야 하는 십리 등교 길로부터 당신의 어린 아들을 지키기 위해 어머니는 아랫목에 내의를 묻고 흐린 호롱불 아래에서 밤늦도록 해진 양말을 기우셨다. 까치소리가 허공에 얼어붙는 날이면 으레 세수한 손이 문고리에 쩍쩍 달라붙곤 했는데 그런 날이면 어머니께서는 내게 버선을 신기고 고깔모자를 씌워서 학교에 보내셨다. 명주로 만든 고깔모자와 솜을 넣어 만든 버선은 어머니 사랑이 아니라 하더라도 참 포근하고 따뜻했다. 그러나 나는 다른 아이들처럼 고깔모자 대신 나무꾼이나 사냥꾼들이 쓰고 다니는 국방색 방한모를 쓰고 싶었고 구멍 불란사로 수를 놓은 꽃버선 대신 아랫마을 아이들처럼 차라리 발가락이 다 나온 해진 양말을 신고 싶었다. 고깔모자야 어머니의 눈을 피해 벗으면 되었지만 버선은 벗기도 그렇고 감추기도 난감했다. 교실은 맨 흙 바닥에 가마니를 깔았고 책상은 앉은뱅이였으니 아무리 책보자기로 버선발을 숨긴다 해도 자주 옆자리 여자아이들에게 가슴 두근두근 들키곤 하였다. 나는 여자아이들 앞에서 사내답고 싶었던 것이다. 돌이켜 짐작컨대 내 속에 있는 지나친 여성성이 부끄러웠던 것은 아니었을까. 4학년 아니면 5학년 때였을 것 같다. 난생 처음 이동식 환등기 영화를 관람하고 난 뒤 담임 선생님께서 일일이 제일 마음에 끌리는 장면을 물으셨다. 심청이 치마를 뒤집어쓰고 바다에 빠져죽는 장면이 감동적이었지만 나는 칼싸움하는 장면이 가장 좋았다고 거짓말을 했던 것이다.

내 속의 여성성이든, 한 교실에서 공부하는 이필선, 황경희, 김경애, 윤홍녀 등 여학생이든 부끄러움은 이성에 대한 자각으로부터 움튼다. 창세기 기자들도 그렇게 쓰고 있지 않은가. 성경의 인간 창조 신화에 대한 한 학자의 해석을 잠시 커닝해 보자.

그러나 이렇게 욕망이 용트림할 조건이 다 갖추어졌음에도 불구하고 아직 욕망은 움직이지 않는다. 우리는 그러한 사실을 부끄러움의 부재를 통하여 확인할 수 있다: "그 두 사람은 모두 발가벗고 있으면서도 서로 부끄러운 줄 몰랐다."(2:25) 부끄러움은 성적인 욕망의 중요한 성분 중의 하나인데 그것이 작동하지 않고 있는 것이다. 욕망이 꿈틀거리기 위해서는 뱀의 출현을 기다려야 한다. 우리는 뱀의 출현을 기다리면서, 그 당시 아담과 이브의 사이가 어떠했는지를 잠시 살펴보자. 분명한 것은 그들이 발가벗고 있으면서도 서로 부끄러워하지 않았다는 것이다. 그것은 그들이 육체적이건 의식적이건 둘이면서 하나였던 것을 말해준다. 마치 갓 태어난 아기와 어머니 사이처럼 그들은 서로 완전한 합일과 충족의 상태를 맛보았을 것이다. 게다가 그들은 옷을 벗고 서로 껴안으면서도 남의 시선을 의식하지 않았다. 그것은 하느님 앞에서도 마찬가지였다. 마치 부모 앞에서 성관계를 가지면서도 부모를 개의치 않는 것처럼 말이다. 그러한 사실은 아담과 이브가 선악과를 따먹은 뒤, 하나님이 볼까 두려워 나무 뒤로 숨는 장면과 대비를 통해 선명하게 드러난다: "날이 저물어 산들바람이 불 때, 야훼 하느님께서 동산을 거니시는 소리를 듣고 아담과 그의 아내는 야훼 하느님 눈에 띄지 않게 동산 나무 사이에 숨었다."(3; 8) (임진수, 『시와반시』, 2001 가을호, p.139)

태초의 인간은 완전한 합일과 충족의 상태로부터 선악과를 따먹
은 뒤 아담과 이브로, 남성과 여성으로 분리된다. 이성에 대한 자각
의 틈새로 부끄러움이 흘러든다. 달리 말한다면 부끄러움은 합일과
충족에 대한 결여의 표정이다. 남자와 여자가 육체적이든 의식적이
든 둘이면서 하나인 완전한 합일과 충족의 상태, 그 결여의 표정이
사춘기의 징후라면, "너를 본 순간/물고기가 뛰고/장미가 피고/너
를 본 순간/아무 것도/보이지 않"(이승훈, 「너를 본 순간」 부분)는 바와
같이 결여의 에너지가 블랙홀을 이루는 것이 첫사랑의 와중이라면
내 사춘기는 빨리 왔고 당연히 첫사랑 또한 철 이르게 나를 찾았다.

37년만의 만남, 혹은 가면무도회

그곳에 부끄러움은 없었다. 내 첫사랑은 어디 갔는가. 지난여름 속
리산 자락 외딴 식당에서는 내 중학교적 동창회가 열렸다. 졸업 후
뿔뿔이 흩어진지 37년만의 첫모임이었고 대부분 첫 만남이었다. 누
군가 37년만의 외출이라고도 했고 37년만의 아름다운 황홀이라고
도 했다. 인터넷, 아이 러브 스쿨 덕분이었다. 세월 덕분이었다. 세
월 앞에 무사한 것은 아무 것도 없다. 50대 중반은 배고픔을 아는
나이, 하루에 세끼를 꼭꼭 챙겨먹어도 우수수 낙엽지고 가슴 한가
운데 찬바람이 이는 나이.

　삼삼오오 해어름을 등에 지고, 혹은 어깨에 걸치고 동기 구자순
이 경영하는 보신탕집으로 십대의 그들이 가장 행렬이라도 하듯 흰
머리를 뒤집어쓰거나 대머리를 하고, 얼굴엔 자잘하게 잔주름을 그

리고, 더러는 펑퍼짐하게 더러는 바싹 마른 몰골을 하고;

악수를 하다말고 얼굴을 한참 바라보다가 어어 종남이 어어 윤계 용현이 아니야 어어 범식이 너 오식이 맞지! 안개 걷히자 나무들이 하나 둘 제 얼굴을 내어밀듯이 어어 복현이 매현이 어어 찬옥이 어어 영자 맞아 세균이 신세균 허창도 그래 너 영식이지 경찰이라며 너 교수라고 말도 천천히 하냐 시인이 뭐하는 거여 야 너 그때 윤계 좋아했었지 아냐 지가 나를 쫓아 다녔지 그런데 내가 좋아하는 사람은 기율부 하던 선배 머슴애 왜 있었잖아…. 더러는 보신탕 앞에서 더러는 삼계탕 앞에서 소주를 홀짝홀짝 맥주를 벌컥벌컥 사이다를 찔끔찔끔 우리는 한결같이 주름살을 지우고 우리는 한결같이 교복을 입고 모자를 쓰고 우리는 한결같이 흰 칼라 단발머리를 한 보덕중학교 3학년 1반 혹은 3학년 2반이 되어 점점 커지는 목소리들이 뒤섞이고 부딪쳐 삼각파도 칠 때 누군가 벌떡 일어나 좌중을 제압하며 죽은 친구 최동수를 위해(나와 자취를 같이했던, 그리고 시계를 맡기고 술을 사주던, 살짝 곰보였던, 서당공부하다 뒤늦게 입학한), 유병욱을(귀에 진물이 나서 솜으로 막고 다니던, 늘 코를 훌쩍거렸던, 내 옆자리에 앉았던) 위해 건배를 제의하고, 누군가 다시 일어나 동기회 모임의 정례화를 제의하고…. 그래 쟤는 술만 취하면 저 모양이야 행패가 심해 사채업하면서 돈도 많이 벌고 번 돈 보다 더 많이 없는 사람들에게 못할 짓을 한 게 마음에 걸려 잠을 못 잔데 못할 짓이 괴로운 친구는 술잔을 깨뜨리고 비틀비틀 횡설수설 쌍욕을 하고 옆자리의 찬옥이가 담뱃불을 붙이며 야 강교수 나 눈이 안보여 고스돕에 미쳐 몽땅 날리고 이래 됐어 학교 다닐 때도 여학생치고는 좀 억세더니….

월남전 고엽제에 걸려 쭛, 쭛, 하체를 못 쓰는 상규가 먼저 친구의 부축을 받으며 목발로 일어서고 우우우 일어선 우리는 떼 지어 노래방을 들어서고 우우우우 노래방을 나서고 더러는 시골집으로 더러는 여관으로 더러는 밤샘을 하기 위해 구자순네 식당으로 다시 가고….

37년 전 그때 그 동쪽 하늘에서 해가 뜨고, 구병산을 돌아나와 법주사 입구에서 산채 비빔밥을 끝으로 가면무도회는 끝이 났다. 섭섭함을 등에 지고, 혹은 젖은 아쉬움을 축 늘어진 어깨에 걸치고 뿔뿔이 흩어져 우리는 제각각 일상의 미로로 되돌아갔다. 충북 보은군 탄부면 하장리 정든 교실 창가에 정든 교복을 가지런히 챙겨둔 채, 아버지가 되어 어머니가 되어, 남편과 아내가 되어, 더러는 시어머니 시아버지가 되어, 할머니 할아버지가 되어.

그때 그곳에 부끄러움은 없었다. 합일과 충족의 충만 때문이었을까. 이성에 대한 자각의 틈새가 지워져 부끄러움의 수로가 막혔기 때문이었을까. 그러면 내 첫사랑은 어디 갔는가. 어느 시인의 노래처럼, 세 발 자전거를 타고 봄날의 머나먼 앵도밭도 지나 푸른 눈썹과 눈썹 사이 사철나무 열매 같은 길 따라 가면 사철나무 열매 같은 서녘 하늘 아래 사철나무 열매 같던 소녀는 어디 갔는가.

희미한 옛사랑의 그림자

물론 배경도 사건도 인물들의 처지도 한결같지는 않지만 아래 시는 서사 구조와 회한의 정경이 지난여름 그날과 많이 닮았다.

> 4·19가 나던 세밑
> 우리는 오후 다섯 시에 만나
> 반갑게 악수를 나누고
> 불도 없이 차가운 방에 앉아
> 하얀 입김 뿜으며
> 열띤 토론을 벌였다
> 어리석게도 우리는 무엇인가를
> 정치와는 전혀 관계없는 무엇인가를
> 위해서 살리라 믿었던 것이다
> 결론 없는 모임을 끝낸 밤
> 혜화동 로우터리에서 대포를 마시며
> 사랑과 아르바이트와 병역 문제 때문에
> 우리는 때 묻지 않은 고민을 했고
> 아무도 귀 기울이지 않는 노래를
> 저마다 목청껏 불렀다
> 돈을 받지 않고 부르는 노래는
> 겨울밤 하늘로 올라가
> 별똥별이 되어 떨어졌다
> 그로부터 18년 만에
> 우리는 모두 무엇인가 되어
> 혁명이 두려운 기성세대가 되어
> 넥타이를 매고 다시 모였다

회비를 만원씩 걷고

처자식들의 안부를 나누고

월급이 얼마인가를 서로 물었다

치솟는 물가를 걱정하며

즐겁게 세상을 개탄하고

익숙하게 목소리를 낮추어

떠도는 이야기를 주고받았다

모두가 살기 위해 살고 있었다

아무도 이젠 노래를 부르지 않았다

적잖은 술과 비싼 안주를 남긴 채

우리는 달라진 전화번호를 적고 헤어졌다

몇이서는 포우커를 하러 갔고

몇이서는 춤을 추러 갔고

몇이서는 허전하게 동숭동 길을 걸었다

돌돌 말은 달력을 소중하게 옆에 끼고

오랜 방황 끝에 되돌아온 곳

우리의 옛사랑이 피 흘린 곳에

낯선 건물들 수상하게 들어섰고

플라타나스 가로수들은 여전히 제자리에 서서

아직도 남아 있는 몇 개의 마른 잎 흔들며

우리의 고개를 떨구게 했다

-김광규,「희미한 옛사랑의 그림자」전문

토요일은 언제나 아득했다. 일요일 때문에 운동장이 아득했고 복도 끝이 아득했고 봄날의 머나먼 앵도밭이 아득했고 너를 볼 수 없는 일요일 때문에 월요일이 아득했다. 서녘 하늘로 편지를 쓰고 답장을 기다리고, 그때 그 편지의 사연은 무엇이었던가. 답장은 받았던가. 손목은 한번 잡아보았던가. 이른바 연애편지 사건으로 교무실에 불려가 호랑이 선생님 앞에서 반성문을 쓴 기억, 머리에 쇠똥도 안 벗겨진 놈이…. 하라는 공부는 안하고…. 쥐구멍으로라도 도망치고 싶었던 기억, 저녁노을 아래 혼자 앉아 산산이 부서진 이름이여 불러도 주인 없는 이름이여 부르다가 내가 죽을 이름 속에 뜻도 모르고 잠겼던 기억, 님께서 가신 길은 영광의 길이었기에 이 몸은 돌아서서 눈물을 흘립니다를 목놓아 심각하게 부르던 기억―시가, 대중가요가 그때처럼 위안이 되고 허기진 마음의 식량이 된 적이 지금껏 있었던가― 그때 나는 슬픔의 두레박을 가슴 깊은 곳에 품고 살았었지, 시름시름 영문도 모르게 부어오르던 왼쪽 팔이 아주 경직되어버려 한쪽 손으로 어렵사리 세수를 했던 기억, 김주부에게, 윤의원에게 그 겨울이 다가도록 침 맞으러 다니던 기억, 식은땀이 나도록 두렵고 아팠던 기억, 졸업을 며칠 앞둔 어느 날 함박눈 속을 세 명의 여학생이 겁도 없이 나를 찾아왔던 기억, 가슴이 쿵쿵쿵쿵 우리 집 마당이 울렁거리던 기억…. 그리고 나는 고등학생이 되었다.

은행잎 노란 가을이었다. 낙엽 흩날리는 토요일 오후였다. 내 눈앞에서 버스가 멎고 참으로 우연히 그리고 홀연히 내 눈앞에서 봄날의 머나먼 앵도밭이 꽃잎을 흔들었다. 앵도밭 너머 도시 물을 잔뜩 먹은 머슴애의 어깨가 아지랑이처럼 가물거렸다. 은행잎 노란

가을이었다. 낙엽 흩날리는 토요일 오후였다. 탄부면 임한리 들판
을 가로지른 신작로를 끌고 언덕 너머 사라지는 내 첫사랑의 뒷모
습은 얼마나 아득했던가. 아득함을 지켜보던 노란 은행나무 밑에
오래 붙박였던 토요일은 얼마나 아득했던가!

너를 본 순간
나는 술을 마셨고
나는 깊은 밤에 토했다
뼈저린 외롬같은 것
너를 본 순간
나를 찾아온 건
하이얀 피
쏟아지는 태양
어려운 아름다운
아무도 밟지 않은
고요한 공기
피로의 물거품을 뚫고
솟아오르던
빛으로 가득한 빵
너를 본 순간
나는 거대한 녹색의 방에 뒹굴고
태양의 가시에 찔리고
침묵의 혀에 쌓였다
너를 본 순간

허나 너는 이미

거기 없었다

- 이승훈, 「너를 본 순간」 부분

바람에게 듣건대 볼이 붉고 잇바디가 새하얗던 사철나무 열매는 땅에 떨어져 작은 도시 골목깡패의 때 이른 아내가 되고 나는 주섬 주섬 대학생이 되었다. 수성못을 거닐며 철없이 울었다.

누가 西風의 얼굴을 하고

말꼬리 잡지도 말고, 길게 말하지도 말자. 첫사랑은 어느덧 잠깐, 아무 것도 아니고 아무 것도 아니라며 손 흔들며 떠나가는 서풍 같은 것이니까.

너도 아니고 그도 아니고, 아무 것도 아니고 아무 것도 아니라는데… 꽃인 듯 눈물인 듯 어쩌면 이야기인 듯 누가 그런 얼굴을 하고, 간다 지나간다. 환한 햇빛 속을 손을 흔들며… 아무 것도 아니고 아무 것도 아니라는데, 온통 풀냄새를 널어놓고 복사꽃을 울려 놓고 복사꽃을 울려만 놓고, 환한 햇빛 속을 꽃인 듯 눈물인 듯 어쩌면 이야기인 듯 누가 그런 얼굴을 하고….

-김춘수, 「西風賦」 전문

그 마을엔 늘 넝쿨장미가 피고 그 마을에 내리는 눈은 언제나 첫눈이다. 그 마을 사람들은 눈부신 아침 햇살을 먹고살고, 그 마을 사람들은 기러기 날개가 펼쳐주는 밤하늘을 덮고 잠이 든다. 그 마을 사람들은 아침저녁 한결같이 세 발 자전거를 타고 집을 나서고, 아침저녁 한결같이 세 발 자전거를 타고 집으로 돌아온다. 설렘과 외로움과 기다림의 세 발 자전거. 누군가 세 발 자전거를 타고 환한 햇빛 속을 가고 있다면, 누군가 유리창에 흔들리는 스스로의 뒷모습을 부끄러워한다면 환갑이 불원한 누군가인 당신은 지금 첫사랑 중이다. 그러나 밤이 깊어 첫눈 오는 마을은 길 밖에 있고 우리네 세 발 자전거는 부서진 지 오래이다. 겨울이 오기 전에 떠나야 하리라. 잘못 든 새가 길을 낸 은하수를 넘어서 저 먼 길을 혼자 가야 하리라.

모자이크

2017년 2월: 남해 여행에서

모자이크

그대가 꽃과 나무에 물을 줄 때

만남은 언제나 마침내이고 이별은 언제나 어느덧이다. 문법책을 벗어나 생각할 때 마침내와 어느덧은 부사어가 아니라 감탄사이다. 오색풍선이 팽팽하게 잡아당기는 푸른 하늘, 초등학교적 등교 길의 하늘은 담장 위에 가만가만 얹혀 있거나 버들령 마루에 큰소리로 기립하고 있었다. 넝쿨장미를 따라 먼 길을 혼자 가는 바람소리 듣노라면 어느덧! 해는 지고 쫓기듯 잦아드는 목이 긴 사람의 어두운 골목길; 세월은 그와 같이 발이 불편한 시간의 신발을 신고 마침내와 어느덧 사이를 저 혼자 오가며 산다.

"그대가 꽃과 나무에 물을 줄 때, 그것은 지구 전체에 물을 주는 것이다. 꽃과 나무에 말을 거는 것은 그대 자신에게 말을 그는 것이다. 우리는 세상의 모든 것들과 연결되어 있다. 우리는 무수한 시간 동안 함께 존재해 왔다."고 틱낫한은 말한다.

바그다드가 불바다가 되고 있다. 박물관마저 초토화시키는 저 야만성! 충격과 공포, 말 그대로 충격과 공포이다. 충격과 공포는 후세인만의 것이 아니라 이라크를 보고 있는 나의 것이고 TV 앞에 앉아 있는 너의 것이다. 미국의 의식 수준은 프라이드 단계라고 아내는 말한다. 인류의 의식 수준이 프라이드 단계의 저급에서 용서의 단계로 몇 단계 높아지지 않는 한 전쟁은 그칠 날 없게 마련이라고 깨달은 사람처럼 말한다.

한 스님이 걷기 명상을 하는 동안, 피투성이 아이가 영문도 모르는 제 어머니의 주검 앞에서 울부짖고 있는 동안, 꽃은 피어 봄이 오고 봄이 와서 저 새는 켄터키 옛집을 노래하고 있는 동안 나는, 오늘 내 아이언샷이 정말 엉망이었다고 투덜거린다. 충격과 공포이다. 가난은 인류의 적이라고 누구나 말하지만 가난한 자에게 말 건네는 사람이 아무도 없는 것이 최대의 가난이라고 언젠가 마더 테레사는 딱한 세상을 아파한 적이 있다. 딱딱한 관념의 암세포는 대가리가 큰 문어를 닮았다.

남천, 개나리, 복숭아, 진달래, 찔레, 넝쿨장미, 배나무, 목련, 라일락, 조팝나무, 청매화, 앵두나무, 으름덩굴, 금낭화, 깽깽이, 할미꽃, 클로버, 쥐똥나무, 대추나무, 조릿대, 원추리, 마가렛, 하늘매발톱, 천리향 그리고 잔디, 고추, 가지, 오이, 토마토, 옥수수, 호박, 상추, 조롱박과 함께 그 겨울이 가고 고요의 남쪽에 봄이 왔다. 오늘 나는 아버지 산소와 누이의 무덤에 파란들을 뿌렸다. 주의 사항대로 마스크를 끼고 바람을 등지고 뿌렸다. 남천이 세 그루 죽고 으름덩굴은 아직도 겨울잠을 깨어나지 못한다.

무슨 관계란 말인가. 파란들과 제초제가 무슨 관계란 말인가. 파란들과 죽은 남천 세 그루가 무슨 관계란 말인가. 파란들과 켄터키 옛집이, 파란들과 바그다드가 무슨 관계란 말인가. 당신이 꽃과 나무에 물을 주는 것과 내가 파란들을 뿌리는 것이 도대체 무슨 관계가 있단 말인가. 오늘 한 촌로가 무거운 생의 등짐을 한 평 땅속에 내려놓았다. 나는 그가 77년 동안 욕만 하다가 갔다고 생각한다. 내기억 속의 그는 늘 주막거리 갈지자였고 그는 늘 씨팔좆도를 달고 다녔고 당연히 그는 늘 혼자였다. 찔레넝쿨이 온몸을 풀어헤친 거기, 망초대가 푸르게 도열한 산자락, 흙이 부드러워 다행이었다. 무슨 관계란 말인가.

그것이 비록 딱딱한 악성종양이라 하더라도 흙은 모든 기억을 곰삭힌다. 곰삭은 기억은 뿌리를 내리고 가지를 뻗고 꽃을 피우고 열매를 단다. 곰삭은 기억으로부터 우리는 하나이고 곰삭은 기억으로부터 숲은 향기롭고 곰삭은 기억으로부터 세계는 가볍다.

나비가 두 손으로 흙을 파고 탁구공만한 똥을 눈다. 제 똥의 냄새를 확인한 나비가 두 손으로 흙을 긁어 그것을 덮는다. 냄새가 새어 나오지 않도록 여러 차례 꼭꼭 묻는다. 과제를 다 한 듯 가볍게 솟구친다. 미사일 같다. 곰삭은 제 똥의 힘으로 솟구치는 미사일, 문학도 그랬으면 좋겠다. 그런 것이 아닐까. 나비는 어머니가 기르시는 고양이 이름이다.

꽃이 시들어도 나는 슬퍼하지 않는다

다시 틱낫한은 이렇게 말한다. "꽃이 시들어도 나는 슬퍼하지 않는다. 영원한 것은 없음을 잘 알고 있기 때문이다. 이러한 자연의 본질을 자각할 때, 우리는 슬픔에서 벗어나 기쁘게 살아갈 수 있다. 영원한 것은 없다는 것을 깨닫는 그 순간, 그대는 현재의 일들을 보다 소중히 여기게 될 것이다." 카르페 디엠.

심심함이 심심함의 새끼를 아홉 마리 낳은 그날
심심함이 제 새끼를 뜯어먹고 심심함을 낳은 그날
오이를 심고 호박을 심은 그날

　　　　　　　　　　　-강현국, 「우주의 떠돌이-세한도 · 49」 부분

　좋아서, 혹은 나빠서 어찌할 바를 모를 때 흔히 기막힌다, 혹은 기막혀 죽겠다고 말한다. 기가 막힌다는 것은 호흡이 안 통한다는 뜻이고 호흡이 안 통하면 우리는 죽는다. 아침 햇살이 기막히고 춤추는 초록 풍경이 기막히고 오월을 노래하는 휘파람새 소리가 기가 막히고 아래로 쏟아질 듯 군락을 이루어 피어 있는 뒷집 황매화의 흐드러진 표정이 기가 막혀 죽겠다. 황매화집 건모가 발가락을 잘랐다고 한다. 원양선을 타다가 처자식 흩어지고 대책도 희망도 없이 하루하루 막노동으로 입 가리며 살았었다. 교통사고로 다리 부러지고 부러진 다리 아물기도 전에 발가락을 잘랐다니 기막힌다. 황매화 노란색이 저렇게 몸 무거울 수도 있겠구나.

영원한 것이 어디 있으랴. "사랑의 맹세는 헛된 것, 우리 아버지
도 속고 계신 거야 백노인처럼" 대학시절 외웠던 연극대사의 한 구
절이다. 오직 영원한 것은 덧없음뿐이다. 무상함은 시간의 바깥에
있다. 영원한 시간의 흐름을 조금만 좁혀보면 그대에게 허여된 일
회적 삶의 길이란 순간일 뿐이다. 길이가 없는 한낱 점일 뿐이다.
눈 깜짝할 사이 우리는 만나고 눈 깜짝할 사이 바닷가를 걷고 눈 깜
짝할 사이 함께 커피를 마시고 언제 다시 오마는 허튼 기약도 없이
우리는 저 혼자 먼 길을 간다. 오직 망망대해만이 영원하다.

지금 꼭 사랑하고 싶은데
사랑하고 싶은데 너는
내 곁에 없다.
사랑은 동아줄을 타고 너를 찾아
하늘로 간다.
하늘 위에는 가도 가도 하늘이 있고
억만 개의 별이 있고
너는 없다. 네 그림자도 없고
발자국도 없다.
이제야 알겠구나
그것이 사랑인 것을.

-김춘수, 「제22번 悲歌」 전문

　　가도 가도 하늘뿐인 하늘에 사랑의 동아줄은 기가 막힌다. 억만
개의 별 또한 기가 막힌다. 동아줄은 족쇄이고 억만 개의 별은 억만

개의 허망이다. 영원한 허망 속을 기어오르는 그리움의 사닥다리가 곰삭을 수 있는 날은 언제일까. 기막혀 죽겠다. 시란 무엇인가. 시인이란 무엇인가. 천리향이 잘 자라도록 천리향 둘레를 파고 개똥을 묻었다.

반시란 무엇인가, 한국의 반시, 내 시의 안과 밖, 아나키즘과 반시, 조세림의 시와 삶, 페미니즘과 반시, 일본 현대시 어디까지 왔나, 한국 현대시에 나타난 성, 90년대의 반시, 아메리카 인디언의 시와 정신세계, 石川啄木의 시세계, 지역자치 문화자치, 미국의 흑인시, 허난설헌 다시 읽기, 북아일랜드의 현대시, 현대시와 전통의식, 연변 조선족의 시, 미국 현대시론, 러시아 미래주의 시, 세계 30대 시인선, 한국 시단 무엇이 문제인가, 아도르노의 비판이론 다시 읽기, 네오바르크 시학, 한국 사상과의 만남, 시집 시인 그리고 시, 근대성과 문학, 70년대 시인들, 오이겐 곰링어와 구체시, 세기의 끝과 시작, 새천년을 가는 시인들, 밀레니엄 시 멀티포엠 운동, 북한의 시와 시인들, 현대시에 나타난 종교, 시와 자연, 욕망 그 기원과 목적, 작품으로 읽는 한국현대시사, 내가 영향 받은 시론, 대여 김춘수 선생의 시와 삶 그리고 산문, 현대시와 성, 해외시에 나타난 동양사상; 창가에 꽂힌 나의 십년. 저 속을 수많은 사람들이 드나들었다. 혹은 발을 상하고 가슴을 다쳤다. 혹은 가는 연필로 제 이름 석자를 바람에 새기기도 했으리라. 무슨 업보인가?

나는 전생에 구름이었음을 안다

싸락눈이 내렸다. 늦은 삼월이었다. 온 세상이 누에들 뽕잎 먹는 소리로 가득했다. 그 중에서 제일 좋아하는 건 허심이와 허순이었다. 찔레 가지를 꺾으러 가는 길에 데리고 갔던 것. 짐승은 짐승답게 길러야 된다는 것이 어머니의 지론이시다. 논둑길을 달리며, 넘어지며, 구르며, 엉기며, 제 키 높이만큼 깡충거리며, 품속에 안아 달라 뛰어들며, 옷자락을 당기며, 내 팔뚝을 자근자근 깨물며 자유와 해방의 기쁨을 만끽하는 것이었다. 내가 살아보지 못한 8·15의 감격이 저와 같은 것이었을까. 짐승은 짐승답게 기르지 않으면 길들여지지 않는다며 어머니는 허심이 남매를 달아매셨다. 꽁꽁 동여매어 저들의 야성을 잠재우고 나서야 비로소 안심하곤 하셨다. 허심이와 허순이는 아우가 가져온 풍산개 이름이다.

"나는 전생에 구름이었음을 안다. 왜냐하면 나는 지금 여전히 구름이기 때문이다. 과거에 나는 강물이었고 바위였다. 바로 이 순간 나는 강물이며 바위이기 때문이다. 이것이 지구 생명의 역사다. 그대 역시 과거에 사슴, 새, 물고기였고, 지금도 그렇게 존재하고 있다." 다시 틱낫한의 말이다.

어릴 적 나는 대장 노릇 못한다고 어머니로부터 자주 꾸중을 들었다. 무엇 때문에 다른 아이들이 학교 같이 가자고 찾아오도록 하지 못하고 내가 다른 아이를 부르러 바보같이 찾아가느냐는 것이었다. 어머니는 쥐 같은 게 뭐가 무섭냐며 맨손으로 잡아 내동댕이치기도 하셨다. 인민군과의 눈싸움에 이겨 어린 자식들을 지켜내셨다는 무용담은 언제 들어도 아슬아슬한 바 있다. 떨치고 일어서지 못하시는 아버지의 소심함이 늘 불만이셨고 남자로 태어나지 못한 것을 한스러워 하셨다. 풍속의 굴레로부터, 가난의 굴레로부터, 가족의 굴레로부터 어머니는 평생을 놓여나지 못하셨다. 기껏 동해안 어느 마을로 행상을 떠나셨던 젊은 날의 가출도 그 뜻을 제대로 이루지 못하셨다. 집으로 돌아가자고 뱃속의 내가 치근댔던 것. 꽁꽁 당신의 남성성을 동여매지 않고서야 어떻게 하늘까지 칠십 리, 구병산 끝자락을 지키실 수 있었을까.

나는 언젠가 적막은 무겁고 고요는 가볍다고 쓴 적이 있다. 겨울 창가에 서서 보면 적막은 검고 고요는 희다. 적막은 침묵의 빛깔이었고 고요는 옛이야기의 빛깔임이 분명했다. 침묵은 수직으로 솟고 옛이야기는 찔레숲 덤불로 흘러든다. 오늘은 5월 5일, 햇볕 눈부시고 바람 잔잔한 날, 통나무 책상 앞에 앉아 이 글을 쓰고 있다. 적막으로부터 감나무 잎이 돋고 농부가 소를 몰아 고요의 한 끝을 보습으로 갈고 있다. 적막과 고요의 빛깔도 바뀔 수 있겠구나, 바뀌었구나 생각한다. 어느덧 떠날 때가 된 것이다. 허심이 남매와 나비의 눈치를 피해가야 하리라. 하늘매발톱에게, 놀러 나간 나비에게, 고요와 적막의 새끼들에게 비비새의 노래처럼 간절한 마음으로 그래, 잘 있어 눈인사해야 하리라.

마침내! 어머니는 혼자 남아 하나님을 만나게 될 것이다. 텅 빈 시간 속에 호박 심고 상추 심고 꽃과 나무에 물주시며 더딘 주말을 헤아리실 것이다. "삶은 바람 부는 대로, 구름 떠도는 대로, 꽃이 피는 대로 그냥 사는 것이다. 그대의 언어는 구름, 바람, 그리고 꽃의 언어다. 누군가 철학적인 질문을 한다면, 그대 이렇게 대답하라. 아침은 먹었나요? 그러면 그릇을 씻으세요"라고; 우물가 내 어머니 하얗게 혼자 앉아 그릇을 씻으신다. 틱낫한이셨다.

풀밭에 앉아 늦은 아침을 먹는다
개미와 함께 꿀벌과 함께 바람과 구름과 함께
식탁 위에 뚝, 뚝, 떨어지는 감꽃과 함께

　나는 이미 도착했다. 타, 타, 타, 맨발로 걸어서 닝, 닝, 닝, 닝, 저 언덕을 넘어서 나는 이미 도착했다. 마른 대숲을 지나 훨훨 날아서 나는 이미 도착했다. 들고양이에게 오랑캐꽃에게 하늘로 원족 가신 어머니에게 얼굴 감춘 돌멩이에게 틱낫한 스님에게 자두나무 꽃 그늘에 나는 이미 도착했다. 대지 위를 걸을 때 그대의 발과 대지의 접촉에 집중하라. 지구에 입맞춤을 한다고 생각하라. 내딛는 걸음 하나하나마다 시원한 바람이 불고 꽃이 피어난다. 때때로 아름다운 무엇인가를 발견하면 걸음을 멈추고 그것을 바라보라. 나무, 꽃, 뛰어노는 아이들…. 마침내 깨달았다는 듯 뚝, 떨어지는 감꽃에게, 날 벼랑 거울 앞에 나는 이미 도착했다.

-강현국,「풀밭 위의 식사-세한도 · 13」전문

빛바랜 수첩

고향집 겨울풍경

빛바랜 수첩

겨울비 내리다

앞산이 잘 바라다 보이는 내 연구실 베란다에는 붙박이 옷장이 하나, 흔들의자가 하나, 화분이 셋 그리고 서랍을 네 개 가진 캐비닛이 하나 있다. 캐비닛 셋째 서랍에는 돌아가신 아버지가 들어 있다. 아버지의 인생이 들어 있다. 살다 가신 햇수만큼 올망졸망, 손 수첩에 새겨놓은 아버지의 비망록이 들어 있다. 퍽 오랫동안 나는 아버지의 비망록을, 아버지의 인생을, 서랍 속에 갇힌 아버지를 열어보지 못했다. 얼마나 갑갑해 하실까 띄엄띄엄 걱정 속에 십 년이 흘러갔다.

겨울비 내린다. 수성못을 지날 때 내리던 가랑비가 대명동에 이르자 겨울 비 답잖게 유리창을 두드린다. 아침엔 인도어에서 세 바구니의 공을 쳤고 오후엔 대학원 수업 세 시간을 해야 한다. 오늘 나는 마침내 연구실 캐비닛 셋째 서랍을 열고야 말 것이다. 아버지를 만나고야 말 것이다 작정한다. 갈색은 우울한 침묵의 빛깔이다. 술 취해 가까스로 몸을 가누시는 아버지는 흰 동정 끝이 조금 흐트

러진 갈색 두루마기를 입고 계셨다. 기와집 한 채와 초가집 두 채로 조성된 우리 집은 대궐보다 훨씬 작았지만 대궐의 후원보다도 훨씬 정갈하였다. 그 집을 자랑하고 싶었고 그 집에서 아버지와 함께 살고 싶었다. 아버지가 입고 계신 두루마기의 갈색 우울과 갈색의 침묵은 손이 있고 발이 있는 듯 내 멱살을 끌고 어디론가 하염없이 가는 것이었다. 꿈속의 세계는 자주 무성영화 같아서 안타깝다. 황량한 겨울 실개천을 건너 갈색 두루마기의 뒷자락이 앞산 쪽으로 사라질 때까지 물끄러미 멱살 잡혀 끌려가는 나를 바라볼 뿐 생각은 말로 바뀌지 않았다.

시골 어머니께 안부 전화 한 통, 문화부 기자에게 전화 한 통, 이메일 답장 하나, 그리고 사이버 카페 두 곳과 시와반시 홈페이지를 들락거리다 점심때가 되었다. 후배 교수 두 분과 보신탕을 먹었다. 개가 코를 문다고 사람이 개의 코를 물 수야 있겠는가; 미친개에게는 몽둥이가 약이야. 부탁 받은 원고 걱정 때문에, 진통제로 견디는 건강 걱정 때문에 걸려온 오규원 선생의 전화로 개에 대한 이야기는 중단되고 말았지만 참으로 우연히 오늘 점심은 소재도 화제도 개 중심이 되었었다. 돌아보면 두루 개판이니까.

서류 때문에 편집장이 잠시 다녀가고, 안부 전화 한 통, 이번 토요일 산에 가자는 전화 한 통, 연하장 한 통, 청첩장 한 통 그리고 뜻밖에 실키라는 이름을 가진 난초 화분 하나를 선물 받았다. 이렇게 하루가 갔다. 셋째 서랍은 내일 열기로 마음먹는다. 십 년 동안 미루어 두었던 일을 하루만 더 미루어 두기로 한다. 하루 종일 궂은 비 내렸다.

교무처장실에 들러 커피 한 잔 마시고 나오는 길에 무심코 1강의동을 바라보니 내 연구실 블라인드 커튼이 바람에 펄럭인다. 빗소리가 듣고 싶어, 빗소리가 가져다주는 흙냄새, 풀 냄새, 나무 냄새가 맡고 싶어 어제 나는 연구실 창문을 열어 두었었다. 깜빡 잊고 휴대폰도 두고 갔었다. 지난 밤 아무도 나를 찾지 않았다. 안심되기도 하고 허전하기도 하다. 세상으로부터 캄캄하게 지워져 있었다는 사실은 끔찍하다. 컴퓨터를 켜고 이 메일을 점검한다. 불필요한 편지를 세 통 지웠다. 홈페이지를 거쳐 문예대학 카페 문을 열어본다. 바다를 소재로 쓴 회원 시 한 편이 새롭게 올려져 있다. 문예대학 20기를 수료한 개인택시 기사의 글이다. 멋을 부리려고 애쓴흔적이 보인다. 하루 이틀 지나면 누가 도움 되는 이야기를 들려 줄것이다. 포에지92를 찾아간다. 시와반시 봄 서가 때문에 김정용 시인이 쿵쿵쿵쿵 드나든 흔적이 있고, 김영근 시인과 류시원 시인이몸이 달아 자주 들락거리고 있다. 제 몫을 다하려고 애쓰는 사람들의 발걸음은 아름답다. 후배 교수의 전화를 받았다. 점심 약속, 비오고 심심해서 내 생각났다고, 심심풀이 땅콩이 언뜻 스치고 한 옛날비둘기호 열차가 언뜻 황간 굴다리로 빠져드는 것이 보였지만 기분상할까봐 내버려두었다. 누가 내 방문을 두드린다. 대학원생이 인사하러 왔다가 불 꺼진 방을 의아해 한다. 촛불 켜고 컴퓨터를 두드리고 있는 나를 신기해한다. 미안하고 겸연쩍은 듯 다음에 또 오겠다며 서둘러 일어선다. 학군단 학생이 방문을 크게 두드리고 과제물을 두고 간다. 다시 더 요란스럽게 방문을 두드리고 잘못 제출한 과제물을 바꾸어 두고 간다. 나는 지금 출근해서 정각 12시까지 1시간 30분간 있었던 일을 시시콜콜 기록하고 있다. 세 번째 서랍을 열어야 하는데…. 서너 걸음 등 뒤 칸막이 유리창 너머 아버지의 일생을 끄집어내기가 왜 이토록 망설여지는 걸까. 지금 내게는 유예/지연/슬픔 등의 말들이 먼지 알처럼 떠다니고 있다.

베란다를 바라본다. 흔들의자가 저 혼자 젖은 앞산을 바라보고 있다. 구름이 제 몸의 무게를 못 이겨 쉬었다 가나보다. 몽상에 잠긴 늙은이처럼 느린 걸음으로 계곡과 계곡을 건너 산과 산을 지나 하늘로 가고 있다. 아버지와 흔들의자, 참 어울리지 않는 관계이다. 흔들의자에 앉은 아버지를 나는 상상할 수 없는 것이다.

아버지와 흔들의자

아버지의 일생은 부대끼는 삶, 바람 잘 날 없는 일상의 연속이었다. 아버지 6주기 기일에 모여 앉은 우리는 이렇게 고인을 추모했었다.

아버지, 하늘 가신 6주기를 맞아 저희 이렇게 한데 모였습니다.

저희는 지금 누구나 잠깐 머물다 떠나가야 한다는 사실 앞에 목메입니다. 가고 옴이, 만나고 헤어짐이 생의 이치임을 모르지 않지만 남은 자의 마음은 언제나 젖은 회한으로 힘이 듭니다. 하늘 향해 무릎 꿇고 지금 저희는 당신이 저희에게 남기고 가신 뜻과 저희에게 주고 가신 당신의 사랑을 기리고 있습니다.

허둥지둥 살아가는 저희들의 일상은 부끄러운 일들로 가득 차 있습니다. 잠깐 살면서 많이 누리고 싶어 하고, 떠난 후 우리가 머물다 간 자리가 어떻게 기억될까 망각하며 살아가곤 합니다. 저희들은 넉넉함보다는 부족함이 많아서 늘 다른 사람들에게 상처를 주고 자신의 생각과 입장만을 앞세워 살아갈 때가 많습니다. 서로 이해하고 서로 용서하고 서로 사랑하며 살아갈 수 있는 힘과 지혜를 늘 목말라합니다.

당신께서는 1918년, 가난한 집안의 장손으로 태어나셔서 1991년 눈감으시기까지 가난한 가정, 궁핍한 시대를 참 어렵고 힘들게 늘 부대끼며 한평생을 보내셨습니다. 70여 년 간 살다 가신 당신 일생의 가파름은 누구나 견딜 수 있는 가파름이 아니었고, 그해 가을 햇빛이 곱고 맑은 날 아침 마침내 부려놓으신 이승의 등짐은 누구나 쉽게 질 수 있는 무게가 아니었습니다. 그러나 당신은 오직 집안의 융성과 자식들 교육을 위해 어느 한 순간도 부대낌의 나날과 무거운 등짐을 마다하지 않으셨습니다. 당신의 평생은 누리는 삶이 아니라 베푸는 삶이셨으며, 바람 잔 날의 편안한 삶이 아니라 바람 많은 날의 손 시린 삶이셨고, 배부른 삶이 아니라 늘 배고픈 삶이셨습니다. 당신의 일생은 저희들에게 올곧게 살아가는 삶의 소중함을 일깨워 주셨고, 용서하고 인내하고 베푸는 삶의 가치를 가르쳐 주셨으며, 서로 믿고 의지하고 소망하는 아름다움을 실천으로 보여 주셨습니다. 아버지, 저희는 지상에서의 가난은 하나님 나라에서는 부유함이며 이승에서의 고난은 당신 계신 그 나라에서는 축복임을 의심하지 않습니다.

당신께서 남기신 사랑의 참뜻이 6주기를 맞아 이렇게 무릎 꿇은 저희 자손들의 가슴 가슴마다 더욱 빛나는 발자취로 살아 숨 쉬고 있음을 느끼고 있습니다. 일상 속에 언제나 당신의 체온이 함께임을 감사하고 있습니다. 몸은 저희 곁을 떠나셨지만 피를 물려받고 체온을 나누어 가진 저희들의 기억 속에 늘 당신은 자애로운 아버지로 살아 계심을 행복해합니다. 당신의 꿈과 희망이 저희들의 꿈과 희망임을 잊지 않고 있습니다.

부디 영면하세요.

그러나 나는 자주 망자를 잊고, 망자의 부대낌을 잊고, 언제나 큰물 지고 바람 잦은 가파름을 잊고, 그러나 나는 너무 자주 세속의 흔들의자에 앉아 있곤 하는 것이 아닌가. 나는 한 번도 생전에 아버지를 흔들의자에 앉혀드리지 못했다. 죽음이란 무엇인가. 피 돌림이 멎고 마지막 호흡이 멎고 싸늘하게 굳은 몸이 병풍 뒤로 옮겨지는 것, 울고불고 가슴 치며 애통해하던 망자의 삶에 대한 뜨거운 사랑, 아픈 기억이 시간에 부식되어 싸늘한 고철 부스러기로 부스러지는 것, 그러므로 삶이란 빗소리가 잠시 앉았다 가는 텅 빈 흔들의자 같은 것.

쓸쓸함에 대하여

관이 내려지고 헌화를 하고 흙을 뿌리며 용서하세요, 사랑해요, 안녕히 가세요, 나는 마지막 인사를 드렸다. 오냐, 오냐 하시는 듯 낙엽이 지고, 그래, 그래 하시는 듯 바람이 불고, 혼자 먼 길 떠나시기 얼마나 쓸쓸했으면 청청 하늘 솔개 한 마리 불 꺼진 마을을 가만히 소문 없이 삼키고 있었을까.

찬밥 같은 구석이었지 한식날 아버지 무릎에서 내려다보는 불
꺼져 하얗게 빈혈 진 동네, 그래, 나는 구석을 쌈 싸먹고 자랐지 풀
밭을 건너가는 흰 구름 그림자 뜯어먹고 자랐지 도둑 같은 구석이
었지

구석의 젖줄인 실개천과 구석의 호흡인 오솔길과 구석의 자궁인
옹달샘과 구석의 아버지인 앞산 절벽과 부딪쳐 깨어지는 구석의
맨주먹 그래, 나는 구석의 메아리였지

오디처럼 다닥다닥 구석은 구석의 알을 슬고 구석은 구석의 새
끼를 쳤지 구석은 구석을 갉아먹었지 가운데가 텅 빈 구석 바람 부
는 신작로가 지나는 구석 배고픈 구석 이빨뿐인 구석 항문뿐인 구
석 그래, 나는 구석의 찬밥이었지

한식날 아버지 무릎에서 곰곰 바라보면 구석은 태풍의 눈을 가
졌네, 청청 하늘 솔개 한 마리 불 꺼진 그 동네를 가만가만 소문 없
이 삼키고 있네

-강현국, 「찬밥」 전문

그날 아침 화장실에 있던 나는 어머니의 다급한 부름을 받았다.
마지막 숨을 들릴 듯 말 듯 몰아쉬고 계셨다. 투병의 세월은 길어서
아버지의 임종은 느닷없었다. "애야, 누 집에 초상났지?" 임종하시
기 바로 전, 마지막 말씀이셨다. "아니요, 편찮으시니까 헛 걸 보신
게지요" 마지막 대답이었다." 이승에서의 마지막 대화는 이렇게 남
루했었다. 빨리 일어나 시골에도 가고 하셔야 할텐데요." "이래 가
지고 고향엔 가서 뭘 해…. 집에 가야 하는데…" "여기가 아버지 집
인데 가긴 어딜 가세요." 자식에게 기대어 죽음을 기다리는 당신의

처지가 낭패스러운 듯 잠자코 턱수염 까칠한 웃음을 보이신 지 사흘 뒤의 일이었다. 나는 한 번도 아버지를 흔들의자에 앉혀 드리지 못했다.

죽음은 나의 것이 아니라고 믿었다. 죽음은 남의 집의 일이라고 믿은 적이 있었다. 울타리가 무너지고 찬바람이 닥쳤다. 가슴이 시렸고 일상은 한갓 텅 빈 여백이었다. 당신이 일군 땅, 당신이 걷던 길, 당신이 심은 초목, 당신이 사랑한 숙명의 땅 임곡리, 당신의 손때 묻은 자잘한 가재도구들이 하얀 소복을 하고 있었다.

　아무도 당신을 보내지 않았네
　버들개, 소또골, 여수바우, 매봉재, 논틀마, 말매기, 선모꼴, 구병
산 찌렁찌렁
　아무도 당신을 보내지 않았네

　개망초, 쇠비름, 아욱, 상추, 쑥갓, 호두나무, 감나무, 고욤나무, 대
추나무, 자귀나무, 모란꽃, 함박꽃,
　줄장미, 채송화, 접시꽃, 담쟁이, 우산이끼 자욱히
　자욱한 당신을 보내지 않았네

　비누, 칫솔, 면도기, 돋보기, 성경책, 전화기, 라디오, 에프킬라, 파
리채, 두고 가신 약봉지, 큰물지고
　바람 많은 날들의 빛 바랜 수첩 가지런히
　가지런한 당신을 보내지 못하네

벽에 걸린 아버지, 툇마루에 나앉아 빈집 지키시는, 하얀…,

-강현국, 「여백」 전문

유품을 태웠다. 한 사람의 일생이 연기로 휘발했다. 사리를 수습
하듯 아버지의 비망록, 빛 바랜 수첩을 가방 속에 챙겼다. 지금 나
는 큰물 지고 바람 많은 날들을 만나야 한다. 다시 하루가 갔다. 오
늘도 나는 셋째 서랍을 열지 못한다. 7시 10분, 창밖은 캄캄하다. 슬
픔의 유예? 그리움의 지연? 나는 지금 아마도 쓸쓸함으로부터 도망
치고 싶은 것이다.

할아버지 심으신 감나무 그늘 아래 초가집 에워 두른 토담이 있
고 아무 데나 뿌리내려 애처로운 강아지풀 쭉쭉 뻗어 가는 담장이
넝쿨 잎에 주룩주룩 장대비 하염없이 내립니다 하염없는 아버지
저녁 상머리 어머니 하염없이 웅크리고 계시고 장대비 하염없이
주룩주룩 내립니다 대처로 옮기든지, 큰길가로 나앉든지, 궐련 연
기 앞세우고 아버지 하염없이 아랫마을 가시고 당신 손으로 농사
도 못하면서, 아이들 교육이 걱정, 이신 하염없는 어머니 장대비에
젖으시고 적막강산 흔드는 아버지 술주정 쩌렁쩌렁 구병산 되울려
오고 무논 가득 수런대는 개구리 잠재우고 어린 날 내 마음 빗소리
당겨 덮고 새우잠 듭니다 꼭두새벽 아버지 비이슬에 젖으시며 허
물어진 토담 손질하시고 생솔가지 불지펴 어머니 말없이 아침밥
지으시고 장대비에 부대껴 허리 꺾인 강아지풀 새하얀 맨발가락
젖은 토담 움켜잡고 있었습니다

내 어린 날 장대비처럼 흰눈이 펑펑 쏟아지고 있습니다 이 세상
동서남북 앞 뒤 없이 지워지고 자동차 앞 뒤 없이 비틀거리고 앞뒤
없이 흰눈이 펑펑. 동서남북 열린 길 모두 막히고 태곳적 앞 뒤 없
는 적막뿐입니다 앞뒤 없는 적막을 막막해 합니다 애야 올해는 물
조심하거라 예 살던 족제비 자리를 떴구나, 족제비 이사가면 큰물
이지지, 큰물 지기 전에 산짐승 서둘러 제 집을 옮기지, 토담 손질
하시며 혼잣말 맺으시던 아버지 홀로 가신 그 하늘 내려앉는 듯 흰
눈이 펑펑. 아버지, 아버지 기운 내세요 이러시면 안돼요 담쟁이
넝쿨잎 찬서리에 무너지고 토담 갈비뼈 앙상하게 드러나고 사금
파리 돌덩이 그 땅 움켜잡은 안간힘 풀려 메마른 강아지풀 목 꺾인
그해 가을 아침답 담담하던 어머니 크게 우시고 토담 와르르 한꺼
번에 무너지고 이러시면 어떡해요 아버지, 아버지 식어 가는 발가
락 새하얀 떨림을 멎었습니다 애처로운 강아지풀 실뿌리 같은 아
버지, 아버지, 흰눈이 앞 뒤 없이 펑. 펑. 펑. 쏟아지고 있습니다

할아버지 심으신 감나무 그늘에 발 묶이신 아버지, 믿음은 아무
데나 뿌리를 내립니다 뿌리가 터잡으면 몸 무겁고 몸 무거운 아버
지 기차시간 놓치시고 아무 데나 대처로 옮겨가야겠다시던 그날이
오기 전에 토담 무너지고 들쥐 산고양이 세월의 빈 헛간에 새끼를
치고 아버지, 아버지 안녕히 계세요 백미러에 비치는 황금의 감나
무 처연한 횃불 그 언덕을 넘어와도 꺼지지 않습니다 애야, 물조심
해라, 아무래도 올해는 큰물이 지겠구나, 나 지금 아무 데나 큰물
속을 떠돌며 아무 데나 뿌리내릴 믿음도 없이 아무 데나 부딪쳐 이
마를 다치고 아무 데나 멍들며 아무 데나 뿌리내린 내 아버지 쓸쓸

함 부대끼던 그 시절을 그리워합니다.

-강현국, 「쓸쓸함에 대하여」 전문

모든 뿌리는 쓸쓸함의 어미이다. 모든 뿌리는 빗소리에 젖은 땅, 정지된 시간의 육체이므로. 쓸쓸함의 깊이는 뿌리의 깊이이다. 뿌리 없는 존재, 뿌리 없는 사물, 하물며 뿌리 없는 생명이 어디 있을까. 모든 쓸쓸함은 할아버지 심으신 감나무 그늘 밑으로부터 뻗어 오른 줄기, 모든 쓸쓸함은 강아지풀 새하얀 맨발가락으로부터 휘날리는 나뭇잎, 쓸쓸함은 북풍, 앞 뒤 없는 적막, 쓸쓸함은 운명의 자물쇠, 그 언덕을 넘어와도 꺼지지 않는 황금의 감나무 처연한 횃불. 오늘도 그날처럼 펑. 펑. 눈이 오려는 듯 하늘 몸 무겁다.

아버지의 그날들

베란다 캐비닛 세 번째 서랍을 열었다. 가로막은 화분을 옆으로 조금 밀쳐야 했다. 1968년부터 1991년까지 아버지의 비망록인 빛바랜 수첩은 모두 24권이다. 1970년의 것이 없는 대신 1979년의 것은 수첩이라기보다는 노트에 가까운 비망록이 한 권 더 있다. 70년의 것은 망실되었을 것이다. 아버지는 왜, 하필 68년부터 일기를 쓰기 시작한 것일까? 가시던 해 91년의 수첩 표지에는 아직 할 말이 많이 남아 있다는 듯 파카 볼펜이 비스듬히 꽂혀 있다. 올망졸망 24권의 수첩 사이에 까만 가죽 지갑이 끼어 있다. 지갑 속을 조심조심 들여다본다. '이하욱 선생 남하 피난 중 대구여행 기념으로'라는 메모는 아마도 이 지갑을 소지하게 된 유래일 터. 청도군수, 청도경찰서장, 매전읍 면장 세 사람의 명의로 발급된 장정증명서 한 장(청도 군과 아버지는 무슨 관계가 있었을까?), 단기4283년 5월11일 제2사단장 육군준장 유재흥 명의로 발급된 징병소집유예증명서 한 장, 그리고 상주군화북면의회 부의장 姜 宇模라고 적힌, 콧수염을 기른 젊은 아버지의 흑백사진(아버지는 멋쟁이셨다) 위에 화북면의회 직인이 찍힌 신분증명서 한 장, 만지면 바스러질 듯, 명함 크기의 종이에 한 자로 인쇄된 내 아버지의 가난한 존재증명!

1968년부터 91년까지 아버지의 그날들을 가지런히 챙겨 가방 속에 다시 넣었다. 햇볕이 잘 드는 남쪽 베란다, 예의 그 흔들의자 위에 얹어 두었다. 앉혀드렸다. 서랍 속은 갑갑할 터이므로.

검은 시간의 골짜기

2008년 성지순례: 터키 지하수원지

검은 시간의 골짜기

"사람으로 세상에 오지 말기인 줄 알았더니, 사랑으로 세상에 오지 말기네요". 진주 사는 김시인은 내 산문을 읽다가 알았다며 김광석의 노랫말을 실망스러워 했다. 사람으로 태어난 것이 얼마나 한스러웠으면…. 언젠가 김시인은 먹은 마늘을 토해내고 다시 곰으로 돌아가려고 굴에 살고 있다며 쓰게 웃었었다.

거북이 한 마리가 30년마다 한 차례 태평양 수면 위로 떠올라 3초 동안 머물다가 가뭇없이 물밑으로 사라진다. 나뭇잎 하나가 30년 만에 꼭 한 차례 태평양 상공에서 정처 없이 떨어진다. 사람으로 태어나기란 거북이 등 위에 나뭇잎 떨어지기와 같이 어렵다고 하는데 우리는 자주 돌멩이 앞에서, 물또레 앞에서, 하루살이 앞에서, 고양이 앞에서 나 지금 사람임을 가슴 뜯으며 애통해 한다.

저 세상 한 끝을 입에 물고

모악산은 퍽 편하고 가찹게 거기 있었다. 입구에 이르기 전에 세차장에서 차를 씻었다. 그러고 싶었다. 그래야 될 것 같았다. 으름덩굴이 보라색 꽃등을 송알송알 걸어두고 나를 맞았다. 수왕사 툇마루에 앉아보고 싶었다. 30년 전 그때를 뒤적이고 싶었다. 손으로 멀리 차양을 하고 시간의 골짜기를 더듬어 보아야 할 때가 된 것이었다. 햇살이 잘 드는 좁은 툇마루에 걸터앉으면 물결처럼 밀려가는 첩첩 산 능선이 끝 간 데 없이 아득했었다. 그곳에는 늘 병색이 짙은 사람들이 기약도 없이 수왕사 맑은 물에 기우는 제 삶을 기대고 있었다. 짐승의 형상을 한 기이한 나무뿌리들이 심심한 시간 속에 마른 팔다리를 말리고 있었다. 20대의 강병장이 가고 없는 것처럼 툇마루는 이미 사라지고 없었다. 그러나 나는 지금 누이의 그날들이 잘 보이는 사라진 툇마루에 걸터앉아 땅거미 지도록 하염없다.

아연, 푸른 나무 가지 사이로 새 한 마리가 미끄러진다. 새 한 마리가 미끄러질 때 혼비백산하는 신록 사이의 저 길을, 저 길의 가이 없는 흔적을 무엇이라 말해야 하나? 어떤 비애의 서늘한 무게, 서늘한 무게의 팽팽한 침묵, 아마도 저 세상 한 끝을 입에 물고 시간의 지층을 날아서 왔으리라.

조류도감을 찾아보니, 어치는 "까마귀과에 속하는 종으로 우리나라에서 번식하는 텃새인데 암컷과 수컷 모두 이마에서 뒷목까지 황갈색이며, 머리에는 잿빛을 띤 검은 색의 세로 얼룩무늬가 있고, 등과 허리는 잿빛을 띤 포도색이며… 가아, 가아, 가아, 또는 과아, 과아 하고 큰 소리를 내며 운다."고 되어 있다.

그러나 나는 한 번도 어치가 큰소리를 내며 우는 것을 본 적이 없다. 그것은 늘 한 많은 삶의 서사를 거느린 비애의 이미지였다. 초

겨울 저녁 답 감나무에 앉아있는 어치를 산탄총으로 쏜 적이 있는데 픽! 하고 떨어진 제 짝의 죽음 앞에서도 어치는 가아, 가아, 가아, 또는 과아, 과아 하고 큰 소리를 내며 울지 않았다. 가아, 가아, 가아, 또는 과아, 과아 하고 큰 소리를 내며 우는 것은 어치가 아니라 어치를 쏜 방아쇠 뭉치라고 말해야 하리라.

어치는 내 누이를 닮았다. 사진첩 두 권, 일기장 네 권, 강의 노트 두 권, 가족과 친구들의 주소와 생활비 내역을 적은 수첩 두 권, 도장이 들어 있는 가죽 손지갑 한 개, 손때 묻은 찬송가 한 권, 카세트 테이프 두 개로 남아 있는;

1974년 5월 18일
비가 내린다. 외로운 이의 눈물처럼. 아버지가 오셨다. 반가웠다. 그러나 까맣게 변해버리고 위축된 모습이 눈물이 쏟아질 정도로 슬펐다. 고혈압.

너는 여고 졸업반이었고, 나는 제대 말년이었다. 너는 초라한 아버지를 반갑게 맞고 있지만, 중학교적 나는 아버지의 남루를 피해 구석에 숨었었다. 네가 가고 우리는 충주로, 서울로, 대구로 뿔뿔이 흩어져 살았었다. 폐허의 세월이었다. 네 무덤가에 모란을 가꾸는 것이 낙이셨던 아버지는 고혈압으로 1991년 세상을 떠나셨다. 외로운 이의 눈물처럼 그곳에도 비가 내리니? 아빠가 네 곁에 오셔서 반갑니?

1974년 6월 4일

돈, 많은 돈이 필요하다. 1기분 납부금, 그리고 책값, 보충비, 어쩜 좋은가. 교통비는 빌려 쓰고 있다. 아버지 혼자서 어떻게 해결하시라는 건가? 도저히 펜은 잡히지 않고, 쪼들리는 건 나뿐인 듯하고, 돈을 빌리기도 한두 번이 아니고, 약속한 날짜에 갚지 못해 신용만 얄팍해 지고. 몰라,

왜 대책 없는 촌부의 넷째 딸로 태어났니? 인정 없는 언니의, 무책임한 오빠의 동생으로 왜 태어났니? 숨이 막힌다. 반월당 월셋집 연탄아궁이 하나 뿐인 부엌을 생각할 때, 달성공원 앞 원화여중에서 경북대학교 뒤편 판잣집까지 들고 다니던 무거운 책가방을 생각할 때, 눈칫밥 먹던 칠성동 정구지밭 뒷집 김씨네를 생각할 때, 평온국민학교를 지나 화령중학교까지 먼지바람 부는 삼십리 신작로를 생각할 때, 물 흐르는 김치반찬 말고 마른반찬 도시락을 꼭 한 번만이라도 싸 주었으면 싶었던 대전시 판암동 추운 방을 생각할 때, 새끼줄에 끼인 연탄 한 장 사들고 죽음을 찾아가던 마지막 밤길을 생각할 때….

1974년 6월 21일

6개월 만에 내 사랑은 떠난다. 병든 몸으로 정처 없이. 시련과 즐거움과 행복했던 시절과 한숨이 섞인 6월 오후에. 얼마나 많은 시간을 잊겠노라 다짐하고 또 얼마나 많은 시간을 달래며 살았는가? 建아, 가슴이 답답하다. 곧 터지고 말 듯한 쓰라린 마음인데 어쩜 좋을지 모르겠다. 일요일, 월요일의 각오가 주말이면 사라지는 내

게 이런 아픔이 있으리라 생각했다면 좀더 웃으며 괴로움을 주진 않았을 텐데 눈물도 한숨도…. 오랜만에 마음을 가다듬고 늦게야 집을 찾은 날 다정한 소식이 있었음 하고 조급했다. 며칠간 신경질이 치솟고 정말 미칠 것 같았던 요즈음, 보고 싶기도 만나고 싶기도 한 며칠이었다. 편지를 읽는 순간은 캄캄한 하늘과 쏟아지는 눈물을 감당할 수 없었는데 지금은 눈물조차 마른, 마음만 터질 듯한

얼마나 아팠으면 기도로도 모자라 벅벅 볼펜을 노트 가득 문지르고 있니? 建은 짐작컨대 시골 전도사? 네가 자주 Summer Stone으로 부르고 있는, 하도 사랑해서 개새끼라고 욕도 퍼붓고 했던, 세상을 떠날 때까지 꿈속에서도 찾아 헤매던 하석, 바로 그 사람? 오빠 말 맞니? 그날 이후 일기 끝머리에 Good Bye라고 적고 있는 것도 그 사람 때문이고, 75년 8월 25일 세상에서 제일가는 악녀가 되고 싶다고 붉은 볼펜으로 쓰고 있는 것도 그런 것 같구나. 너의 맘 깊은 곳에 하고 싶은 말 있으면 고개 들어 나를 보고 살며시 얘기 하렴…. 빗속을 말없이 걷고 싶었던 사람도 그였겠구나. 용서하고 편해지렴. 이승에서 사랑한 단 한 사람. 이 하늘 밑 어디선가 무릎 꿇고 이제 그가 너를 위해 기도하고 있음이 분명할 테니.

1974년 9월 2일

이젠 대학을 포기해야겠다고 생각한다. 차비조차도 주지 않은 채 빌려서 가라고. 마음만이라도 편하게 해주는 게 자녀의 최선의 도리라고 생각했기에 웃어왔던 난 이젠 생각을 바꿔야겠다…. 선돈 주고 아래채 수리는 깨끗이 하면서 대전까지 올 차비를 빌려

서 가라니, 악착스럽게 굴어야겠다. 그래야 돈을 탈 수 있을 것 같다… 큰오빠, 또, 뭐, 코미디언이 되라니, 남들의 조롱거리만 되는, 그리고 교대 졸업하고 집에 와서 농사짓고 쌀 팔아서 잡비하라느니, 농담으로 웃어넘길 수 있었지만 어쩜 모두 그럴까? 곰곰이 생각하니 나를 한 人間으로 생각지 않나보다.

오죽 했으면 착하디착한 네가 이를 악물었겠니? 얼마나 절벽 같은 날들이었을까! 그때 난 무슨 농담을 그렇게 했던가. 아니야, 너를 한 인간으로 생각지 않은 건 아니야. 네 마음을 헤아리지 않아도 좋으리라 여길 만큼 가깝고 편하게 여겼을 뿐일 거야. 그렇다 하더라도 이건 너무 잘못했구나. 큰오빠 지금 20년 넘도록 교육대학 선생하고 있어.

1974년 10월 20일
큰오빠가 첫 월급봉투를 들고 밀린 내 돈 때문에 많이 소비해야 하는 게 안쓰럽다. 엄마, 아버지 손으로 노란 월급봉투가 안겨져야 흐뭇하실 텐데 작은 오빠께도 손이 많이 뻗치지 못하고 정말 죄스런 맘, 어이 금할까? 애들 마냥 웃기 좋아하는 오빠가 어른 노릇 하자니 꽤나 힘이 드시겠다. 돈 버는 사람 한 명에 얼마나 많은 사람들이 옆에 있는가. 밤이 오래도록 추석 비심처럼 입어보고 거울보고, 표현이 이상하겠지만 기특할 정도로 흐뭇하다. 여학생들의 인기 절정쯤 되리라 생각하니 염려스럽다. 고고바지 타잎의 총각 선생. 엄마와 아빠께 첫 봉투가 쥐어져야 할 텐데. 오늘 일찍 별고 없이 도착했는지 가슴 조이게 한다.

오빠 노릇했구나 흐믓해 한 건 그때가 처음이야. 청산중학교 선생이었지. 밀렸던 납부금 들고 학교 가는 너의 발걸음이 가벼움을 느꼈을 때, 아니 하나 또 있다. 너 걸음마 할 때, 밭 매러 간 엄마 찾아 찔레꽃 핀 산길 갈 때, 햇살 신고 아장아장 손잡고 갔을 때, 내 품에 안겨 까르륵 웃었을 때 오빠 노릇 했구나 흐뭇했었다. 그때 내가 무슨 옷을 네게 선물했던가 기억이 없다. 지금도 마찬가지야. 큰오빠 어른 노릇 잘 못하겠어.

1974년 10월 23일

직지사를 다녀온 기분에 흥겹다. 교복 시절의 마지막이라 생각하니 서글프기도 했구. 영동을 지날 땐 미지의 하석이 생각나서 우울했고, 갑자기 보고 싶었다. 영동과 황간 사이에서 수영이가 생각났고…. "사랑이라면 하지 말 것을" 의미 있게 부르신 이정자 선생님 굉장히 불쌍케 보였지만 폭넓은 그녀의 마음에 눈시울이 뜨겁다. 야튼 고등학교 시절의 마자막이 아름다웠다.

아름다웠다니 얼마나 좋은가! 네게도 그런 때 있었다니 고맙구나. 호수돈여고 졸업여행? 팔공산 다녀간다고 동대구역에서 전화한 적 있었지. 76년 늦가을이었던 것 같아. 그리고 얼마 안 있어 세상 떠났으니까. 맨발로 달려나가 용돈 듬뿍 쥐어 줘야 했는데, 그게 뭐라고 시 쓴다고 끙끙대다 못나갔다. 야속했었겠다! 가슴 친들 지나간 날 돌이킬 수 없으니.

1975년 4월 14일

뒷산에서 나를 부른다. 조용히 살펴보니 아름다운 수꿩이다. 나를 처다보며 소리쳐 부르지 않는가? 동심으로 돌아가 마구 달려가고 싶었다. 산 너머 산까지, 지저분한 빨래들이 밀렸지만 도저히 내겐 힘이 없다. 미워해서 안 될 사람은 그리워하도록 심혈을 기울여야겠다. 하석, 아직도 사랑은 자란다. 뒷발질을 당했다는 게 내겐 말할 수 없이 슬프지만 와신상담 야학 복학을 시작했다. 처음과 끝의 열매가 시들지 말아야지. 오늘부터, 책을 읽어야겠다.

좁은 문, 마지막 잎새, 신곡, 세계명작 선집, 젊은 베르텔의 슬픔, 하느님전 상서, 슬픔이여 안녕, 누구를 위해 종은 울리나, 새의 탐구, 현대의 인간관, 인생의 길, 휴머니즘, 생활과 문학, 25시…를 읽고, 너는 하이든의 교향곡 100번, 주의 기도, 언덕 위의 포장마차, 집시의 사랑, 즐거운 농부, 솔베이지 노래, 나타샤의 왈츠, 토스카, 오묘한 조화, 나비부인, 사랑은 아름다워라, 마을의 제비, 여자의 마음, 흑인 영가, 히스가스 월드, 라팔로마, 그대는 나의 안식, 포로들의 합창, 하늘과 바다, 엘리제를 위하여, 나는야 새잡이 꾼, 봄길에서, 나비는 이제 날지 못하리, 그대를 사랑하는 까닭, 대장간의 합창, 그리워, 마지막 왈츠, 사랑의 찬가, 저 무서운 불꽃을 보라, 홍난파 사랑…을 들으며 짧은 생애를 가꾸다 갔구나!

1975년 8월 18일

어쩌란 말인가? 난 어디에 머물러야 하나? 부모 품에? 아니면 시퍼렇게 달려드는 타향에? 어디든지 필요한 존재다. 늙은 부모님이

100

불쌍하고, 교회 어린이들이 불쌍하고, 내 존재가 불쌍하고! 처음도 끝도 없는 생각들이 머리를 스치고 눈물이 주르르 흐르고 두 줄기.

백의의 천사, 그 꿈을 좌절당한 네게 가장 길고 힘든 한 해였다. 짜증, 신경질, 좌절, 열등감, 절망, 소외감, 죽음, 피로, Summer Stone, 불만… 등의 어휘와 함께 진저리 친.

1976년 1월 25일 ─ 28일

난 무언가 정상에서 미달한다. 모든 사명을 감당할 수 없으며 자신마저 없는 건 어쩜 좋을지. 직장인이 된다는 것, 그것마저 내겐 힘도 없으니 욕망도 없고 정녕 삶의 어려움이 이것보다 더함이 있을까. 심적인 기형아, 神은 아시건만, 내가 무슨 향학열이 강한 여자라고….그러나 졸업은 하자, 영원히….

꿈을 꾸었는가? 꿈을 꾸었다고 생각하는 건가? 자주 너는 여고생 차림으로 찾아오곤 한다. 지내는 곳이 어딘지, 하는 일이 무언지, 맥 빠진 모습으로 나타났다가 지금 네 유택이 있는 여수바우 쪽으로 사라지곤 한다. 노동을 착취당하고도 억울한 줄 모르고, 때리고 굶겨도 소리칠 줄 모르는 무언가 미달된 힘없는 모습의 너를 만나 발 동동 구르는 날 많구나. 끝내 네 사는 곳의 빌미도 남기지 않고 행방을 참 묘연하게 감추곤 한다. 아무도 반겨주지 않아서 되돌아가는, 아무도 반겨주지 않는 곳으로 되돌아가는 표정으로, 무거운 발걸음으로, 둥둥 떠서. 이제 그렇게는 내게 오지 마. 꿈을 꾸었는가? 꿈을 꾸었다고 생각하는 건가?

1976년 2월 12일

合格통지서 왔다. 얼마나 고대하던 사연이었나? 그러나 무서운 돈, 돈이 또 위축과 불안을 준다.

1976년 3월 3일

엄마와 대전 오다. 거처도 정하지 못한 채.

1976년 3월 4일

영광의 입학식. 내가 대학생이 되다!

1976년 3월 21일

북부교회에 첫발을 딛다. 성가대와 주일학생을 맞게 하시다.

대전여대 보육학과 입학, 꿈꾸던 대학생이 되었구나. 그날이 다시 온다면 카드빚을 내어서라도 전망 좋은 곳에 지은 원룸을 얻어주고, 은행을 털어서라도 빨간 스포츠카를 입학선물로 사주고 싶다.

1976년 10월 5일

오빠, 새삼스레 가을이란 느낌이 듭니다. 안녕! 엄마는 가셨는지요? 몹시 피곤하실 텐데 염려스럽군요. 엄마 육순 이야기 있었겠지요 이번에…. 중복될지 모르지만 제가 알아본 내용을 말씀 드릴 것 같으면 엄마 아버지 한복이나 한 벌씩 하구 금반지 보담은 금비녀가 더 나을 것 같구(2돈) 그리고 엄마 시계나 하나 하면 좋겠데요. 그리고 겨울 나무 사는 돈으로 방 세 개(안방, 웃방, 아랫방)연탄 스팀 장치를 했음 더 유리할 거라고 하시더군요. 그래서 웃마 사람들 하구 아침이나 해먹으면 된다고 하십니다. 물론 술과 떡 등 약간의 음식은 준비가 되어야겠지요. 오빠들 예산에 맞추어 그런대로 가능할 것 같아요. 스팀 장치하는 데는 10만원만 하면 연탄 값까지 나올 거라고 하십니다. 상수도 시설이 가능할까 의심스러웠는데 신기할 정도로 세차게 물이 나온답니다. 오늘 큰오빠께도 편지 써 놨어요. 건강하시고 즐겁고 보람되길 바랍니다. 안녕히 계십시오.
동생 현자 드림

올해 엄마는 미수이시다. 너를 가슴에 묻고 사시는 지 30년이 가까운데 아직도 동네 사람 전화번호 다 꿰고 계실 정도로 정신이 맑으시니 얼마나 다행이냐. 집에 기르는 풍산개 제압하시는 것 보면 아직도 창창하다 싶지만 연세 있으시니 머잖아 너 있는 곳 가시겠지. 작은오빠 여전히 유능하게 잘 살고, 옛집 그 자리에 허심재를 지었단다. 이 글을 쓰고 있는 큰오빠 서재는 네가 책을 읽던 웃방 그 자리. 감꽃 피거든 고요의 남쪽 너 살던 이곳에 한 번 다녀가렴.

1977년 2월 3일
원색 그대로의 비치는 은색 달빛/청초한/밤이 발하는 빛이다./어쩜 원색 그대로의/달빛은 마지막인지도 모른다./소박하고/따뜻이 느껴지는 밤이다./주머니 속에 은근히/간직하고픈 밤이다./그토록 사랑스러운지 모르겠다./오늘처럼 내 깔린 대지 위에/발자국을 남기고 싶고/영원히 뛸 수 있는 힘찬/고동 속에 계절을 삶하고 싶다.

무슨 토를 달겠는가. 죽기 열흘 전 마지막 일기이다. 빈 페이지가 절반이나 남아 있는 사진첩 맨 위에 교원자격증이 애지중지 꽂혀 있다. 세상으로부터 수여받은 단 하나, 그러나 아무런 수여조건도 해당이 없는.

제(마)52호

교원자격증

주민등록번호 570109-2805717

성명 姜賢慈

1957년 1월9일생

자격: 유치원준교사

교원법 소정의 자격기준에 의하여 위의 자격이 있음을 인정하고 이 증서를 수여함

1976년 12월 18일

전라북도 교육위원회 교육감

검정종별: 고시검정

수여조건: 해당 없음

2004년 5월 2일

슬픔보다 큰 것은 원망/원망보다 더 슬픈 것은/강산이 두 번 변할쯤/冷房을 안고/하늘나라로 간 누이의 삶//누이의 지독한 축농증은/70년대 횡행하던 연탄가스의 死神을/냄새 맡지 못하지 않았던가!/누이가 달고 살던 그 놈 겨울 발 凍傷 때문에/그 차거운 방이 죽음의 열차임을/느끼지 못했지 않았나!//그토록 냄새나고/발 시린 세상을/고독한 일기장에 슬픔을 원망으로 깨알같이 뿌려놓

고/다 그렇듯이/짝사랑의 아쉬움만 남기고 간 사람//겨우 도둑질한 시간에/누이의 무덤가에 쭈그리고 앉아/원망의 잡초를/하나 하나 뽑아 본다//뽑아도 뽑아도/원망은 원망을 낳고/그 손자 슬픔을 낳고//아버지가 다 뽑지 못한/누이의 자잘한 원망들은/일기장에 더 큰 슬픔으로 기록되어/동생 몫으로 던져졌다/둥그스러운 감자像의 열세 살배기/딸을 보면서/아이구/보다 다 못 본/연속극은/어떡할거요 누이…. 황백

그림자처럼 너를 따라 다녔던, 그래서 제일 두고 가기 힘들었을 막내 황백인 그 때 중학 1학년, 처음 들어온 텔레비전을 밤늦도록 함께 본 다음 날 아침, 잠시 다녀오겠다며 대전 간 누이가 주검으로 돌아오자 넋 나갔던 늦둥이 동생, 황백인 어느덧 불혹이 되어, 살아서 돌아오고야 말 누이를 아침저녁 기다리던 날의 제 나이만한 딸을 가진 중년이 되었다. 너의 죽음을 원망하는 마음이 절절하다.

끝없는 흐름 속에 몽롱하게 사라지는

1977년 2월 12일, 너는 가고 삶은 쓸쓸했다. 쓸쓸한 날은 희고 고운 항아리를 들여다보면서 너의 죽음을 확인하였다. 이름 없이 존재하는 것, 이름 없이 일어나는 것, 끝없는 흐름 속에 몽롱하게 사라지는 것, 이를테면 사진첩에 꽂힌 웃음 같은 것, 유약(油藥) 속에 떠오르는 풀꽃 같은 것. 기껏 20년의 허망을 위한 몸부림의 날들이 안쓰러웠다.

떠나간 사랑 때문에, 무능하고 사려 또한 깊지 못한 부모형제 때문에, 어른 노릇 잘 못하는 큰오빠 때문에, 턱없이 모자라는 돈 때문에, 그놈의 가난 때문에 굶주렸을 날들이 목메인다. 자신에게 상처를 주지 않은 유일한 시집 식구로 너를 기억하는 네 언니는 인류 역사 속에서의 예수의 죽음과 우리 가족사 속에서의 너의 죽음을 포개어 읽고 있지만 그렇다 하더라도 어쩌랴. 쓸쓸한 것은 쓸쓸한 것이고 슬퍼 죽겠는 것은 슬퍼 죽겠는 것이다. 마늘을 토해내고 다시 곰이 되어 제 몸을 모두 뜯어먹지 않는 한.

어치는 가아, 가아, 가아, 또는 과아, 과아, 큰 소리를 내며 울지 않는다. 가아, 가아, 가아, 또는 과아, 과아, 큰 소리를 내며 우는 것은 어치를 닮은 누이가 아니라 방아쇠를 당긴 내 손가락이 가리키는 저 검은 시간의 골짜기이다.

각주달기

2012년 10월: 시골집 마당에 건조중인 호두

각주달기

상징과 궁시렁궁시렁

시를 자꾸 읽다보니까 이상한 현상이 생겼어요. 얼마 전에 몽테뉴의 수상록을 읽다가 집어던져 버렸어요. 정말 짜증이 났는데 그 이유가 웃깁니다. 한 두 마디면 족한 말을 어찌나 널브러지게 써 놓았는지요. 차라리 논어를 읽겠다! 장자를 읽겠다! 하이고…. 이것도 세계명작에 속하는 글이냐? 궁시렁궁시렁…. 뭐 이러면서 던진 수상록이 아직 제 책꽂이에 꽂히지도 못하고 찬밥신세입니다. 글도, 가능하면 상징적인 말 한마디면 족하겠다는 생각을 하게 된 것이 최근의 변화입니다.

　-궁시렁궁시렁은 상징이기도 하고 상징이 아니기도 하다. 상징은 아름답기도 하고 아름답지 않기도 하다. 궁시렁궁시렁하지 않기 때문에 아름답고 궁시렁궁시렁하기 때문에 아름답지 않다. 쓸쓸한 아내들이 궁시렁궁시렁 설거지를 하는 동안 참 한가한 새앙쥐 한 마리가 구름을 갉아먹는 소리 궁시렁궁시렁 들린다. 추사의 세한도를 말하는 자리에서 나는 "상징은 늘 무엇으로 채워지기를 바라는

배고픈 여백이거나 빅뱅의 내장을 감싸 안은 침묵입니다."라고 쓴
적 있다.

죽음의 길로 가는 마차를 타고

어린 시골소녀는 죽음의 길로 가는 마차를 집어타고 참 용감하게도
달렸습니다. 점점 뻣뻣해지는 몸의 변화를 느끼기 시작하자 죽음에
대한 동경보다는 공포가 몰려와서 어찌할 바를 몰랐지요. 그 순간
에 느낀 살고 싶다는 욕망! 그 욕망처럼 간절한 울부짖음은 제가 살
아 있는 지금 현재까지도 별로 많지 않았습니다. 어머니가 택시회
사에 전화를 하고 저는 멍하게 옥죄는 가슴을 안고 마당에 앉아 있
었습니다. 점점 사지가 굳어져 가고 뱃속의 위장들이 면도칼로 난
도질당하는 듯 고통이 몰려왔습니다. 택시 안에서 마지막으로 본
들과 산들을 지금도 아주 선명하게 기억합니다. 2월이었기 때문에
겨울의 한 가운데 우두컨했던 그 들판, 짚가리 무더기들…. 그런 것
들을 보면서 이젠 이런 것들을 볼 수 없겠지 생각했습니다. 귓전에
들리는 웅성거리는 소리, 어머니가 저를 부른 한 마디, "아가! 정신
차려라!" 참 행복했습니다. 어머니의 그 소리를 들으면서 죽을 수
있다는 것이요. 제가 살았던 열 네 해의 모든 일들을 기억하고 싶어
서 눈을 부릅떴습니다. 한 마리 생쥐처럼 초라하게 흐물거리면서도
'응급실'이란 빨간 글자를 뚫어지도록 바라보았습니다.

　죽지도 않고 3일 정도 혼수상태에 빠져 있었다고 들었습니다. 의
료진이 제 왼쪽 겨드랑이를 면도칼로 사정없이 그었고 제 열 네 살

의 선홍빛 피가 아무렇게나 흩뿌려졌다고 들었습니다. 가물가물….
순간순간… 어떤 하얀 세계를 보았습니다. 어떨 때는 사람의 소리
인 듯한 또는 하느님의 소리인 듯한 소리가 들리기도 했습니다. 참
평온했던 시간이었습니다.

이 상황들이 김춘수 선생님이 쓰신 "죽어서 한결 가비여운 네 영
혼은"이라는 구절을 충족시켜 주었습니다. 비록 나이는 같지 않
지만 엇비슷한 제 열 네 살 적 도발정신. 그 도발정신의 발현이 제 머
릿속에 온전한 그림을 그리게 했습니다. 그리고, 그 때 죽지 못했던
어린 소녀였던 저를 가상으로 죽였습니다. 차디찬 시체가 되어 가
는 어린 저를 상상하다 보니 그 구절이 저절로 낭송되었습니다. 참
어이없는 사람이지요? 머릿속으로 그림을 그리기 위해서 애써 아
픈 상처를 들추어내는 제가요. 참 잔인한 사람이지요? 과거의 기억
속으로 달려가 그 때 죽지 못했던 열 네 살의 소녀를 다시 죽이는
제가요.

-시 낭송의 실감을 위해 애꿎은 어린 소녀 하나를 죽이다니! 독
하다. 지독하지 못한 사람이 어찌 지독하게 좋은 시를 쓸 수 있겠
는가. 시인이 아침저녁 일용하는 양식은 언어의 독, 독 묻은 언어
가 아니던가. 열 네 살의 한 시골 소녀가 감행했던 도발적인 자살사
건의 배경과 계기를 나는 알지 못한다. 문예대학 여름 문학캠프에
서는 해마다 시 낭송 기회를 갖는데 어느 해였던가, 오래되어 잘 기
억되지 않지만 낭송할 작품으로 김춘수 선생의 「부다페스트에서의
소녀의 죽음」을 권한 적이 있었다. 낭송을 퍽 잘한다고 생각했었다.

해인사 부근 악견산 자락이었던 듯하다. 풍속과 언어에 대한 도저한 도발 없이 시의 일주문은 열리지 않는 법, 그러므로 시의 절간에는 늘 불온한 피 냄새가 스며있다.

눈과 귀

집에 돌아오면서 생각해보니 知音은 列子의 湯問篇에 있는 말인 것 같았습니다. 백아가 거문고를 들고 산에 오르고 싶은 마음을 타면 종자기가 그 마음을 알고, 백아가 흐르는 강물을 생각하며 거문고를 타면 종자기가 그 마음을 알았다는. 그리고 그 종자기가 죽자 백아가 거문고 줄을 끊고 다시는 거문고를 타지 않았다는.

제가 선생님의 그러한 소리 친구가 될 수 있을지 자신은 없지만 어쨌든 저도 선생님의 아픔과 상처를 가끔 읽어냅니다. 뭔지는 모르겠지만 사람들로부터 상처받아 쓸쓸한 그 마음을 가끔씩 읽습니다. 선생님도 저 못지않게 너무나 허기진 것입니다. 삶의 연륜이 높아질수록 해야 할 일을 선명하게 느낀다고 들었습니다. 그 동안 하지 못했던 일들에 대한 아쉬움만 커지고 현실은 그것을 뒷받침하지 못할 때도 많다고 들었습니다. 제가 진정한 스승이 고팠던 것처럼 선생님도 어지간히 제자가 고파 보였습니다. 심지가 곧고, 뜨거움이 한결같고, 당당하고. 무엇보다 선생님의 사랑과 정성을 배신하지 않을 그런 제자요. 그냥 제 생각입니다.

　-시 쓰기 심화과정 공부가 끝나고 로마에서 생맥주를 마셨다. 그

날 화제는 '知音'이었다. 내 삶의 오랜 화두인 '배고픔'을 들켜버린 것 같다. 지음이라는 말에는 가혹함이 있다. 그 가혹함은 가열하기도 하다. 거문고 줄을 끊어 캄캄하게 자신을 죽이는 가혹함 속에는 세속을 들이받는 가열한 뿔이 보이는 것이다. 그러므로 지음은 단순한 이해가 아니라 이해의 관솔불이다. 보아서 아는 것과 들어서 아는 것은 같지 않다. 눈은 여닫이이고 귀는 붙박이이기 때문이다. 신은 왜 인간을 그렇게 지었을까. 사노라면 자주 억장 무너지는 일 많은 것도 따지고 보면 여닫이 눈 때문이리라는 생각이 든다. 본다는 것은 이미 제 식으로 본다는 것, 그것은 이미 보는 자의 이데올로기인 것이다. 적반하장은 시각문화의 부작용이다. 신은 왜 사람의 눈을 귀나 코보다 더 높은 곳에 더더욱 여닫이창으로 달아놓았을까? 신의 실수이다. 출세한 여인의 좁은 어깨를 슬퍼해 본 사람이면 안다. 강물에 빠진 사람 건져주고 보따리 내놓으라는 멱살잡이에 시달려 본 사람이라면 그것이 신의 실수임을 잘 안다. 개는 결코 자신을 길러준 주인을 물지 않는다.

점액질의 감수성

어쨌든 선생님께서는 제게 그 '점액질의 감수성(상상력)'이 발전해서 좋은 글을 쓸 수 있는 이 시대의 단단한 젊은 시인이 되기를 바라실 것입니다. 스승이란, 제자가 부족하다하여 보름달 가리키던 손가락을 내려버리는 세상의 속물성에서 벗어난 신성한 자리에 있어야 한다고 생각합니다. 전 생애를 통틀어 단 한 분 스승이 되시는 분은 어찌 보면 가르침을 받는 그 제자보다 더 큰 고통과 인내를 감당하셔야 한다고 느낍니다. 開眼의 스승은 애초에 제자의 부족함을 전제로 해서 당신들이 겪어야할 고통과 고초의 지난한 과정에 대한 짐들의 무게를 미리 짐작하시고 제자들을 맞는 분들이라고 생각합니다. 아마 선생님의 스승도 그러셨을 것이고 저 또한 선생님께서 사랑하는 제자가 있다면 그 당사자보다는 스스로 그 완성의 시간들에 대해 더 큰 짐의 무게를 느끼고 계실 것으로 생각합니다.

저는 지금 제가 어디만큼 와 있는지 모르고 어디만큼 가야할지 모릅니다. 선생님께 기대어 힘을 얻고 기를 충전해 가다보면 저도 분명히 나름의 세계를 찾을 것이라 여깁니다. ⋯. 선생님께서는 현재, 저의 가장 민감한 부분에 은혜로이 관여하고 계시기 때문에 저의 이런 입장을 어느 정도 인지하고 계시면 좋으리라 생각합니다.

　-협박적인(?) 위의 문장 속에 들어있는 '점액질의 감수성'이란 예를 들면,

그리움이란 것들은 서로 부대낌의 살뜰함을 견뎌야
하늘거리며 봄 꽃잎처럼 쌓이는 것이다 게다가 그것들은 짓이겨야만
가령 딸 하나 남겨두고 약 먹은 전혜린이라거나
지리산에서 실족사했다는 고정희라거나
세상에나, 사랑했지만을 그야말로 멋들어지게 불렀던 김광석이라거나
육이오 직후에 여자경찰로 활약했던 천하에 바람둥이 내 고모할머

니가

자식들이 칠순잔치 준비하던 그 해에 양잿물 마셨던 일이라거나

시인을 꿈꾸던 스물일곱에 제 동맥을 잘라 고단함의 허기를 채우려

새끼 둘, 그렇게 실한 아들 둘을 한 순간에

에미를 가슴속에 아무렇게나 구겨놓게 만들고

제 갈 길을 가버린 친구년이라거나

이처럼 극적인 마지막을 장식하는 사람들의 사연들이

사람들에게 핫! 핫! 핫! 오, 핫이슈가 되어야만

그리운 것들에 대한 향기를 남은 사람들은 맡을 수가 있는 것이다

　M이 쓴 글에서 보는 바와 같이 '짓이겨 향기를 만드는 그 만져지는 상상력'을 두고 한 말이다. 그리고 나는 위트와 유머, 극적 장치에 대해 공부해 볼 것을 권한 바 있다.『그리고 아무 말도 하지 않았다』. 전혜린이 두고 간 책 이름이다. 대학시절 레몬 빛 가스등과 이끼 낀 슈바빈 거리를 가르쳐준 전혜린은 아직도 내겐 살아 있는 전설이다. 전설이 되고 싶은 것, 사물의 욕망이자 시인의 꿈이다.

먼 길 타령

시 낭송 연습을 하다가 깨달은 것이 있습니다. 시를 제대로 이해하려면 눈으로 시를 읽기보다 소리 내어 읽어야 하고 소리 내어 읽기보다는 천천히 의미를 생각하면서 손으로 직접 써보는 것이 훨씬 좋은 방법이라는 것을 알았습니다. 이때, 시험 공부하듯이 흘려 쓰거나 아무렇게나 흩뜨려 쓰기보다는 정성스럽게 붓글씨를 쓰듯이

쓰다보면 어느새 시의 깊은 곳까지 빠질 수 있었던 경험이 있습니다. 그 점에 착안해서 앞으로의 제 일과 중에서 가장 성스러운 시간을 이 '필사'의 시간에 두기로 하고 제가 좋아하는 취향의 대학노트를 사고 제가 가장 쓰기 편하다고 여기는 펜을 한 다스 정도 준비했습니다. 그 세 권의 대학노트가 부족할 만큼, 펜 한 다스가 다 닳아버릴 정도로 끊임없이 계속 시를 음미하게 되기를 바라면서요. 그런데, 어떤 시를 대상으로 써야할지 난감했습니다. 이것이 선생님께 드리는 두 번째 어리석은 질문입니다.

선생님의 시를 필사하다가 느낀 점이 있습니다. 그냥 제 느낌인데…. 한 번 들어보실래요? 그림이나 음악이나 책 등을 읽고 쓰는 시가 종종 있다는 것을 알았습니다. 언젠가 어디선가 읽었던 「별이 빛나는 밤」이라는 시….(제목이 맞나 모르겠네요) 이 시는 대상이 되는 그림을 모르면 읽어내기 어려운 것 같았습니다. '방아쇠'라는 단어가 나왔고 까마귀, 사이프러스…. 뭐 이런 시어들이 나왔었지요? 고흐…. 그의 그림을 연상시키게 했는데 그때 교보문고에 쪼그리고 앉아 '이게 뭐지? 무슨 뜻이지?'하면서 갸우뚱거리면서도 어쩐지 그림이 한 장이 아니라 두 장, 아니면 세 장쯤 된다는 생각을 했더랬어요. 그림에 대한 생각을 하던 거기서 사고를 정지해 버렸기 때문에 결국 선생님의 그 시는 애써 기억하지도 않았고 이해하지도 못하고 말았지요.

한 고요가 벌떡 일어나 한 고요의 따귀를 때리듯
이별은 그렇게 맨발로 오고, 이별은 그렇게

가장 아름다운 낱말들의 귀를 자르고

외눈박이 외로움이 외눈박이 외로움의 왼쪽 가슴에 방아쇠를 당
길 듯 당길 듯

까마귀 나는 밀밭 너머 솟구치는 캄캄한 사이프러스, 거기

아무도 없소? 아무도….

-강현국, 「별이 빛나는 밤」 전문

시선집에 가장 먼저 나오는 「천사1」을 필사하다가 그 「별이 빛나
는 밤」이라는 시가 생각났어요. 그리고, 조금 뒤에 나오는 「리비도
의 망령」도 역시 그와 비슷한 류, 때로는 음악도 슬그머니 시에 얹
어두고 그림도 슬그머니 얹어두다가 그 중간에 또한 슬그머니 선생
님의 그리움 한 조각 끼워 놓으시더군요. 그런 음악과 미술과 다른
여러 예술의 분야들에 대한 감상이 시와 어지간히 뒤엉켜서 하나의
빛깔을 완성하고 있었는데 그것은 바로 선생님께서 성장과정에 보
아오셨던 구병산 자락의 봄 들판이라 생각합니다. 가끔씩은 가을과
도 같은, 겨울과도 같은 쓸쓸하고 외로운 이미지도 없는 것은 아니
었지만 어쨌든 그것은 선생님께서 애정스럽게 쓰시는 말로 '모자이
크'되어서 제 머릿속에 각인 되었습니다. (이것은 필자의 능력이라고 생
각합니다) 고향의 그곳에, 고향의 그 색에 머무르고 싶어 할 때마다
형용할 수 없는 빛나는 파스텔 톤의 시어가 쏟아져 나오는 것 같았
습니다.

선생님의 시들을 소리 내어 읽어보았습니다. 그런데…. 왜 자꾸

아픈지 모르겠습니다. 「먼 길의 유혹」은 어디선가 낭송해보고 싶을 정도로 아름답고 아프고 감미롭습니다. 찜해두었습니다.

　-유혹은 바람보다 먼 길을 달려오고 유혹은 도둑보다 느닷없이 찾아오고, 때때로 유혹은 제 몸이 무거워 앓아눕기도 하지만 그것은 마치 향기와 같아서 끝끝내 손에 잡히지는 않는 버릇이 있다. 나는 언제까지 먼 길 타령만 하고 있는가!

　　추억이란 말은
　　시가 될 것 같지 않아서, 물기가 마를 때까지
　　책상 서랍 속에 넣어 두었습니다

　　(시간의 바퀴벌레가 추억이란 말의 진물을 빨아먹었습니다)

　　추억이란 말은
　　시가 될 것 같지 않아서, 뿌리를 내릴 때까지
　　해당화 꽃그늘에 묻어 두었습니다

　　(시간의 갯지렁이가 추억이란 말의 발바닥을 갉아먹었습니다)

　　추억이란 말은
　　시가 될 것 같지 않아서, 날개가 돋을 때까지
　　흰 구름 어깨 위에 얹어 두었습니다

(시간의 까막까치가 추억이란 말의 군살을 뜯어먹었습니다)

그러면 이제 추억이란 말은 시가 된다 하겠습니까, 나는 당연히, 지워질 듯 하얀 먼 길의 유혹에 이끌려 그 길의 빗장을 열어 보아도 좋겠습니까, 안동과 하회 사이 풍산읍 큰길가에 자동차 버려두고 더듬더듬 이끼 긴 기억 속의 돌담길을 들어서 보겠습니까, 누군가 사다리를 타고 가물가물 하늘을 오르고 정오를 알리는 사이렌 소리 세상을 한바탕 들어 올린다면 과장된 표현이라 하겠습니까, 당연히, 지워질 듯 하얀 나의 천사는 긴 머리 나풀나풀 구름 위를 난다면 그 또한 거짓된 상상이라 하겠습니까, 안동과 하회 사이, 이 세상 가장 높은 곳에서 울려오던 내 세 살 적 정오를 알리는 사이렌 소리가 국도변 코스모스로 흐드러지고 있다면, 이제 추억이란 말은 자수정 빛 시가 된다 하겠습니까

-강현국, 「먼 길의 유혹」 전문

흐르는 강물처럼

어느 날, 정말 제가 시 낭송 CD를 만든다면 선생님의 목소리는 당연히 제게 빌려주셔야 해요. 선생님의 목소리를 꼭꼭 붙잡아두고 싶은데 목소리도 나이를 먹으면 탁한 가락이 점점 새어 나온다고 해요. 강현국이라는 시인이 있지, 대구 어디에 산다고 하지 아마. 그런데 말이지, 그 시인 정말 감미로운 목소리를 가졌다네. 그의 시만큼이나. 시 잘 쓰는 사람 치고 그렇게 시를 잘 읽어내는 사람도 드물 거야. 자네, 그 양반 시 한 번 볼라나? 낭송도 들어보게나, 정말

기막힌다구! 먼 훗날요…. 정말 먼 훗날…. 이런 이야기 주고받으며 선생님이야기 나누는 독자가 생긴다면 얼마나 좋을까요? 선생님 스스로는 알 수 없으실지 모르겠지만 선생님의 미적 사유들이 고스란히 목소리에 녹아있다는 것을 저는 느낍니다.

　-봄날은 간다. 갈 봄 여름 없이 봄날 간다. 부끄럽다. 시가 어쩌고가 부끄럽고, 목소리 어쩌고가 부끄럽고 미적 사유 어쩌고가 부끄럽다. 부끄러움을 느낀다는 것은 젊다는 뜻, 보내야할 봄날이 아직도 남았다는 뜻이다. 저녁노을에 기대앉아 파블로 카잘스를 듣고 있다. 앞산 자락 키 큰 미루나무도 멀리 떠난 새떼들의 하늘, 노동의 그 하늘을 불러들이며 나와 함께 파블로 카잘스의 첼로를 듣고 있다. 천상의 너그러움을 닮은 4번현의 저음으로부터 악마적 처연함을 뿜어내는 1번현의 고음에 이르기까지 흐르는 강물처럼 흐느끼며 굽이치는 삶의 비애를 우리는 가슴으로, 몸으로 듣는다. 아득하게 잠긴다. 나는 저 키 큰 미루나무가 카잘스의 첼로라고 생각한다.

그날은 가고 없어도

1964년: 대전고등학교 1학년 시절

그날은 가고 없어도

당신은 지금 밤이 깊어 인적이 끊긴 조그만 도시의 정거장을 상상할 수 있겠는가. 시끄러워 귀엣말을 주고받을 수 없던, 오고 가는 사람마저 소음에 포개지던, 보내고 맞이하는 우리네 애환으로 수런거리던. 그러나 이제 막 먼 길을 달려온 막차가 시동을 끄고 마지막 여행객이 총총 어둠 속으로 사라져갔다. 오직 눈 뜬 시간의 발자국 소리만 벽을 타고 내려와 미궁의 복도 끝으로 자박자박 걸어가는 정거장의 적막을, 적막의 정거장을 찾아올 수 있겠는가. 자동차는 한결같이, 오늘 하루도 참 힘들었지…. 부어오른 바퀴 위에 무거운 제 몸을 내려놓고 캄캄하게 물러앉아 인적 끊긴 정거장의 풍경이 되었다. 여기까지 오려면 당신은 별빛의 안내를 받아야 한다. 이따금 낯선 손님처럼 바람이 찾아오면 휴지조각들이 조금씩 제 자리를 옮겨 앉거나 모서리에 이마를 부딪칠 뿐 처마 끝 가로등은 허공 쪽으로 한눈을 팔고 화장실 낙서들도 더 이상 관능의 속살을 드러내지 않는다. 당신이 시인이라면 정거장은 수천 번의 이별과 수만 갈래의 미로를 내장한 시간의 육체임을 안다. 정거장엔 아무도 집 짓지 않고 정거장엔 아무도 오래 머물지 않는다. 정거장의 이미지는 형벌이며 유적이다. 당신이 시인이라면 폐허로 태어나 폐허로 살다가 폐허로 되돌아가는 이 세상 정거장의 아픈 숙명을 안다.

아버지가 그랬다. 아버지의 그날들이 그랬다. 아무도 오래 머물지 않았고 아무도 거기 깃들어 집 짓지 않았다. 아버지의 빛바랜 수첩을 따라가다가 나는 할 수 없이 인적 끊긴 조그만 도시의 정거장에 닿는다. 정거장은 아버지의 내면풍경이었다. 이렇게 시작된다.

新曆正月1日이다 確實히 人生 午後다 過去의 淸算整理. 結實을 爲하야 努力하여야겟다 大邱 周錫氏 金女 鑛山路 解決 女兒 歸省 xx70,- 家用500,- 顯國200,- 計770,-支出 東亞日報 受信 豚肉10斤 구입

1968년 1월 1일 아버지의 일기이다. 심한 흘림체의 글씨여서 70원을 지출한 내역은 판독이 어렵다. 이거 무슨 잡니까? 물어볼 수 없어 안타깝지만 아버지의 자잘한 일상이, 알뜰한 경제가, 빈틈없이 꼼꼼한 성격이 잘 보인다. 왜 하필 1968년부터일까. 그해부터 메모를 하기 시작하신 까닭, 인생의 오후를 느끼시게 된 배경이 따로 있을까. 셈하여 보니 그해는 내 아버지 50세에 접어드신 때, 되돌아보니 그때는 내가 대학에 입하하던 해.

내가 기억하는 아버지의 모습은 늘 늦가을 오후이다. 이상한 일이다. 벽에 걸린 사진 속의 아버지 말고 아버지의 젊은 날을 나는 한 번도 본 적이 없다. 아버지는 내게 늘 50대 이후이다. 일찍 백발이 되어버린 머리칼 때문일까, 단정하게 기르신 콧수염 때문일까,

즐겨 쓰시던 중절모 때문일까, 앞 뒷산이 쩌렁쩌렁 온 마을을 호랑이 잡던 무서운 아버지도 그렇고, 자식을 등에 없고 개울을 건너시던 내 초등학교적 자상한 아버지도 마찬가지다. 아버지라는 이름이 갖는 분위기, 아버지의 역할이 갖는 무게 때문일 것이다. 50이라는 산술적, 물리적 사실을 〈확실히 인생 오후〉로 느끼시게 한 내적, 심리적 계기는 무엇이었을까.

지금도 그렇지만 당시의 돼지고기 한 근 값이 얼마인지 나는 모른다. 10근이면 대단히 큰돈을 주어야 살 수 있는 양임에는 틀림없다. 그런데 왜 돈육 10근 구입에는 지출 액수가 기록되어 있지 않을까. 외상이었기 때문일 것이다. 가을걷이를 하면 갚기로 하고 가져오셨을 것이다. 그와 같은 일들은 잦았으니까.

어느 농촌이나 마찬가지 풍속이었겠지만 내 어릴 적 우리 마을에서는 이따금 주민들이 뜻을 모아 돼지를 잡아 나누어 먹곤 했었다. 일본말로 가부시끼였다. 돼지 먹따는 소리가 마을을 한바탕 들어 올리면 아이들은 약속이나 한 듯이 개울가로 우루루 몰려들었다. 죽은 짐승의 내장 생김새도 신기했지만 우리가 기다리는 것은 어른들이 던져주는 오줌보였다. 입으로 후후 바람을 불어넣으면 그것은 희고 질긴 축구공이 되어 논밭으로 우리를 데리고 다녔다. 돼지 오줌보와 함께 산골 아이들의 낮 시간은 너무 짧았다.

그것이 비록 외상이라 하더라도 돼지 뒷다리를 사들고 오시는 아버지의 모습은 어느 때보다도 든든하고 넉넉해 보였다. 시렁에 매어놓은 그 큰 고기 덩이를 볼 때마다 나는 얼마나 부자였던가. 당신이 내게 가장 맛있는 음식의 기억에 대해 묻는다면, 작아지는 고기 덩이를 아까워하며 숯불에 구워먹던 그때 그 저녁 답의 돼지고기 바비큐(?)라고 말하는데 서슴지 않겠다.

35년 전 그날 나는 200원을 어디에 썼던가. 아버지는 알뜰한 아내가 가계부를 정리하듯 계770원이라고 쓰시며 가난한 살림을 걱정하셨을 터이다. 동아일보 구독을 신청하시면서도 몇 번을 주저하고 망설이셨을 것이다. 라디오가 있는 집은 마을을 통틀어 작은 집뿐이었다. 오촌 아저씨 한 분이 일본에 살고 있는 덕분이었다. 비록 이틀씩 늦게 배달부가 가져다주는 것이기는 했지만 신문은 아버지에게 세상을 볼 수 있는 유일한 창이었다. 그날 집에 온 여아는 죽은 누이일까, 교장선생이 된 누님일까. 흩어진 가족이 한자리에 모여 앉은 집은 둥근 궁전이다. 아기 새를 품에 안은 어미 새의 안도감, 아니면 무사히 첫 비행을 마치고 둥지로 돌아온 새끼 새의 무용담; 누이라면 전자이고 누님이라면 후자이다. 광산으로 내는 길 문제가 해결 된 것 또한 커다란 기쁨이자 희망이었을 것이다. 언젠가 다시 이야기할 기회가 있겠지만 광산은 내 의식 속에 구불구불 구렁이 같은 줄기를 뻗고 있다. 그것은 아버지의 희망이자 절망이었다.

慶大登錄. 李廷花孃의 案內感謝. 弟嫂 만났음.(賢模)

1968년 2월 16일 아버지는 위와 같이 적고 있다. 나의 대학 등록을 하고 오신 아버지는 등록 창구에서 만난 이정화라는 여학생에 대해서 아주 신나하시며 말씀하셨다. 등록 서류에 아마도 간단한 영문 표기가 필요했던 것 같고 알파벳을 아실 리 없는 아버지는 그 도움을 우연히 창구에서 만난 예의 학생으로부터 받았던 것이다. 풋내기 여학생으로부터 받은 친절을 시골 영감인 아버지는 단순하게 지나쳐 버리고 싶지 않으신 눈치였다. 생김새에서부터 말버릇까지, 소략한 그 집안의 내력과 함께 전주이씨는 양반이며 행세하는 집안인 듯하다고 덧붙이기도 하셨다. 입학하거든 꼭 만나서 고맙다는 인사를 하라고 신신 당부하셨다.

지금은 없어졌겠지만 대구역 앞 2층 건물에 '시골다방'이 있었다. 내가 그 다방을 어떻게 알게 되었는지는 기억할 수 없다. 당시에는 가장 멋진 데이트 장소가 다방이었다. 최백호의 "낭만에 대하여"를 떠올려 보라. 그때 우리는 그랬다. 도라지 위스키 한잔 시켜놓고 창가에 앉아 허공에 할일 없이 담배 연기를 뿜어대며 젊음은 괜히 고독했고, 철없이 심각했다. 아버지의 마음을 사로잡았던 얼굴이 둥글고 가무잡잡한 이정화는 커피를 시키고 나는 작은 유리잔에 따라주는 도라지 위스키 싱글을 시켰었다. 흐린 기억이지만 아마 그랬을 것이다. 나는 그때 겉멋에 사로잡힌 철부지였다. 그리고 머지않아 나는 그녀의 집에 초대를 받았고, 그녀 어머니의 비대한 체구에 놀랐고, 가족들의 호의에 감동했고 상다리가 휘어질 듯 차려진 진수성찬에 충격을 받았었다. 어렵고 조심스러운 자리에서 식사할 때 코가 훌쩍거려지는 것이 얼마나 큰 괴로움인지 그때 알았고 밖에서는 얌전한 여자아이들이 집안에서는 그렇게 수다스럽다는 사실 또

한 처음 알았다. 수다 떨기는 여자의 생리라는 것, 수다 떨기는 신뢰와 평화의 해방구에서 행해진다는 것, 그러므로 수다를 떨 때 지금그 여자는 가장 행복한 순간을 즐기고 있다는 사실을 우둔하게도 나는 최근에야 알았다. 암암리에 품고 계셨던 이정화에 대한 아버지의 기대가 왜 무산되었는지 모르겠다. 나는 나대로 바빴을 것이다.

내가 경북대학교에 입학하게 된 것은 참으로 우연한 것이 계기가 되었다. 김춘수 선생 때문이었다. 김춘수의 「꽃」 때문이었다. 누구나 알고 있는 이 작품을 나는 해방 몇 주년 기념으로 우리 문학을조망하는 어느 신문의 기획 란에서 읽었다. 동아일보였던 것 같다.여름날 사랑 마루에서 아버지가 읽다 둔 신문이었으니까, 아버지는 늘 야당이셨고 당연히, 야당지인 동아일보만 보셨으니까. 그때나는 대학에 실패하고 재수를 하고 있었는데, 재수를 하면서도 정신 못 차리고 한하운의 일생과 「보리피리」 같은 것에 찔끔찔끔 슬퍼하며 시간 다 보내고 어디 만만한 지방대학쯤으로 뜻을 굽힐 무렵 「꽃」을 만났던 것이다. 그것은 한하운류의 정서와는 사뭇 다른,이를테면 우리가 서양여자의 맨 살을 스쳤을 때 느끼는 그런 낯선황홀이었다. 내게는 그랬다.

내가 그의 이름을 불러 주기 전에는

그는 다만

하나의 몸짓에 지나지 않았다.

내가 그의 이름을 불러 주었을 때

그는 나에게로 와서

꽃이 되었다.

내가 그의 이름을 불러 준 것처럼

나의 이 빛깔과 향기에 알맞은

누가 나의 이름을 불러다오.

그에게로 가서 나도

그의 꽃이 되고 싶다.

우리들은 모두

무엇이 되고 싶다.

너는 나에게 나는 너에게

잊혀지지 않는 하나의 눈짓이 되고 싶다.

-김춘수,「꽃」전문

　재수란 아무나 하는 것이 아니다. 아무나 할 수 있는 것이 아니다. 미안하고 부끄러웠다. 때로는 좌절과 폐허의, 때로는 도피와 분노의 날들이었다. 내 생애에서 가장 긴 1년이었다. 아무 것도 아닌 일에 엄살떤다고? 지금과는 달라, 당신과는 입장과 처지가 나는 달랐어. 취직하고 돈 벌어 아버지 등짐을 벗어드려야 했어. 동생들 학비도 내 책임이라고 굳게 믿고 있었어. 하루가 급했어. 당신과는 달라. 나는 아버지의 희망이자 자존심이었단 말이야. 어머니는 나만 보고 사셨어. 어머니께 나는 희망 없는 세월을 벗어나게 해줄 수 있는 유일한 희망의 출구였단 말이야. 어머니와 아버지는 이데올로기가 달랐으니까. 어머니는 고향과 함께 가난을 버리자고 하셨지만 아버지는 가난과 함께 고향을 껴안으셨다. 이처럼 가파른 처지에 내 몸에는 무슨 피가 흘러, 무슨 몹쓸 놈의 피가 흘러 시를 좇아, 돈 안 되는 문학을 좇아 김춘수 시인이 교수로 계시는 대학을 찾아갔던가.

늦가을 이른 아침이었다. 산 속 외딴 암자에서의 입시 준비를 그만두기로 마음먹고 대구로 가는 버스에 올랐다. 대구시 칠성동에는 현모 삼촌이 살고 있었다. 아버지와 이복형제인 그는 아버지 5형제 중 유일하게 대학을 졸업한 화이트 칼라였다. 팔달교에서 총을 맨 경찰들의 검문이 있었다. 영문도 모르고 나는 파출소로 끌려가 조사를 받았다. 물들인 군복을 입고, 농구화를 신고 바짓가랑이가 아침 이슬에 다 젖은 채 사흘 굶은 몰골을 하고 차에 탄 탤런트 이순재를 닮은 내가 간첩임이 틀림없다고 신고가 들어왔다는 것이다. 차에서 내리면서 나를 힐끔힐끔 쳐다보던 여자 애들이 마음에 걸렸지만 세상이 우습기만 했다. 손 때 묻은 「영어정해」가, 여기 저기 밑줄이 그어진 「하이라이트 국어」가 겸연쩍게 내가 선량한 이 나라의 국민임을 증명해 주었다.

낙방의 고배를 되풀이하지 않기 위해 나는 학원에 다니며 제일 자신 없는 수학과 생물을 공부했다. 초등학교 교사였던 숙모의 주선으로 나는 북구 산격동 머리 나쁜 아이들이 올망졸망 많은 집에 가정교사로 입주를 했다. 그 집 건너 채에 경북대 농대 4학년 학생이 자취를 하고 있었다. "…김춘수 교수요? 대단한 시인이지요. 턱수염을 허옇게 기르고… 굉장한 분이지요…." 그가 알려준 김춘수는 마치 책에서 본 인도의 시인 타고르와 같은 모습을 하고 있었다. 끝 모를 안개 속을 걷는 것 같았다.

대학에 합격하자 아버지는 내게 잔치를 열어주셨다. 고등고시에 합격한 것도 아니고 장군이 된 것도 아닌데 아버지는 당신의 친구들을 초대하고 내 친구들을 부르도록 하여 술과 떡과 고기를 실컷 먹도록 해주셨다. 시름을 잊을 의식이 필요하셨으리라. 부디 열심히 공부해서 큰 뜻을 이루라는 격려를 하고 싶으셨으리라. 가난의 대물림 걱정을 벗어날 수 있으리라는, 당신의 실패한 삶을 되풀이하지는 않으리라는 작은 안도와 큰 기대 때문이셨을 것이다. 재수할 때 나는 심지어 아버지와 다투고 가출을 감행하기도 했었다. 중학교 때 수학여행을 가서 알고 있었던 낙화암 고란사에 가서 무작정 살길을 찾아보면 되리라 생각했었다. 이렇듯 황당한 철부지의 일 년, 그 황폐의 기억을 술과 떡과 기름진 음식으로 지우고 싶으셨으리라. '確實히 人生 午後다 過去의 淸算整理. 結實을 爲하야 努力하여야겟다'는 이런 맥락 속에 있다.

혼자 가는 먼 길이 혼자 가는 먼 길을 데리고 먼 길을 가는 동안
잃어버린 눈물이 잃어버린 눈물을 데리고 목 놓아 우는 동안
가득한 빈 곳이 가득한 빈 곳을 데리고 가득해 하는 동안

아버지!

-강현국, 「먼 길-세한도 · 58」 전문

돈이 없어 사범대학에 입학하고 보니 선생님은 문리대에 계셨고, 가까이 뵐 수 없어 참 낭패스러워 하던 중 나는 선생께서 지도교수로 계시는 복현문우회에 서둘러 가입했고 서둘러 선생을 뵙는 기

회를 갖게 되었다. 지금 사제가 되어 있는 이정우 형을 따라 내당동 선생님 자택에 들렀을 때 깡마르신 선생께서는(타고르의 턱수염과는 아무 관계도 없는, 면도를 깨끗이 한) 소파에 앉아 담배를 피우고 계셨다. 우리가 머무는 동안 거의 계속해서 담배를 피우셨는데 이상하게도 선생은 담뱃불을 붙일 때마다 손과 얼굴을 가늘게 흔들고 계셨다. 면도는 어떻게 하실까 궁금했다. 선생께서는 주로 정우 형과 말씀을 나누셨는데 분명하진 않지만 시의 리듬에 관한 것이 아니었었나 추측된다.

서재 멀리 논이 바라다 보였고 논두렁에는 말뚝이 가지런히 꽂혀 있었는데, 그것을 가리키며 말씀을 이으시는 동안 나는 벽에 걸린 「裸木과 詩」를 훔쳐보고만 있었다. 그러다가 돌아왔지만 퍽 자랑스러웠다. 시인 김춘수를 만난 문학 지망생이 된 것이었다.

그 후 나는 틈나는 대로 문리대에 개설된 선생님 강의를 도강하기도 하고 틈나는 대로 습작한 것을 들고 연구실로 다방으로 찾아다니며 선생을 괴롭히는 만용을 부리기 시작했다. 그때마다 두고 가라는 것이었고, 내 깐엔 참 오랫동안 기다렸다가 평을 청하면 늘 하시는 말씀이 "어디 두었는지 없다"는 것이었다. 대학을 졸업하고, 군대를 다녀오고, 결혼을 하고 난 뒤 나는 비로소 그때 선생님 말씀이 공부 더하라는 뜻이었다는 것을 알게 되었다. 시인이 되면 별이나 따는 것처럼 조급해 했던 철없던 날들, 돌아보니 부끄럽다. "배고팠던 날들의 기억"은 당시의 정경을 스케치한 것이다. 겹치는 말들이 있지만 그대로 옮겨 보겠다.

배고팠던 날들의 기억

그 방은 자목련 그늘 밑에 있었다. 본관 건물 아래층에 있었으므로 지금은 아마도 행정 부속실로 쓰이고 있으리라. 그러나 내게 그 방은 지금도 자목련 그늘 밑 햇빛 들지 않는 강의실이다. 내 인생의 꿈이 시인이었으니까, 문학을 하기 위해 김춘수 선생께서 계신다는 경북대학교에 입학했으니까 두근두근 그 방을 찾아간 것은 당연한 일이었다. 현대문학연구회에서 복현문우회로 이름이 막 바뀐 그 방의 터줏대감은 김광수 선배였다. 굽은 어깨와 도수 높은 안경, 그리고 끝 간 데 모를 그의 진지한 사변은 풋내기인 나를 압도하기에 충분한 분위기였다. 권기호, 권국명, 전재수, 도광의, 이창윤 등 전설적인 시인 선배들도 그러하고 이정우, 허은, 손병현, 김귀옥 등 하늘처럼 보이던 한 두 해 선배들의 문학적 열기도 그러했지만 지도교수가 김춘수 교수라는 사실에 나는 얼마나 설레었던가. (중략)

그러나 선생님은 당시의 내게 너무 멀리, 너무 높이 계셨다. 지금 와서 생각컨데 낙서밖에 아닌 것을 시랍시고 들고 연구실을 찾아가고, 인문대에 개설된 "시론"강의를 청강도 하고, 학보사에 작품을 투고해 선생님의 말씀을 듣고도 싶었지만 그때마다 나는 배고픈 체험만을 했을 뿐이었다. 일청담 옆 미루나무 로터리에서 일 년에 한두 차례 시화전을 하고 가을이 깊어지면 문학의 밤을 하고, 그때나 지금이나 마찬가지이겠지만 진정성보다는 현시욕을 앞세운 토론회를 하고 그러는 사이 하늘처럼 보이던 선배들도 하나 둘 하늘이 아닌 채 그 방을 떠났다. 배고픈 나는 한사코 사대 국어과를 사대 국문과로 바꾸어 썼지만 문학에 주린 배는 채워지지 않았다. 학교 공부도 시들해지고 동아리 활동도 뜨악해졌다. 당연히 나는 학교 대신 향촌동을 떠돌았고, 동아리 활동 대신 이재행, 이하석, 이동순, 이재훈, 이준일 등 바깥 글쟁이들과 어울려 다녔다. 교문 앞에 학사주점 델레스망을 차렸던 일도 그 무렵의 일이고, 김형철, 남주승, 최정호, 유창국 등 후배들과 복현동 과수원 뒤편 한적한 사이길, 회상의 그 언덕을 "강현국 로드"라고 명명했던 치기 만만도 그 무렵의 일이었다.

그 방을 떠난 지 한 세대가 지났고 시인의 꿈을 이룬지도 20년이 넘었다. 이쯤 서서 바라보니 자랑보다는 부끄러움뿐이고, 만족보다는 후회가 앞선다. 내가 지금 내 딸아이의 시간으로 되돌아갈 수 있다면 손 시린 고독을 그늘진 구석에서 견딜 수 있을까. 아무도 가지 않는 그 길의 끝까지 가서 아득한 지평선 푸른 하늘 한 자락을 만져볼 수 있을까. 아니다 그렇지 않을 것이다. 그렇다하더라도 그 방의 날들은 향기로웠다. 결여가 욕망을 낳는다 하지 않는가. 한 세대 전 나처럼 지금도 누군가 거기 그 방을 드나들며 시인이 되면 하늘을 도리질하리라는 맹목의 열병을 앓고 있겠지. 다시 공화국이 아홉에 아홉 번을 바뀐다 하더라도 철따라 피고 질 자목련 그늘 밑 그때 그 방에서.

璲兒衣服 小包로오다 貧者의 恨 夫婦 울었다

1971년 2월 12일, 아버지와 어머니는 군대 간 자식의 옷 보따리를 받아들고 울고 계신다. 가난을 우신다. 빈자의 한을 울고 계신다. 璲는 내 아우이다. 아우는 6.25사변 동이이다. 태아적 영양 부실로 몸이 약하고 총소리의 영향인 듯 신경이 날카롭다. 아우는 지금 서울 강남 산다. 시계 제조업 사장이 되어 수명의 사원을 거느리고 산다. 지난 해 아우는 50이 넘은 나이에 4년제 대학을 졸업한다. 못 배움의 한이 어떤 것인지 당신은 모른다. 가난이란 조금 불편할 뿐이라고 배부른 소리하는 당신들은 가난이 왜 죄가 되고 악이 되는지를 알 리가 없다. 가난은 공복의 어미이므로 죄이고, 죄 없는 사람들의 타고난 재능을 닥치는 대로 먹어치움으로 악이다.

우리 집안에서 유일하게 이과계의 머리가 있어 약학대학 제약과에 입학한 아우는 등록금이 없어 중도에 그만 두고 공군에 지원한다. 가정교사도 하고, 아이템풀 회사의 심부름도 하고 겨울밤엔 찹쌀떡 장수도 하며 학비를 벌려 애썼지만 허사였다. 형은 무능했고 농촌의 경제는 대학생을 둘씩이나 거둘 수가 없었다. 아우는 군에 가고 그 무렵 중학생이었던 누이는 죽으라고 고생만 하다가 시골학교로 전학 간다. 가난은 죄악이다. 죽으라고 고생만 하다가 죽은 누이의 여수바우 무덤을 당신은 아는가. 뽑아도 뽑아도 끝없이 번지는 무덤가 잡초처럼 가난은 뽑아도 뽑아도 그 뿌리가 다 뽑히지 않는 죄악이다. 대책 없는 형, 대책 없는 오빠였다. 나의 대책 없음은 아우도 잘 알고 있다. 첫 시집 『봄은 가고 또 봄은 가고』를 출간했을 때 아우는 내게 편지를 보냈다. 다음 시는 그 편지에 꼬리를 조금 붙인 것이다.

한 시인은 그의 해설에서 큰 발견인 듯 낭패해 했는데 그건 여태 적절한 말로 표현하지 못했을 뿐이지, 형님이야 옛날부터 낭패스런 마음밖에 달리 술수가 없어 온 분 아닙니까. 어릴 적 사랑마루에서 장기를 두다가 악착같은 저에게 회양목 뿌리로 만든 장기알로 이마를 맞았을 때나 연필로 얼굴을 찔렸을 때나(아직도 눈 밑에 자국이 있는지요?) 중학교 대 연애편지 주고받다 들켰을 때나 형님은 아무런 술수도 대책도 없었습니다. 대학입시 낙방했을 땐 어머니 말씀대로 정신나간 놈처럼 작업복 입고 수염 안 깎고 세수 안하고 어디 산속 절엔가 암자엔가 갔다가 간첩으로 몰려 혼이 나기도 했다지요. 경북대학교 정문 앞 술집 델레스망 시절은 얼마나 큰 낭패였으며 검은 교련복 입고 데모하다 붙잡혀 북대구 경찰서 트럭에 던져진 것은 지금 생각해 보니 스스로 낭패 속으로 뛰어든 것이 아니었겠는지요?

지금까지 그랬고 앞으로도 그러실 겁니다, 형님은. 누이의 죽음을 제가 시외전화로 알렸을 때도 형님은 첫마디가 그럼 어쩌지? 였습니다. 어쩌긴 어찌야 빨리 가봐야지 하고 제가 성질을 냈던 것이 귓전에 쟁쟁합니다. 형수님이 계시니 부모님이나 저희가 걱정없이 지내지요, 형님이야 어허- 밖에 무슨 계략이 있겠습니까.

그 시인보다 제가 해설을 썼으면 독자들 이해도 빠르고 피부에 닿았을 텐데 잘못했습니다. 재판 인쇄 때 하지요. 그럼 책도 잘 팔리고 장사도 될 것 같고. 저야 장사꾼이니 책장사가 잘 되어서 더도 말고 덜도 말고 월 수 백만 원씩만 부수입이 됐으면 집도 좀 늘리고 좋겠습니다만…. 얘기하자면 길어지니 여기서 줄이고 형님, 책 팔아 드릴테니 좀 보내주세요. 재고는 얼마나 있는지요?

아우야, 너는 잠시

내 발바닥 태엽을 감았다 푼다
잃어버린 시간 찾아 꺼이, 꺼어이
푸른 산허리 두 쪽으로 가르는
꿈속의 흰 갈매기처럼.

-강현국, 「편지」 전문

1971년 2월 12일, 학업을 포기하고 군에 간 자식의 남루 앞에서 당신들의 무능을 가슴 뜯고 계신다. 산골의 2월은 한겨울이다. 구병산 눈 덮이고 버들개 얼어붙어 인적 끊어진지 오래이었으리라. 아버지가 형벌과 유적의 정거장을 사실 그때 나는 대학 졸업반, 무얼 하고 있었던가!

다시 내가 대학생이 된다면 향촌동 막걸리집 대신 도서관 구석에 처박혀 살겠다. 문학한답시고 지향 없이 떠돌다가 가정교사 자리를 쫓거나 동가식서가숙, 아버지 가슴에 대못 박지 않겠다. 십 원을 아껴 풀빵을 사고 백 원을 아껴 라면을 사고 만원을 아껴 밀린 방세를 갚겠다. 역사도 그렇고 일상사도 그렇고 가정은 패자의 넋두리일 뿐, 삶은 언제나 일회적이고 시간은 되풀이를 허락하지 않는다.

지금 나는 복현동 판자촌 김한묵씨 집, 아우와 함께 연탄불에 손 쪼이던 월세 방의 날들 앞에서 운다. 그날은 가고 없어도, 가고 없음으로 그날을 운다.

나이를 먹는다는 것

2008년 어느 날: 부산에서

나이를 먹는다는 것

난데없이 폭풍우 들이닥쳤다. 저 산도 제 몸이 가려워 꽃 피우는 봄 사월. 전반 나인 마지막 호울 티샷을 끝낸 뒤였다. 그린 공략을 포기하고 카터에 오르면서 당신은 말했다. 환갑이 지난 이 나이에…!(그래 너는 나보다 몇 살 나이가 위였지) 나이를 먹는다는 것? 나이를 먹는다는 것! 그날 나는 40년 만에 처음으로 고등학교 동기들 골프 모임에 갔던 것인데, 충청도 중원 땅에서 낯설게, 아주 낯설게 맞닥뜨린 것은 시간의 굴레 혹은 세월의 감옥이었다.

세월의 비바람, 시간의 딱정벌레

세월이란 말은 아날로그이고, 시간이란 낱말은 디지털이다. 세월이란 말에는 비바람 불고, 시간이란 낱말 속에서는 온몸이 까만 딱정벌레가 기어 나온다. 세월이란 말의 서산 마을엔 찔레꽃 저 혼자 피었다 지고, 노을 지는 거기 우리 이모 기대 선 문설주 하염없다. 시간의 딱정벌레, 혹은 독일 병정들의 행렬을 따라가 보면 방수처리 잘 된 아라비아 숫자들이 옹기종기 모여 사는 유리창이 보인다. 문설주는 자연이어서 아침 햇살 새털구름 쉬었다 가고 유리창은 과학이어서 달빛 별빛마저 미끄러진다. 세월에게서는 들풀 냄새가 나기도 하고 건초 타는 냄새가 나기도 한다. 아니 세월에게서는 첫닭 우는 새벽 뒷간을 다녀오시는 아버지 냄새가 나기도 하고, 시골 장터 국밥집 아줌마 냄새가 나기도 한다. 시간은 무미 무취한 것이어서 1, 2, 3, 4, 5…는 언제나 1, 2, 3, 4, 5…이다. 유리창은 과학이어서 하루는 정확하게 24시간이고 한 시간은 빈틈없이 60분이다. 우리 이모 문설주에 기대 서 보면 그때 그날은 어느덧이고 기다림은 언제나 아직도 이다.

지금 그 사람 이름은 잊었지만
그 눈동자 입술은
내 가슴에 있네

바람이 불고
비가 올 때도
나는
저 유리창 밖 가로등
그늘의 밤을 잊지 못하지

사랑은 가도 옛날은 남는 것
여름날의 호숫가 가을의 공원
그 벤치 위에
나뭇잎은 떨어지고
나뭇잎은 흙이 되고

나뭇잎에 덮여서
우리들 사랑이 사라진다 해도

지금 그 사람 이름은 잊었지만
그 눈동자 입술은
내 가슴에 있네
내 서늘한 가슴에 있네.

-박인환, 「세월이 가면」 전문

소멸과 잔존의 문설주가 보인다. 없음과 있음, 실체와 흔적, 꿈과 현실, 뜨거운 그 때와 서늘한 지금 사이 문설주가 서 있다. 소멸의 대상은 몸을 가진 그 사람이고 잔존의 내용은 그 사람에 대한 기억일 터. 기억은 몸이 없는 한낱 흔적일 뿐이므로 "내 가슴에 있네/내 서늘한 가슴에 있네."와 같이 잔존을 되풀이 확인하는 시인의 목소리는 가문 날 찾아드는 논바닥을 들여다보는 농부의 마음처럼 안쓰럽고 허망하다. 문설주에 기대서서 시인이 바라보는 세월의 뒷모습은 퍽 무정해서 무심해 보이기까지 하다. 그러나 비바람을 다독여 만든 무정, 저문 들녘 가는 연기 피어오르는 무심이므로 소멸과 잔존의 문설주, 그것은 환갑이 지난 이 나이에⋯!라고 한숨짓는 당신의 초상이다. 어느 날 문득 맞닥뜨리는 너와 나의 자화상이다.

나이를 먹는다는 건 그 사람 이름을 잊는 것, 가로등 그늘의 밤을 잊지 못하는 것. 나이를 먹는다는 건 흔적의 눈동자, 흔적의 입술, 흔적의 이름 가까이 불러 세워 "사랑은 가도 옛날은 남는 것"이라고 귓속말 건네는 것.

가난했던 한 시절

정들면 지옥이라고 당신은 말한다. 졸업 후 30년이 되던 해 홈 커밍 행사 때도 나는 가지 않았었다. 30년 전 40년 전 그때, 거기에 다시 가서 어쩌자는 것인가. 잃어버린 시간 저편, 잃어버린 나를 만나 어쩌자는 것인가. 침침한 눈으로 볼 붉은 10대의 나를 만난다 한들 알아보기나 할 수 있을 것인가. 알아본다 한들 그 때 그 남루를 어찌할 자신이 없는 것이었다.

바람결에 들리는 바, 누구누구는 몹쓸 병을 얻어 죽었다 하고, 누구누구는 먼 나라로 이민을 갔다 하고, 누구누구는 고관대작이 되었다 하고, 누구누구는 사위를 본다 하고 며느리를 본다 하고… 내게 무슨 상관이란 말인가, 나는 40년 동안 귀 닫고, 입 닫고, 눈을 닫았다. 정들면 지옥이라고 당신은 말한다. 시간의 딱정벌레가 없다면 지옥의 한철은 행복이리라.

대전은 내게 무엇이었던가. 내가 다닌 중학교 개교 이래 처음으로 그 학교에 합격했다고 기대와 부러움을 한 몸에 받게 했던, 이른바 한수 이남에서 제일간다는 명문 대전고등학교는 내게 무엇이었던가.

호롱불과 초가집과 오솔길로부터 형광등과 빌딩과 북적이는 시가지로, 우물에서 수돗물로, 흐르는 시냇물과 노오란 뻐꾹새 노래로부터 아아, 콰이강의 마치와 함께 하늘 높이 솟구치는 교정의 분수로 바뀐 문화적 충격, 따뜻한 아랫목의 나날과 온기로 가득한 어머니의 밥상으로부터 부처를 모시고 향을 피우던 그 방의 한기와 눈치 보며 빈 배를 채우던 외숙모의 밥상, 대전은 내게 무엇이었던가. 누이를 삼킨 대전, 쌀 판 돈으로 사 오신 책상 안 켠에 '國要志學', 학문의 정진을 붓으로 당부하시던 아버지의 대전, 내게 술과 담배를 가르친 대전, 내게 그리움과 외로움을 가르친 대전, 목척교와 보문산과 식장산이 있는 대전, 식장산 가는 길에 포도밭이 있는 대전, 기적소리 슬피 우는 대전발 영시 오십분이 있는 대전, 한밭체육관이 있는 대전, 죽은 최동수와 생과자가 있는 대전, 조외과 간호원과 박용래가 있는 대전, 빌어먹을 대전, 그것은 좌절과 열등감의 지옥이었다. 그 지옥을 벗어나는 데 40년이 걸렸다. 대학교 교장 선생님이 되어 그날 나는 짐짓 당당했다.

　　넷날엔 統制使가 있었다는 낡은 港口의 처녀들에겐 넷날이 가
　지 않은 千姬라는 이름이 많다
　　미역오리같이 말라서 굴껍지처럼 말없이 사랑하다 죽는다는
　　이 千姬의 하나를 나는 어늬 오랜 客主집의 생선가시가 있는
　마루방에서 만났다
　　저문 六月의 바닷가에선 조개도 울을 저녁 소라방등이 불그레
　한 마당에 김냄새 나는 비가 나렸다

－백석,「統營」전문

박인환은 세월을 노래하고 백 석은 시간을 말한다. 노래는 가슴
으로 하고 말은 머리로 한다. 가슴은 언제나 아날로그 쪽이고 머리
는 언제나 디지털 편이다. 그러므로 백 석의 통영엔 통제사의 역사
가 있고, 객주집 천희의 서사가 있고 김 냄새 나는 비의 과학적 현
실이 있다. 당신의 통영엔 도다리쑥국으로 이름난 분소식당이 있
고, 박경리 선생이 들렀던 통새미식당이 있고, 갈매기식당은 아무
데도 없고, 김춘수 선생의 동호동 생가가 아무렇게나 있고, 여황산
이 있고, 한려수도가 질펀하게 누워 있고.

구름을 쟁기질하는 너에게서는 늘 낙엽 타는 냄새가 난다

갈매기 식당은 그곳에 없다. 매일 먹어도 물리지 않는 된장이나
김치처럼 기다림은 항체가 없어 면역도 되지 않고 유행을 타지도
않고 시간의 침식을 받지도 않는 듯하다. 갈매기 식당은 충무시 동
호동 눈 내리는 선창가에도 없다. 그것이 진정한 것이라면 떠나는
뒷모습은 멋을 듯한 마음의 흔적이며 누구에게나 기다림은 너무
오랜 기다림이다. 도다리 쑥국으로 이름난 그 식당은 한려수도 어
디에도 없다. 나는 지금 첫사랑의 무덤을 하염없이 쓰다듬는 검은
외투의 실루엣, 주술 깃든 여인의 젖은 눈을 보고 있다. 소복한 주
모의 갈매기 식당은 구름 속이나 괭이갈매기 울음 속에 있으리라
는 게 내 판단이다.

강현국, 「어느 봄날」 전문

환갑이 지난 이 나이에…!라고 당신이 말할 때 시간의 딱정벌레

가 뜯어먹다 남은 머리털이며, 시간의 딱정벌레 발자국이 남긴 주름진 얼굴이며, 그날 그 얼굴을 알아볼 수 없는 침침한 눈이며… 그러므로 나이를 먹는다는 건 마침내 "미역오리같이 말라서 굴껍지처럼 말없이 사랑하다 죽는다는" 것.

한쪽 손에 죽은 바다를 들고

머리로 아는 것과 가슴으로 느끼는 것 다를 때 많아서 자주 괴롭다고 당신은 말한다. 아는 건 이성이고, 느끼는 건 감성이다. 이성은 왼쪽이고 감성은 오른쪽이다. 왼쪽은 시간이고 생업이고 현실이고, 오른쪽은 세월이고 꿈이고 당위이다. 어느 날 적막이 어느 날 적막에게 놀러 가보라. 휴가 끝난 병사처럼 어느 날 적막이 봄비 맞으며 허벅지를 드러내고 울고 있을 때 오른손이 왼손을 찾아가듯 내 몸의 집인 적막이 내 마음의 빈 집인 적막에게 놀러 가보라. 내 몸의 집에는 가득한 서류뭉치, 내 몸의 집은 얼어붙은 한겨울. 내 마음의 빈 집에는 먹어도 먹어도 배고픈 그리움, 내 마음의 빈 집은 나이를 먹지 않는 한 떨기 외로움. 어찌할 것인가.

눈보다도 먼저
겨울에 비가 오고 있었다.
바다는 가라앉고
바다가 있던 자리에
軍艦이 한 척 닻을 내리고 있었다.
여름에 본 물새는

죽어 있었다.

물새는 죽은 다음에도 울고 있었다.

한결 어른이 된 소리로 울고 있었다.

바다는 가라앉고

바다가 없는 海岸線을

한 사나이가 이리로 오고 있었다.

한쪽 손에 죽은 바다를 들고 있었다.

-김춘수, 「처용단장」 부분

죽은 바다는 세월인가, 시간인가. 죽은 바다를 들고 있는 한 사나이의 한쪽 손은 왼손인가, 오른손인가. 머리인가, 가슴인가. 아마도 죽은 바다는 세월과 시간의 저편, 아마도 바다가 없는 해안선은 서류뭉치도 없고 타는 목마름도 없는 왼쪽과 오른쪽의 소실점이리라.

머리로 아는 것과 가슴으로 느끼는 것 다를 때 많아서 자주 괴롭다고 당신은 말한다. 나이를 먹는다는 건 여름에 본 물새의 죽음을 십 년쯤 앞당겨 확인하는 것, 죽은 다음에도 울고 있는 물새에게 왼손과 오른손을 포개어 보는 것. 나이를 먹는다는 건 그야말로 한결 어른이 된 소리의 문설주, 그야말로 한결 어른이 된 소리의 딱정벌레 눈물을 닦아주는 것.

내가 보낸 한 시절

40대의 필자

내가 보낸 한 시절

서후에서 『새와 나무와 새똥 그리고 돌멩이』가 왔다. 우체부가 두고 갔다. 오규원 선생이 보낸 것이다. 가본 적이 없어 서후는 내게 아득한 곳이다. 서후는 아득하지만 선생의 모습은 가깝다. 햇살보다 먼저 찾아 온 아침 바람 곁에서이거나 너무 오래 머물던 여름 햇볕을 밀어낸 산그늘이 거실 깊숙이 찾아 온 때였으리라. 새와 나무와 새똥 그리고 돌멩이 곁에 내 이름을 쓰고, 우리 집 주소를 적고, 우표를 붙이는 선생의 가느다란 손가락이 가까이 보인다. 그 손가락이 살아 움직이는 物物 같다. 2005년 봄 서후에서 선생은 시집 머리에 이렇게 쓰고 있다.

새와 나무와 새똥 그리고 돌멩이,
이런 물물(物物)과 나란히 앉고 또 나란히 서서
한 시절을 보낸 인간인 나의 기록이다.

한 평론가가 시집 말미에 "물물과 나란히 앉고 또 나란히 서서"에 대한 주석을 꼼꼼하게 달고 있다. 초유의 장문이다. 나란히 앉고 또 나란히 서서 어쩌자는 것인가? 발끝까지 뻗어 내린 이성의 잔뿌리들, 그 철저한 분서갱유 없이, 언어를 갈아엎는 홍위병들의 가혹한 문화혁명 없이, 도대체 인간인 내가 물물과 나란할 수 있기는 있는 건가?

강력 접착제처럼 나를 사로잡는 것은 오직 마지막 일절, 그 평범한 구절이다. 한 시절을 보낸 인간인 나의 기록!;

한 시절;

한 시절이란 말은 무겁다. 누구에게나 한 시절은 무거운 한 시절이다. 가벼운 한 시절은 어디에도 없다. 나란히 앉고 또 나란히 서서 보낸 한 시절이라 하더라도 한 시절은 무겁기 때문에 힘겹다. 나란히 라는 말은 한 시절이란 말의 깃털이다. 깃털은 때로 몸통을 가리고 깃털은 때로 몸통을 가장하기도 하지만 가랑비 한 줄에도 제 몸통을 가리지 못하고, 작은 바람 한 줌에도 그것을 숨기지 못한다.

한 시절이란 말은 가열하다, 되풀이할 수 없으므로 가열하고, 가열하므로 가파르고, 가파르므로 숨이 차다. 비바람 치지 않고 큰물 지지 않는 한 시절은 없다. 곧추선 미루나무 가지 끝에도 비바람 숨어 있고 바닥을 드러낸 실개천에도 큰물은 진다. 다르게 말하자면 몰아치는 비바람이 미루나무 가지 끝을 곧추 세우고 도도한 큰물이 실개천 돌멩이를 들어올린다. 무겁고 가열한 선생의 한 시절은 다음에서 보는 바와 같이 힘겹고 가파르다.

온몸을 뜰들의 허공에 아무렇게나 구겨 넣고

한 사내가 하늘의 침묵을 이마에 얹고 서 있다

침묵은 아무 곳에나 잘 얹힌다

침묵은 돌에도 잘 스민다

사내의 이마 위에서 그리고 이마 밑에서

침묵과 허공은 서로 잘 스며서 투명하다

그 위로 잠자리 몇 마리가 좌우로 물살을 나누며

사내 앞까지 와서는 급하게 우회전해 나아간다

그래도 침묵은 좌우로 갈라지지 않고

잎에 닿으면 잎이 되고

가지에 닿으면 가지가 된다

사내는 몸속에 있던 그림자를 밖으로 꺼내

뜰 위에 놓고 말이 없다

그림자에 덮인 침묵은 어둑하게 누워 있고

허공은 사내의 등에서 가파르다

-오규원,「하늘과 침묵」전문

침묵의 한 시절은 무겁다. 사내의 몸무게에 돌과 잠자리와 나무와 허공, 침묵이 잘 얹히는 물물들의 몸무게를 더해야 하므로 무겁다. 침묵이 잘 얹히지 못하는 물물이란 없다. 달그락 거리는 찻잔에도, 초원을 달리는 말발굽에도 침묵은 잘 얹힌다. 아무 곳에나 잘 얹히므로 침묵의 무게는 세계의 무게이다. 해 뜨는 아침부터 해 지는 저녁까지, 뜰들의 허공에서 가파른 허공까지 제 이마에 침묵을 얹고 서 있는 사내의 한 시절은 힘겹다.

침묵은 자물쇠이다. 침묵은 밖으로 열린 창을 빈 틈 없이 잠근다. 당신이 침묵일 때 가로등은 꺼지고 세계로부터 당신은 캄캄하다. 침묵은 세계 내 존재인 당신을 당신의 몸속에 圍籬安置시킨다. 제 몸속에 창을 달고 길을 내는 침묵의 한 시절은 숨 막히고, 몸속 그림자를 밖으로 꺼내 뜰 위에 놓고 말이 없는 사내의 한 시절은 가파른 허공으로 가열하다. 유배의 고독을 살아본 사람만이 천길 허공의 깊이를 안다.

한 시절을 보낸;

다시 또 다른 한 시절이 기다린다 하더라도, 보낸 한 시절은 아쉽다. '보낸 한 시절'의 아쉬움은 '떠나보낸 한 시절'의 그것과 같지 않다. 앞의 아쉬움에는 진행 중인 삽과 곡괭이의 열기가 있고 뒤의 아쉬움에는 완료된 저녁 답의 서늘함이 있다. 비록 무겁고 가열해서 숨 막히는 침묵의 한 시절, 힘든 유배의 날들이라 하더라도 마찬가지다. 멀어져간 세월의 등 뒤에서 인간인 나는 언제나 망연자실하다.

진실을 말 하건데
해질녘 무릉에서 날아 온 딱새
무릉 등에 지고 날아 온 딱새
자작나무, 아니 아니 소나무 가지 사이로
금빛 문고리 입에 물고 날아 온 딱새
사실을 말 하건데,

녹슨 자전거를 타고 온 딱새
창궐하는 쑥대밭 둑길을 지나
우편배달부가 메고 온 딱새

금빛 관념과 쑥대밭 날 것 사이
바람 속에 둥지 트는 가슴이 붉은 딱새

-강현국, 「가슴이 붉은 딱새」 전문

　그때 나는 가슴이 붉은 딱새가 살고 있는 무릉의 쑥대밭 둑길이
보고 싶었다. 무릉의 선생이 보고 싶었다. 그러나 선생의 무릉, 무
릉의 선생은 찾아가 만날 수 없는 가뭇없는 한 시절이 되고 말았다.
내가 선생을 만난 것은 아주 짤막한 도막들에 불과하지만 인간인
내겐 지워지지 않는 한 시절이다.

　20년도 더 지났다. 울산에서 김성춘 시인의 소개로 선생을 처음
만났다. 벼 익는 냄새 코　끝에 닿는 교외 식당에서 점심을 함께 했
다. 몇몇 사람이 함께 있었다. 대화가 궁하면 논둑에 심어놓은 콩
이파리를 보곤 했던 기억이 난다. 이튿날 오전 10시 공업탑 로터
리 2층에 있는 원 다방(?)에서 다시 만났다. 시집 출간 이야기를 했
을 것이다. 블루진 차림의 선생은 갈색 가방을 메고 있었다. 긴 머
리 출렁이는 굵은 물결이 멋져 보였다. "손님, 꼭 예술가 같아요" 종
업원 말에 마주 보고 웃었다. 1982년 그해, 나는 선생의 문장사에서
첫 시집 『봄은 가고 또 봄은 가고』를 만들었다.

마포 경찰서 부근 선생의 사무실에 들렀다. 조그만 책상을 가리키며 "저자가 앉는 자리예요"하며 교정지를 건네주었다. 저자라는 말이 무척 낯설었다. 늦도록 소주를 함께 마셨다. 시인 한 사람이 같이 있었다. 선생은 철저한 분이었지만 "인간인 나"의 속 모습을 자주 들켰다. 술 때문이었다.

선생이 문득 대구에 오셨다. 80년대 중반이었던 것 같다. 방문목적은 기억에 없다. 한 시인이 동행하고 있었다. 그 시인 이름은 밝히지 않는 게 좋겠다. 자유시 동인들과 함께 동성로 어느 주점에서 마주앙을 취하도록 마셨다. 비행기 시간에 쫓겨 총총 헤어졌다. 건강을 다치지 않은 마지막 모습이었던가? 아니 또 있다. 그리고 한참 지난 후 조그만 도시 성당 앞에 혼주로 서 있는 선생을 보았다. 구겨진 양복을 입고 있었다. 입은 양복만큼이나 어색해 보였다. 눈부신 햇살 때문이었을 것이다.

류시원 시인의 신춘문예 시상식 때였으니까 92년인 듯하다. 퍽 힘들어하는 모습이었다. 가느다란 에세 담배를 한 모금씩 빨다 말았다. 앞에 놓인 칵테일은 입에 대다 말았다. 쉬어야겠다며 서둘러 호텔로 갔다. 앞인지 뒤인지는 기억할 수 없지만 인사동 맥주집에서 현대시학 주간과 만난 자리에 나도 끼어있었다. 선생은 자신이 소개한 한 늦깎이 시인에 대해 각별한 관심을 보였다.

그리고 10년이 지났다. 한 두 차례 잡지 일로 전화 통화를 했다. 문자 메시지를 몇 차례 주고받았다. 물론 내가 보낸 문자에 대한 즉각적인 답신으로 이루어진 것이었다. 서후의 선생이 보고 싶었다. 선생의 서후가 보고 싶었다. 새와 나무와 새똥 그리고 돌멩이가 보고 싶었다.

"포도익을때찾아뵐수있으면좋겠습니다" 문자를 보냈다.
"적당할때얼굴한번봅시다날씨가너무더워서힘들지요?건강에유의하세요". 7월 27일 오후 3시1분 선생이 보내 온 문자이다.

한 시절을 보낸 인간인 나;

오규원을 읽다가
오규원 선생의 전화를 받았다

참 우연한 일도 많지
바깥세상 훔치려다 들킨 창문이 덜컹 내려앉는다

하늘이 하 맑아서
그대 떠난 하얀 길이 잘 보인다 라는 표현은 구식이다

(중략)

다시
오규원을 읽다가
오규원 선생의 전화를 받았다

참 우연한 일도 많지
바깥세상 훔치려다 들킨 창문이 덜컹하는 표현은 신식이 아니다

덜컹 덜컹은 아무 것도 훔치지 못해 덜컹하므로
덜컹 덜컹은 아무 것도 도둑맞지 못해 덜컹덜컹하므로

-강현국, 「내 마음 갈 곳을 잃어」 부분

짧은 도막의 만남은 도막난 만남이어서 아쉽다. 따지고 보면 도막나지 않은 만남이 어디 있으랴. 도막난 만남에 기대어 위의 시를 썼다. 지금 보니 군데군데 선생 시의 초기 화법을 훔쳐온 것이 눈에 잘 뜨인다.

선생의 작품 앞에서 내 시는 왜 이렇듯 촌스러울까. "구식이다", "신식이 아니다"하는 구절은 내 촌스러움에 대한 자괴의 고백으로 읽힌다. 새와 나무와 새똥 그리고 돌멩이, 이런 물물(物物)과 나란히 앉고 또 나란히 서지 못한 채 한 시절을 보낸 인간인 나의 기록이기 때문일 터이다.

새가 언덕에서 지나가는 구름을 자주 보는 겨울입니다

텅 빈 밭에는 햇볕이 흙에 달라붙고

논에는 고인 물에 하늘이 버려져 있는 겨울입니다

마을 앞은 여름에 무너진 자리가 한 번 더 무너지고

엉겅퀴가 무리 지어 서 있던 자리에는 바람만 남고

어쩌다가 밖에 나온 사람도 길에 있지 않고

버려진 모자 하나 길 위에 얼고 있는 겨울입니다

-오규원, 「모자와 겨울」 전문

선생의 시는 얼마나 모던한가! 새와 햇볕과 하늘과 바람과 모자 곁에 나란히 선 선생의 모습에서 나는 한 견인주의자의 고독을 본다. 왜 행과 행 사이를 한 간씩 띄우고 있을까? 아마도 행간의 여백은 텅 빈 밭을 지나가는 겨울바람, 그 쓸쓸함의 통로일 것이다. '김준오 선생께' 라는 부제로 미루어볼 때 그 여백은 한 지기의 느닷없는 죽음으로 말미암은 선생의 텅 빈 내면풍경일 것이다.

한 시절을 보낸 인간인 나의 기록;

기록이란 말은 요도에 박힌 결석처럼 아프다. 기록이란 말은 영구 불변하는 금강석 같다. 기록이란 소멸의 항체이다. 기록한다는 것은 생의 의지이다. 그러나 기록에 대한 기록한 사람의 지분은 아주 적다. 금강석은 단단해서 시간을 비끼고, 그 빛은 찬란해서 천지를 비추나 한 시절의 주인은 이미 그곳에 없다. 모자 하나 남겨 두고 그 길을 떠난 김준오 선생처럼, 아니 그 길 위에 모자 하나로 남아 있는 김준오 선생처럼.

그러고 보니 한 시절을 보낸 인간인 나의 기록은 오직 물물들의 것이다. 새와 나무와 새똥 그리고 돌멩이가 빛나는 이유이다.

노래, 그 쓸쓸함의 양식

2010년 이른 봄: 뒷동산 감나무 밭

노래, 그 쓸쓸함의 양식

그 날 창밖엔 바람이 불었던가

외로움이라고 쓰려다가 쓸쓸함이라고 고쳐 쓴다. 외로움이란 말을 따라가 보면 갈 곳 없는 한 아이의 해 저문 운동장이 거기 있다. 손 시리다. 외로움이라고 쓰려다가 쓸쓸함이라고 고쳐 쓴다. 쓸쓸함이란 말끝에는 노을에 부대끼는 갈대밭 언덕이 울음을 참고 있다. 배 고프다. 갈대밭 언덕엔 바람이 살고 날 저문 운동장엔 적막이 산다. 무릇 쓸쓸함이란 바람 부는 적막, 그 날 창밖엔 바람이 불었던가. 쓸쓸함은 막무가내여서 내 노래 또한 막무가내였다.

정태춘을 부르고 김광석을 불렀다. 한 차례 쉬었다가 김정호를 불렀다. 〈떠나가는 배〉와 함께 길 떠난 나는 〈사랑했지만〉, 〈잊어야 한다는 마음으로〉, 〈너무 아픈 사랑은 사랑이 아니었음을〉과 같이 한달음으로, 바람 부는 적막, 그 언덕에 올랐다. 죽엽청주가 시바스 리걸로 바뀌었다. 커턴 콜이 있었던 것도 아닌데 나는 스스로 〈빗속을 둘이서〉를 부르며 그 언덕을 내려왔다. '해 뜨는 동해에서 해 지는 서해까지/뜨거운 남도에서 광활한 만주벌판'과 같은 가열한 노랫말을 가진, '우리 어찌 가난하리요/우리 어찌 주저하리요'에서 클라이맥스를 이루는 〈광야에서〉를 더 부르려다가 마이크 상태가 좋지 않아 그만 두었다. 지난 시월 어느 날 중국집 2층에서였다.

구병산 이마 위에 걸린 저녁노을

"그러나 노래할 때, 마이크를 턱 아래 두고 노래하며 몸을 떨 때, 몸떨며 노래 부르면서도 노래의 어느 한 소절 때문에 쓸쓸한 몸이 될 때. 가사 한 소절의 절박함이 몸에 그득할 때, 노래 부르며 몸 떠는 이의 쓸쓸한 시간이 끝날 때, 나는 본다. 노래가 끝나야 침묵이 온다는 것을, 비로소 우리가 바라는 침묵을, 우리가 원하는 침묵을, 우리가 찾았거나 바랐을 침묵이 온다는 것을, 당신 안에 웅크린 당신을 호명하듯, 크게 노래 부르고 나면 몸에 배이는 침묵을 여러 번보았다. 구병산 이마 위에 걸린 저녁노을을 보러갔던 지난 가을, 김광석의 노래를 애절하게 부르며 마음 한켠 아파할 때, 나는 Ne Me Quitte Pas를 부른 니나 시몬의 암갈색 우울을 보았다. 어떤 노래는 부르는 사람의 입에서 새가 되어 날아가고 어떤 노래는 부르는 사람의 생으로 스민다. 내게 가까이 혹은 아주 멀리서 노래하는 선생의 모습을 통해. 그 옛날 불같은 성격에 여러 사람에게 상처를 주었거나 혹독한 비판을 하시던 모습과 왜 얼마나 확연히 다를 수밖에 없는가를 알 수 있다. 바로 노래 부르기 때문이다. 노래를 부르는 것, 시인은 무언가 노래 부르는 자 아닌가. 제 안이든 밖이든 노래 부르기 위해 태어났으니 부르르 몸 떨며 노랠 부를 수밖에.(김정용)"

우울은 암갈색이다. 구병산 이마 위에 걸린 저녁노을이 다 익어서 붉다가 제 마음에 겨워 어두워지듯 나이 든 우울은 암갈색이다. 머리끝이 하얀 쓸쓸함이 그 언덕을 내려와 저무는 개울가에 발 담글 때 쓸쓸함은 암갈색 우울이 되어 깊게 흐른다. 암갈색 우울로 몸 바뀐 쓸쓸함, 내가 만난 침묵은 그런 것이다.

"우리는 다음과 같은 돌연한 행동을 만나, 세속에 살면서도 세속과 거리를 둔 이 같은 성정이 그의 시를 만들고, 그를 시인으로 살게 한다는 점을 알게 되기 때문이다.

> 태풍이 그의 일생을 신천 둔치에 두고 떠났다
> 1에서 9까지 입에서 항문까지 낙숫물 소리에 내 몸이 다 젖었다
>
> (…) 때론 가슴도 저미겠지 외로움으로 일요일은 일요일의 외로움으로라고 썼다가 지운다. 꼴림의 욕망도 그와 같아서 찔레꽃 하얀 흔적이 바람에 흔들리다 멎는다. 생명보험을 해약하기로 마음먹는다.
>
> ─「김광석을 듣다가-세한도 · 6」부분

죽은 김광석의 노래를 듣다가 외로움과 그리움이 불현 듯 솟구쳐 오르는 것을 느끼는 강현국은 "낙숫물 소리에 내 몸이 다 젖었다"라고 고백할 만큼 감정에 깊이 취한다. 그러나 들으면 들을수록, 쓰면 쓸수록 외로움은 깊어가고 먼 곳의 그리운 얼굴이 떠오르니 도무지 견딜 수가 없는 지경이 된다. 어찌해야 할 것인가 이 마음을. 그

는 자기 쪽의 그리움을 다독이며 "찔레꽃 하얀 흔적이 바람에 흔들리다 멎는"것처럼 그리움도 정지시킨다. 그런데 그 다음이 놀랍다. "생명보험을 해약하기로 마음먹는다" 는 구절은 참으로 돌연한 당혹감을 선사하지 않는가. 그러나 이내 우리는 이 시의 시적 감흥이 이 부분에서 샘솟는다는 것을 알게 된다.(박상수)"

 어떤 노래는 부르는 사람의 입에서 새가 되어 날아가고 어떤 노래는 부르는 사람의 생으로 스민다. 〈세한도〉를 노래하다가 추사의 유배가 내 생으로 스몄다. 그 시시콜콜을 어찌 말로 다 할 수 있으랴! 한 평론가가 그 일단을 엿보고 있다.

 "그러나 언제 어느 때고 이번 시집의 계절은 '세한(歲寒)'이다. 무엇이 이 세상을 온통 세한으로 보이게 만들었을까. 외진 시골에서 태어나 어렵게 공부하여 시인이 되고, 대학의 선생이 되었으며, 한때 자신의 분야에서 최고의 자리에까지 올랐지만 불의의 사건으로 인해 낙마, 은둔과 칩거의 나날을 보내야 했던 시절이 그에게 있었던 것 같다. 그가 지닌 올곧은 성정은 세속의 야합과 대적하였다가 큰 상처를 입고 말았다. 이 과정의 세세한 이야기를 알고 있지 못하는 우리로서는 그저 추사의 이력을 하나의 참조점으로 시인의 삶을 유추하여 볼 뿐이겠으나 선진적인 학문 수용과 뛰어난 예술적 재능, 정치적 꿈을 펼쳐보기도 전에 유배의 고통을 맛보아야 했던 오랜 시간의 고립, 지독한 외로움과 그럼에도 포기하지 않았던 학예의 길 등으로 대표되는 추사의 생애는 어떤 식으로든 강현국의 시에 감추어진 중요한 서브텍스트라고 할 수 있다. "남으로 창을 내었다. 어쩌다 여기까지 왔을까.(⋯)남으로 창을 널리 내었다. 어차피 여기까지 올 것이었다. 어쩌다가 옛집을 헐고 새집을 지었다. 어제 는 하루 종일 눈이 내렸다. 어차피 폭설이었다.(「남으로 창을 넓게 내었 다-세한도 · 11」)라는 시편에서 우리는 그 흔적을 발견한다.(박상수)"

코트 자락에 깊숙이 묻혀 있는 우수

"나는 이 글의 서두에서 그를 일컬어, 〈시 밖에서 더 시인 같은 사 람〉이라고 말했었다. 그 말의 안쪽을 뒤집어 보면 그는 천성적인 시 인이라는 말이 될 수도 있겠다. 나는 왜, 이렇게 말할 수 있는 것일 까. 그것은 아마 생맥주 때문이거나, 〈보고 싶은 얼굴〉이나 〈가을을 남기고 떠난 사랑〉같은 패티 김의 노래 때문인지 모른다. 노래에 푹 빠져서, 노래에 섬세한 감정을 실어 가는, 그의 은밀한 마음의 결 을 잠깐만 엿보면 알 수 있다. 어떤 질긴 끈이 있어, 시인의 발을 땅 과 허공 사이에 떠 있게 한다는 것을 금방 눈치 챌 수 있을 것이다. 강현국 시인. 그는 이 시대를 사는 몇 안 되는 로맨티스트이고, 때 로 은둔자이며, 부조리한 사회를 향해 불끈 주먹을 쥘 수 있는 반항 아이다. 아니, 카키색 바바리코트 자락에 깊숙이 묻혀 있는 우수를 빼놓고 그를 말할 수 없다. 그 우수의 근원은, 보기 싫은 사람은 절 대 못 보는 성격 때문일 수도 있고, 좀처럼 똑바로 걸어가지 못하는 거지같은 세상 때문일 수도 있을 것이다. 보기 드문 로맨티스트, 그 리고 세상과 적당히 타협하지 못하는 그의 성격은 내가, 그를 감히, 선천적인 시인이라 말할 수 있게 만드는 이유이다.(송종규)"

우수수 나뭇잎 진다. 나는 한 때 햇볕 잘 드는 허공 위에 젖은 양말 여러 켤레 얹어둔 적 있다. 쓸쓸함의 나뭇잎은 우울의 깊은 강을 건너야 비로소 코트 자락에 깊숙이 묻혀 있는 우수의 뜨락에 이른다. 푸른 잎이 우수수 마른 낙엽으로 떨어지기까지 내 사는 뒷산 굴참나무는 얼마나 사무치는 맨발의 시간을 살았겠는가. 우수에 젖은 눈으로 바라보면 패티 김의 오만한 무대 매너가 퍽 쓸쓸해 보인다.

너무나 좋은 혼자

"교수님, 죽어도 링 위에서 죽으세요! 이렇게 말하는 건 결례가 될까? 아니다, 결례가 되어도 해야겠다. 교수님, 언제 저랑 한 판 붙을래요? 인정사정없이 히히히…. 에구 이야기를 하다 보니 천방지축 별의별 얘기를 다했다. 나는 늘 이 모양이다. 아무튼 올 여름엔 〈임곡〉엘 꼭 한번 가보고 싶다. 그래서 제대로 서향 맛을 느끼고 싶다. 허심재 앞 〈성도 강현자의 묘〉근처 호두나무에서 귀청 먹먹하도록 말매미가 울면, 시인은 세상 의욕 욕망 하나도 없어져 홀로 첼로를 듣겠지. 느리게, 느리고 무겁게…. 창 밖 포플러 나무 한 그루가 빈 하늘 허공에다 대고 첼로를 켜는 것 시인 혼자서만 바라보고 있겠지. 바이올린은 가벼워, 촐랑거려서 싫어…. 첼로가 좋아. 세상 억장 다 무너져 참 나른한 느낌! 참 슬픈 느낌! 시인은 혼자서만 즐기고 있겠지. 그러다가 유행가 한 곡쯤 낮게, 허밍으로 부르시겠지. 〈너의 맘 깊은 곳에/하고 싶은 말 있으면…〉 아아, 너무나 좋은 혼자!(유홍준)"

흔히 말하는, 내 십팔번이 무엇인지 잘 모르겠다. 촐랑거리는 바이올린을 가을 악기라고 말할 때 당신은 이미 마른나무 가지에 가슴 다친 사람, '너의 맘 깊은 곳에/하고 싶은 말' 다 무너져 참 슬픈 느낌을 참 쓸쓸한 허밍으로 바꾼 것이다. 서산 미루나무가 빈 하늘 허공에 첼로를 켤 때, 나는 본다. 아아, 너무나 좋은 혼자 배불리 먹는 저 쓸쓸함의 양식.

물음표와 느낌표가 동시에 나타나는 '레미미'의 음정

"맨 처음 내가 들은 선생님의 목소리는 "이-시-인"이었다. 그 당시에는 시인이라는 내 존재의 확인도 낯선 것이었지만, 더욱 낯선 것은 선생님의 목소리였다. "이시인", 이 세 음절은 '레미미' 정도의 음정이었고, 마치 어딘가에서 힘 안들이고 끌고 올라오는 것처럼 느리게 발음했는데, 그 음절과 음절 사이는 끊어지지 않았다. 그리고는 "이시인"이라는 그 말과 말 사이에는 약간의 침묵이 있었다. 그러나 그 침묵은 뚝 단절되는 가파른 이미지가 아니라 허공으로 살짝 떠어 올려지는, 풍선처럼 가볍고 부드러운 그런 것이었다. 선생님의 그런 목소리는 그 뒤 내가 받은 처음 느낌에서 한 번도 벗어난 적이 없다. 선생님의 목소리는, 비유적으로 말한다면, 깊은 곳에서 올라왔으나 꿰맨 흔적이 없이 매끄럽다. 선생님이 심리적으로 매우 힘들던 시간에 통화를 한 적이 있는데 그때에도 독감에 걸린 것처럼 잠기고 변해 있었으나, 여전히 내가 가지고 있는 최초의 기억에서 벗어나지 않는 목소리였다. 첫 통화 후 십년이 지난 지금도 선생님은 "이시인"하고, 물음표와 느낌표가 동시에 나타나는 '레미미'

의 음정으로 나를 부르고, 선생님이 발음한 그 말은 언제나 허공에 가볍게 떠있다.(이원)"

아버지도 어머니도 음치이셨다. 당신들의 찬송가는 모든 곡조가 한결같으셨다. 당연히 나도 음치이다. 그 사실을 아는 사람은 아내 뿐이다. 김연준이 곡을 만든 〈비가〉를 비장하게 부르고 났을 때, 강 교수 직업 잘 못 선택했어! 라고 말한다면 당신은 꿰맨 흔적 없는 목소리에 속은 것이다. 물음표와 느낌표가 동시에 나타나는 '레미 미'의 음정은 반음 처리가 잘못 된 불안한 문장이다.

노래는 무얼 먹고 사나

한 손엔 허공
한 손엔 비닐봉지, 땅에 닿을 듯

허공엔 뙤약볕
봉지 속엔 검은 콩, 땅에 닿을 듯

이바 형구기 이거 밥에 나먹어

백미러 속에 할머니 있고
꼬불꼬불 기어오는 논둑길 있고

-강현국, 「쓸쓸한 풍경」 전문

170

백미러 속 그 할머니 세상 떠나셨다. 당신네 스틸 카메라에 찍힌 노래하는 내 동영상이 돌아보니 부끄럽다. 백미러 속 그 할머니 논둑길 떠나셨다. 노래는 어디로부터 와서 어디로 가는가. 꼬불꼬불 논둑길은 꼬불꼬불 기어서 어디로 갔나. 백미러 속엔 허공만 가득한데, '세월은 가도 그 눈동자 입술' 허공에 가득한데 우리 어찌 이 밤을 잠들 수 있나. '엄마 일 가는 길에 하얀 찔레꽃/찔레꽃 하얀 잎은 맛도 좋지'. 찔레꽃 필 때까지 그대는 무얼 먹고 사는가. 노래여, 배고픈 나의 노래여, 쓸쓸함의 양식이여!

소리 단상

2009년 7월 구룡포 바닷가: 외손자 동현이

소리 단상

소리는 어디로부터 와서 어디로 가는가. 소리는 어디에서 잠자고 무얼 먹고 사는가. 이목구비도 없이, 몸도 없이, 소리는 무엇으로, 어찌하여 세계 내 존재가 되는가. 내 집무실 책상 위에는 청동으로 만든 종이 하나 있다. 두 손을 포갠 것 만한 초미니 에밀레종이다. 그 종소리는 때로 청아하고 자주 서늘하다. 종소리의 몸으로부터 흘러온 아침 햇살, 종소리의 이목구비로부터 불어오는 저녁 바람 속에 나는 자주 지친 시간을 앉혀두곤 한다.

침묵은 소리의 집이다. '내 시는 늘 무엇으로 채워지기를 바라는 배고픈 여백이거나 빅뱅의 내장을 감싸안은 침묵이다' 라고 쓴 적 있다. 침묵이 나이 들면 적막이 될 것이다. "잠 못 드는 적막이 벌떡 일어나 탕, 탕, 지팡이로 보름달을 두드렸다. 멀리 가는 강물의 팔다리가 쭉, 쭉, 내 몸에 가지를 쳤다." 적막의 나뭇가지에 몸 찢겨본 적 있는가. 그렇다면 당신은 사물의 소리를 볼 수 있고 소리의 맨몸을 만져볼 수 있는 사람. 그렇다면,

울음이란 무릇 간절함뿐이므로 수염이 없고 모자가 없고 단추가

없고 단추 구멍이 없고 꿰맨 자국은 더더욱 없고 간절한 울음이란 맨몸이므로 손이 있고 발이 있고 코가 있고 콧구멍이 두 개 있고

개구리가 울었다 콧구멍 두 개가 슬픔을 둥글게 말아 올렸다 개구리가 울었다 콧구멍 두 개가 둠벙에 빠진 달을 노랗게 노랗게 밀어 올렸다 그리고 세상은 쥐죽은 듯 고요했다 쥐죽은 듯 고요한 세상을 잠 못 드는 적막이 벌떡 일어나 탕, 탕, 지팡이로 보름달을 두드렸다 멀리 가는 강물의 팔다리가 쭉, 쭉, 내 몸에 가지를 쳤다

-강현국,「멀리 가는 강물」전문

는 당신 것이다.

나는 여러 차례 고요와 적막에 대해, 고요와 적막의 차이에 대해 말하곤 했었다. "고요라는 말의 뜨락에는 탱자나무 울타리가 벗어놓은 아침햇살 반짝인다. 적막이라는 말의 우산 속에는 아무도 없고 아무도 없는데 저 혼자 비 내리는 늦은 밤 정거장이 있다. 고요는 다람쥐가 초록 속에 감춰둔 인적 끊긴 길가에 있고, 어느 날 사랑은 가고 이제는 텅 빈 그대 옆자리에 적막은 있다. 그러므로 고요는 가볍고 적막은 무겁다." 도 그 중의 하나이다.

소리를 기준으로 말할 때 고요와 적막은 소리의 화육(化肉)이라는 점에서 같고, 고요가 소리 이후라면 적막은 소리 이전이라는 점에서 다르다. 고요가 소리의 휘발 상태라면 적막은 소리의 앙금 상

태라는 점에서 다르다. 고요가 텅 빈 소리라면 적막은 가득한 소리이다. 그러므로 소리의 구멍인 고요는 가이 없고, 한 시인의 어법에 기대어 말하자면 적막은 사각형의 기억으로 벅차다. 고요와 적막과 침묵; 얼마나 아름다운 소리의 혈육들인가.

> 고요의 뺨이 만지고 싶어
> 안주머니에 손을 넣어봅니다
>
> 오늘도 나는
> 일용할 공복과 하루 분의 권태를 자동지급 받았습니다
>
> 고요가 왼쪽 안주머니에 있다는 생각은
> 왼쪽으로 길을 내는 채마밭 땅콩넝쿨과 마찬가지입니다
>
> 개미가 물어 나르는 오전 10시가
> 적막보다 가볍다는 생각 또한 마찬가지이지요
>
> ―강현국, 「개미와 더불어」 부분

우리는 그날 해인사에 있었다. 홍류동 계곡 산그늘을 거닐었다. 아픈 시인과 아프지 않은 시인과 물소리와 손잡고 우리는 그날 법고 소리를 들으러 갔다. 침묵과 적막과 고요의 등짐은 한결같이 무거웠다. 아픈 시인의 어눌은 적막했고 아프지 않은 시인의 미소에는 햇살이 튕겼다. 그 때 당신 눈빛 고라니의 그것 같다고 느낀 적 있었다. 덫에 갇힌 고라니의 그 멀뚱거리는 눈빛, 그것은 불안과 초

조, 두려움이었다. 체념이었다. 적막이었다.

아픈 중생을 위해, 아픈 사물을 위해, 아픈 세계를 위해 젊은 스님 두 분이 번갈아 법문을 외었다. 외우다 막히면 서로 쳐다보며 겸연쩍게 웃었다. 천진난만했다. 오로지 리듬뿐인 법문 소리는 아마도 아픈 중생과 아픈 사물과 아픈 세계를 데리고 서방정토까지 갈 것이었다. 서방정토를 데리고 올 것이었다. 법고 칠 시간은 아직도 20분이 남아 있었다. 최치원이 두고 간 전나무 아래에서 나는 침묵과 적막과 고요의 높이를 헤아렸다.

침묵; "지금도 기억하고 있어요/시월의 마지막 밤을/뜻 모를 이야기만 남긴 체/우리는 헤어졌지요/그 날의 쓸쓸했던 표정이 그대의 진실인가요/한 마디 변명도 못하고 헤어져야 하는 건가요/언제나 돌아오는 계절은/나에게 꿈을 주지만/이룰 수 없는 꿈은 슬퍼요/나를 울려요" 침묵은 이렇듯 그날의 쓸쓸한 표정을 가지고 있다. 그 때, 거기 무슨 일이 있었던가. 침묵은 이렇듯 돌아오는 계절의 장대 끝에서 저 혼자 목 메인다.

북을 두드렸다. 한 스님이 어루만지고, 두드리고, 폈다. 또 한 스님이 다시 아픈 세상을 어루만지고, 막힌 세상을 두드리고, 구석진 세상을 멀리 멀리 폈다. 또 한 스님이 다시 잃어버린 시간을 어루만지고, 잃어버린 시간의 벽을 두드리고, 검은 시간의 골짜기를 환하게 폈다. 북을 두드렸다. 또 한 스님이 다시 내 어머니 아픈 몸을 어루만지고, 내 어머니 막힌 세월을 두드리고, 내 어머니 이승의 논둑

길을 조심조심 폈다.

적막; "어느 날 적막이/어느 날 적막에게 놀러 갔네/왼손이 오른손을 찾아가듯이/내 마음의 집인 적막이/내 몸의 빈집인 적막에게 놀러 갔네/휴가 나온 병사처럼/어느 날 적막이 꽃그늘 아래/허벅지를 묻고 자고 있었네/자물쇠로 잠긴 미닫이 안에는/방아쇠 뭉치가 있을 거야 궁금해 하면서도/적막의 허벅지를 열어볼 수 없었네/열쇠를 잃어버려 어쩔 수 없었네(「리비도의 망령」)" 그 때, 거기 무슨 일이 있었던가. 적막은 이렇듯 꽃그늘 아래서 심심하다.

소리는 어디로부터 와서 어디로 가는가. 둥 둥 둥 북소리가 둥 둥 둥 어머니를 불러내었다. 둥 둥 둥 어머니가 둥 둥 둥 북소리를 불러내었다. 편하세요, 어머니? 침묵하셨다. 어디 계셔요, 어머니? 적막하셨다. 그곳도 비 오고 바람 부나요, 어머니? 고요하셨다. 추녀 끝 풍경 소리가 고요를 흔들었다. 아니, 고요는 흔들리지 않는 것, 풍경 소리가 고요의 한 가운데 실금을 내었다. 소리는 무얼 먹고 사는가. 기러기 한 마리 가물가물 가장자리 하늘을 잡아당겼다.

고요; "가장자리 바람은/가장자리 바람으로 가득하듯이//바람에 밀려난 가장자리는/바람에 밀려난 가장자리로 가득하듯이//머나먼 오두막집/불 꺼진 심지처럼//얼어붙은 폭포는/얼어붙은 폭포로 가득하듯이//폭포 속 아버지는/폭포 속 아버지로 가득하듯이「보이는 소리」"에서와 같이 고요는 스스로 가득하고, "풀밭에 앉아 늦은 아침을 먹는다/개미와 함께 꿀벌과 함께 바람과 구름과 함께/식탁 위에 툭, 떨어지는 감꽃과 함께(「풀밭 위의 식사」)"에서처럼 고요는 이렇듯 당신과 함께이다.

올 여름 장마는 지루했다. 장마 비 멎고 햇볕 났다. 기이했다. 장끼 한 마리 나뭇가지에 매달려 오래 울었다. 노래가 아닌 울음이었다. 장끼가 울 때마다 두텁고 무거운 햇볕이 꿩, 꿩, 뗏장처럼 무너져 내렸다. 지난 봄 그 마을 사람들은 새순 돋는 감나무 아래에서 고라니 수컷을 구워먹었다. 고라니 암컷이 슬피 울었다. 가까운 앞산에서 인가를 내려다보며 몇날 며칠 밤낮 없이 울었다. 세상에서 가장 슬픈 소리였다. 억장이 무너졌다.

무너진 억장 너머 전생이 보이는 듯했다. 억장 무너지는 소리는 전생의 소리이리라. 우리가 입고 있는 이승의 옷가지는 한 맺힌 전생의 천으로 만든 것일 테니까. "시인은 바람과 햇볕, 혹은 의자와 쇠붙이의 전생을 주목한다. 전생을 주목할 때 의자의 배꼽으로부터 시냇물 흐르고, 쇠붙이의 정수리로부터 피라미 떼 솟구친다. 풍경이 일순 정경으로 바뀌는 날 것들의 축제, 우리는 그것을 시라 부른다." 나는 지금 틱낫한의 명상음악을 듣고 있다.

"세월이 강물처럼 흘러갔다/고요의 남쪽이 다 젖었다"라고 쓴 적 있다. 고요의 남쪽에 잔디를 심었다. 금낭화, 도라지, 깽깽이, 쑥부쟁이, 나팔꽃, 찔레꽃, 분꽃, 물봉선화, 라일락, 두메양귀비를 심었다. 고요의 남쪽엔 메뚜기가 살고 사마귀가 살고 무당벌레가 살고 말벌이 살고 땅강아지가 살고 잠자리가 살고 지렁이가 산다. 침묵과 고요와 적막을 뜯어먹고 산다. 소리의 착한 새끼들! 보고 싶다.
세월이 강물처럼 흘러갔다. 고요의 남쪽이 다 젖었다.

내가 다룰 수 있는 악기는 없다. 안타깝다. 내가 제일 부러워하는
사람은 기타 치며 '이제 우리 다시는 사랑으로 세상에 오지 말기…'
를 노래할 수 있는 당신. 피아노 건반 위에 흰나비 떼 휘날리는 당
신의 손가락은 환상이다. 파이프 오르간 앞에 앉은 당신의 뒷모습
은 얼마나 숭고한가. 바이올린의 현으로부터 튕겨오르는 가을 아침
과, 첼로의 느린 현이 잠재우는 저문 들판을 나는 어찌하지 못한다.
나는 어쩔 수 없이 불우한 악기이다.

고호는 왜 귀를 잘랐을까. 왜 소리로부터 도망치려 했을까.

> 한 고요가 벌떡 일어나 한 고요의 따귀를 때리듯
> 이별은 그렇게 맨발로 오고, 이별은 그렇게
> 가장 아름다운 낱말들의 귀를 자르고
> 외눈박이 외로움이 외눈박이 외로움의 왼쪽 가슴에 방아쇠를 당
> 길 듯 당길 듯
> 까마귀 나는 밀밭 너머 솟구치는 캄캄한 사이프러스, 거기
>
> 아무도 없소? 아무도….
>
> ―강현국, 「별이 빛나는 밤」 전문

이 시의 소재는 별이 빛나는 밤을 그린 고호의 그림이지만 이 시

의 모티브는 고요의 남쪽이다.

별이 빛나는 밤에 소리의 새끼들을 만나러 가리라. 감꽃 진지 오래이니 실눈 같던 메뚜기들 많이 자랐겠다. 옥수수는 벌써 익어 벌개미취 한창이겠다. 사마귀 앞발이 튼튼해졌겠다. 한 고요가 벌떡 일어나 한 고요의 따귀를 때릴 듯 아무도 없는 캄캄한 거기 가면 와인 한 잔 해야 하리. 나는 요즘 유리컵 가장자리로부터 천상의 소리를 불러낼 수 있는 법을 배웠다. 천상의 소리, 소리의 무지개! 고요의 남쪽에 걸어 두고 오리라. 별이 빛나는 밤에.

기형도를 읽었던가. 십년 전 어느 날 나는 '모든 이별은 세속적이다. 이제 추억은 쉴 곳을 잃었다.' 라고 쓰고 있다. '버린다'는 것은 진정한 것을 맞을 준비라고 뒤이어 쓰고 있다. 사물의 정령인 소리여, 그대는 어디로부터 와서 어디로 가는가. 세상의 경이며 법인 소리여, 그대는 어디에서 잠자고 무얼 먹고 사는가. 이목구비도 없이, 몸도 없이 소리여, 그대는 무엇으로, 어찌하여 세계 내 존재가 되는가. 한 시인은 이렇게 말한다.

내가 무심코 아니 유심코 손가락으로
책상을 탁탁 혹은 톡톡 두들긴 그 소리는
봄에 닿거나 여름에 닿거나 가을
겨울에 닿는다 순간 이 지구에서
수백년 동안 일어난 일이 없는
진동의 봄이 오고 여름이 오고

나비가 난다 아니 비가 오고
자작나무와 느티나무 잎이 썩는다

(중략)

내가 무심코 아니 유심코 손가락으로
책상을 탁탁 혹은 톡톡 두들긴 그 소리는
중국의 서안이나 미국의 텍사스나
인도의 갠지스 강에서도 순간/탁탁 혹은 톡톡 울린다 그래서
서안에서는 궁궐의 한 쪽 문이 열리고
텍사스에서는 주유소가 새로 생기고
갠지스 강에서는 시체 하나가 떠내려 간다"

-오규원, 「탁탁 혹은 톡톡」 부분

오래된 서적

어느 해 여름 울진 금강소나무 보부상길에서

오래된 서적

그대 이 밤도 타이레놀 몇 알과 수면제에 기대어 하얗게 잠들고 있
는가. 수면제의 길을 따라, 허공과 벼랑뿐인 그 길의 끝으로 그대
이 밤도 가물가물 잦아지고 있는가. 그것도 잠시, 약에 기댄 위안이
란 짧은 날의 사랑 같은 것, 다시 또 쾽한 찬물의 시간과 오래, 아주
오래 헤어질 기약 없이 맞닥뜨릴 때, 떡갈나무 가지 끝 마지막 잎새
처럼 그대 의식이 무심한 칼바람에 한사코 부대낄 때;

　오늘도 나는 몸 벗어 거기 두고 언어의 조랑말 따라 꿈길 간다.
흰 수염 텁수룩한 그에게서는 언제나 건초 냄새가 난다. 포근하고
편하다. 세상에서 가장 어둡고 추운 겨울 저녁은 조랑말과 그의 주
인을 잠시 숲 앞에 불러 세운다. 숲 속을 응시하는 그의 눈 또한 숲
처럼 사랑스럽고 깊고 어둡다. 성긴 눈 한 잎 두 잎 밤하늘에 지고
바람이 나뭇가지에 제 몸 문지르는 소리 서걱거린다. 여기가 어디
냐고 말방울 소리 제 주인을 수상해 할 뿐, 인가는 멀고 호수는 얼
어붙었다. 잠들기 전에 십리는 더 가야한다고, 십리는 더 가야할 약
속이 있다고 누군가 혼잣말하고 있다. 눈 덮인 숲의 목소리이다.

로버트 프로스트, 그는 가고 나는 시인이 두고 간 숲 속에 든다.

떠 있기엔 너무 두려운 시간

불면이란 얼마나 두려운 존재인가. 바다를 가운데 두고 밖의 태양
과 안의 달빛, 그 가파름의 고통을 노래하는 젊은 시인 류시원에 의
하면,

구름 몇 남겨두고 태양이 서서히 산을 넘어갑니다 떠 있기엔 너
무 두려운 시간입니다 아이스크림이나 추억의 팝송이나 철판구
이 대신에 시린 별들의 머리칼에 꽁꽁 묶인 채 떠가야 하는 캄캄한
바다 앞입니다 두려워진 사람들은 서둘러 바다를 씻어내고 팽팽
히 부푼 튜브의 꿈들도 빼버리고 팔과 다리와 머리들을 차곡차곡
배낭에 재어 넣습니다 맹물로 씻은 마음들 바다를 여관방같이 닫
고 돌아갑니다

물새들이 내려꽂히는 바다, 파도와 신병(新兵)같은 생선들이 푸
른 등으로 솟구치는 바다, 두고 간 그림자들이 잠들지도 않고 내
내 파도가 되는 바다, 잠들 수 없는 바다

-류시원, 「바다로 가는 먼 길 1」 부분

그것은 맹물이 되지 않고는 벗어날 수 없는, 자신의 팔과 다리와
머리를 뽑아 차곡차곡 배낭에 재어 넣고 자물쇠를 채우는 일에 버
금가는 고통이다. 떠 있기엔 너무 두려운 시간, 그 끔찍스러운 불면
의 세계로부터 이제 그대는 도망칠 수 없다. 불면의 고통은 바다로

가는 먼 길을 본 자가 지고 가야할 업보일 터, 그대는 이미 시린 별들의 머리칼에 꽁꽁 묶여 있는 것이다.

바다로 가는 먼 길은 자주, 잃어버린 시간의 뒷동산으로부터 발원한다. 잃어버린 시간은 구름 몇 남겨두고 태양이 서서히 산을 넘을 때 제 마을 어귀에 하나 둘 가로등을 켠다. 자정이 지나면 깨어진 사금파리, 빛바랜 사진첩, 쓰다만 편지 구절… 집집마다 등불이 켜지고 새벽 세시 무렵이면 마을 전체가 커다란 등불이 되어 꽃에 갇힌 말벌처럼 붕붕거린다. 잃어버린 시간의 마을에서는 아이스크림이나 추억의 팝송이나 철판구이에서도 시린 별들의 머리칼이 돋는다.

그해 여름 우리는 선운사에 있었다. 나는 지금 선운사 달빛에 묶인다. 계곡 물소리에 머리칼이 돋는다. 휘파람 소리 같은 산 기운에 시린 별들의 머리칼이 돋는다. 나는 지금 대책 없이 솟구치던 K의 슬픔 속에 꽁꽁 묶인다. 남도 소리도 끝나고 황소개구리가 컹컹 울었다. 쓰러진 술병처럼 문학도 인생도 사랑도 젊음도 시들해지고 보름달이 컹컹 한 여름밤을 들어올렸다. 마지막 술잔을 비우며 주섬주섬 적막을 추스를 때 적막보다 무겁게 덮치던 K의 눈물, 그것은 느닷없는 해일이었다. 휘영청 달빛이 잃어버린 시간 아득한 거기, 항아리 속 그리움을 엎질렀던 것. 보름달이 툇마루를 허탈해 했다. 류시원의 위의 시는 선운사가 배경이다. 뒷부분은 이렇다.

바다를 묻혀가기엔 육지는 너무 가파릅니다 가파른 언덕을 헉

헉거리며 오르고 나면 바다는 지나온 모래 발자국 속에 깊이 숨어 버리고 어두워지는 먼 길만 땀 속에 가물거리며 시작되고 있습니다 긴 그림자의 끝에서 누군가 얹혀오는지 난 조금씩 어깨가 기울고 가로수 이파리 사이로 파도치는 소리 들립니다 누군가 마당 건너고 창문 건너와 먼지 가득한 책장 밑까지 달빛으로 넘실댑니다

달빛은 사물들의 몸 속 가파른 길을 하얗게 더듬으며 하늘로 올라갑니다 내 육체에도 찾아와 차오르는 달빛 조금이라도 움직이면 새어나올 듯합니다

-류시원, 「바다로 가는 먼 길 1」 부분

그날 시인은 눈앞에 엎질러진 천근 슬픔의 무게를 느꼈으리라. 잃어버린 시간 저 편에서 밀려오는 파도소리 들었으리라. 마당 건너고 창문 건너와 먼지 가득한 책장 밑까지 달빛으로 넘실대는, 조금이라도 움직이면 새어나올 듯한 오래된 비애의 질감이 잘 만져진다. 떠 있기엔 너무 두려운 시간, 기약도 아주 없이, 목마 타고 떠나간 한 사내의 먼 수평선이 내 눈엔 잘 보인다. K에게 그것은 아름다운 영혼의 검은 페이지일 터, 어찌 함부로 펼칠 수 있단 말인가.

나는 지금 고요의 남쪽, 구병산 자락에서 김광석을 듣는다. 아무도 없으므로 큰소리로 듣는다. 이제 우리 다시는 사랑으로 세상에 오지 말기/그립단 말들도 묻어버리기/못 다한 사랑/너무 아픈 사랑은 사랑이 아니었다고 따라 부른다. 창밖은 어둡고 눈 속을 불어오는 겨울바람 차갑다.

아무도 들여다보지 않는 질서

누군가 오래된 서적을 일러 아무도 들여다보지 않는 질서라고 쓰고 있다. 아무도 들여다보지 않으므로 어둡고 축축하다. 아무도 들여다보지 않으므로 곰팡이 피고 좀이 슨다. 그러나 아무도 들여다보지 않으므로 강물처럼 깊고 아무도 들여다보지 않으므로 그것은 포유류 동물의 털빛처럼 편안하다. 나는 한때 그 질서로부터의 일탈을 꿈꾸었다. 아버지로부터, 아버지의 아버지로부터 아버지의 아버지의 아버지로부터 도망치고 싶었다. 강둑을 무너뜨린다고 믿었으므로 일탈은 비장했고 푸른 신세계가 내 것이라 믿었으므로 일탈의 꿈은 장엄했다.

그때 시는 내게 있어 질서를 흘고 제도를 허무는 저항의 해머가 아니었던가. 허물어진 내 몸에서 피어오르는 반 고흐의 사이프러스, 대지의 광활을 타오르는 초록이 내 노래이기를 바라지 않았던가. 그러나 무엇이란 말인가. 그래서 어쨌다는 것인가. 나의 일탈은 그대의 찬 손 하나 데워줄 수 없었으니 어쩌면 그것은 어묵국물보다 하수이며 길거리의 찐빵과도 같지 못했다. 한낱 철부지의 가출과 어떻게 다르고 고갯마루까지 갔다가 털레털레 저 혼자 되돌아오는 메아리의 헛걸음과 무엇이 다른가.

다시 사서삼경을 옮겨왔다. 아버지를, 아버지의 아버지를 옮겨왔다. 아버지의 아버지가 거니셨던 꿈과 좌절, 궁핍의 저녁과 희망의 그 아침을 옮겨왔다. 연구실 책장은 아무래도 그들의 머물 곳이 아니었던 것, 새앙쥐가 살지 않는 허심재 안방으로 이사를 한 것이다. 새앙쥐를 피해 삼백리 밖 연구실로 옮겨갈 때만 하더라도 어느 한 철 마음먹고 나도 궁핍의 저녁과 희망의 그 아침을 거닐어 보리라 생각했었다. 그냥 그렇게 생각만으로 십 년이 흘렀다. 누군가 찾아 주기를 기다리는 빈집처럼 그냥 그렇게 구석진 서가에 물끄러미 얹 혀 있다가 그냥 그렇게 되돌아왔다.

햇볕이 들고 바람이 지나도록 창가에 앉아 가만가만 책장을 넘겨 본다. 장정이 반듯한 목판 인쇄본도 있고 서로 다른 글씨체의 크고 작은 필사본도 여럿 있다. 내 눈은 어두워 사물의 빛깔을 읽지 못하 고 천지의 운행을 셈하지 못한다. 먼지가 인다. 우짖는 까치소리에 도 바스러지는 세월이 안쓰럽다. 수신을 위해 이른 새벽 책장을 넘 기는 아버지의 모습이 안쓰럽다. 제가를 위해 한밤중 일어나 별자 리를 헤아리는 아버지의 아버지 뒷모습이 안쓰럽다. 평천하까지는 아니라 하더라도 운을 맞추고 율을 헤아려 치국을 넘보던 아버지의 아버지의 아버지 턱수염이 안쓰럽다.

세필로 깨알같이 각주를 달고 붉은 색 붓으로 방점을 찍으며 한 양 땅을 바라보던 출세간의 꿈은 고작 교지 몇 장으로 남아 있다. 아무 것도 아니다. 정승 판서의 반열로부터 아득히 먼 내 아버지의 아버지의 아버지들이 아무 것도 아니어서 애착이 간다. 환하게 웃 고 계신 아버지 사진 곁에, 서산을 등에 진 할아버지 사진 곁에, 네 가 올 때까지 내가 잘 자리라, 양지바른 무덤처럼 편안하게 누워있 을 오래된 서적;

192

새들은 하늘을 더럽히지 않는다

도대체 삶이란 아무 것도 아니어서 만남도 헤어짐도 아무 것도 아니다. 아무 것도 아니어서 바람은 가볍고 아무 것도 아니어서 햇빛은 눈부시고 아무 것도 아니고 아무 것도 아니어서 새들은 하늘을 더럽히지 않는다. 아무 것도 아니고 아무 것도 아닌 것의 아무 것 찾기가 문학이 아니던가. 그러므로 시인은 바람과 햇볕, 혹은 의자와 쇠붙이의 전생을 주목한다. 전생을 주목할 때 의자의 배꼽으로부터 시냇물 흐르고 쇠붙이의 정수리로부터 피라미 떼 솟구친다. 풍경이 일순 정경으로 바뀌는 날것들의 축제, 우리는 그것을 시라 부른다.

전생이란 생명 가진 것들의 전 역사이어서 그것은 관념과 제도와 이데올로기의 사슬에 목 졸리지 않는다. 오래된 서적에서는 아로마 향기가 난다. 그대 전생은 싱그러운 풀밭 위 흰 구름이거나 한 시인이 가다가 길을 멈추는, 세상에서 가장 추운 저녁의 겨울 숲이었으리라.

십 년도 훨씬 지난 늦가을 캠퍼스에서 류시원을 만났다. 십 년도 훨씬 지난 그해 겨울 호프집 입구에서 손 시린 사람들을 만났다. 그날 바람이 불었던가, 눈이 왔던가. 류시원은 한결같이 앞뒤가 반듯하고 손 시린 사람들은 한결같이 사의 찬미가 십팔번이다. 독일병정과 윤심덕이 무슨 관계란 말인가. 무슨 관계의 실핏줄이 있단 말인가. 아무 것도 아니고 아무 것도 아니어서 침침한 내 눈은 그대가 두고 간 구병산 바람소리, 잠 못 드는 날들의 검은 페이지를 읽어내지 못한다. 어느 날 문득, 류시원이 내 곁을 떠났다. 뜻밖의 사태이다. 1번 제자, 독일병정의 잠적은 뜻밖이어서 영문을 모른다. 세상을 등진 환멸의 녹슨 자물쇠가 멀리 보일 뿐이다.

오늘은 하루 종일 눈이 내렸다
너풀너풀

아랫마을 잔칫집에 갔다가 신발 바꿔 신고 저물게 돌아오는 옆집 아저씨 두루마기 자락처럼
너풀너풀은 널부러진 세월 같고 시간의 숨소리 같고 세월은 막걸리 같고 오래 취하는 동동주 같고 푹 퍼진 아줌마 엉덩이 같고 시간은 꼬냑이나 위스키 같고 토라진 열아홉 뜯어고친 입술 같고 세월은 시간의 숙주 같고 파 먹히는 어미 같고 시간은 세월의 서자 같고 집 나간 아이 같고 세월은 저만치 피어 있는 현호색 같고 시간은 당신이 심어놓은 매발톱 같고 김소월은 세월 같고 김해경은 시간 같고, 오늘은 하루 종일 어제의 시간 같고 오늘은 너풀너풀 내일의 세월 같고

–강현국, 「너풀너풀–세한도·14」 전문

그해 가을 대구 사는 김영근과 류인서와 박미란과 김정용과, 진주 사는 유홍준과, 구미 사는 이린과 정원근과, 서울서 온 신동옥과 루키 김권태와, 청주로 이사 간 최필용과, 할 일 없어 심심한 최필용의 남편과 구병산 자락에 옹기종기 모여 앉아 술 퍼마실 때 부시

시 문 열고 들어오던 옆 동네 송찬호는 세월 속 시간 같고 아침나절 뽀드득뽀드득 접시를 닦던 뽀드득뽀드득 고적한 류시원의 뒷모습은 시간 속 세월 같고.

　고요의 남쪽에 모래를 뿌렸다. 나비와 함께 잔디의 겨울잠을 덮어주었다.

잠들기 전에 십리는 가야해

로버트 프로스트의 아래 시는 겨울잠이 테마이다. 잘 알려진 것이어서 원문으로 옮긴다.

Stopping By Woods
On A Snowy Evening

Whose woods there are I think I know.
His house is in the village though;
He will not see me stopping here
To watch his woods fill up with snow.

My little horse must think it queer
To stop without a farmhouse near
Between the woods and frozen lake
The darkest evening of the year.

He gives his harness bells a shake
To ask if there is some mistake.
The only other sound's the sweep
Of easy wind and downy flake.

The woods are lovely, dark and deep,
But I have promises to keep,
And miles to go before I sleep,
And miles to go before I sleep.

뜬눈으로 살아가는 그대에게 이 노래를 바친다는 부제는 없다. 그러나 잠들기 전에 십리는 더 가야 한다고 되뇌는 시인의 나직한 목소리는 자장가이다. 식물성의 언어이기 때문이다. 시인의 발길을 가로막는 적막한 숲, 어둡고 깊은 그 숲의 전생은 돈도 명예도 사랑도 다 싫은 손 시린 사람들이었을까, 물새들이 내려꽂히는 바다, 파도와 신병(新兵)같은 생선들이 푸른 등으로 솟구치는 바다, 두고 간 그림자들이 잠들지도 않고 내내 파도가 되는 바다였을까. 잠들 수 없는 바다를 뽀드득뽀드득 닦고 있던 말수 적은 시인이었을까. 엿가락처럼 흘러내리던 그해 여름 선운사 달빛이었을까.

그것은 아마도 누군가 찾아오기를 기다리는 오래된 서적이었으리라.

파리와 더불어

2015년 봄: 텃밭 일구기

파리와 더불어

후배 교수가 쓴 책의 머리에서 완당의 '유재(留齋)'를 만났다. 내게
도 마음에 닿았다. 오늘 이 글은 제목부터 정해야 잘 써질 듯한데
마땅한 생각이 떠오르질 않아 애태우고 있다. 파리 한 마리가 자
꾸 성가시게 한다. 빈방에서 혼자 오래 심심했었나 보다. 봄비 내
린다. 파리 한 마리가 봄비 속으로 떠나는 나를 어지럽힌다. 책상
위에는 두 장의 사진이 각각 흑백과 칼라로 놓여 있다. 막내아우가
찍어 매일로 보내 온 사진을 컴퓨터를 잘하는 옆방 교수가 인쇄해
준 것이다. 한 장은 지금 내가 앉아 있는 이 집의 사진이고 다른 한
장은 아버지 어머니께서 오래 오래 주무시는 저 집의 사진이다. 파
리 한 마리가 이 집과 저 집 사이를 날아다닌다. 저 집에서 이 집
으로 옮겨 앉기도 하고 이 집에서 쫓겨나면 저 집으로 도망가기도
한다. 삶과 죽음을 무시로 들락거린다. 파리채를 들면 불빛 밖으로
가뭇없이 사라졌다가 위험이 사라지면 번개같이 나타나곤 한다.
끈질긴 놈이다.

조수미가 부른 한 오백년은 절창이다. 정을 두고 몸만 가니 눈물 나네 할 때의 그 정처럼 끈질긴 놈이다. 제목부터 정해야 글을 쓸 수 있을 것 같아 '유재'와 '빈 집' 사이를 가늠해 본다. 빗소리도 멎고 파리도 보이지 않는다. 어디로 갔을까? 앞의 것은 앞의 것대로 뒤의 것은 뒤의 것대로 속이 들여다보여 마음 내키지 않는다. 성가시게 달려드는 파리의 행방이 궁금할 수도 있구나. 끈질긴 놈, 그 놈, 파리와 더불어 이 글을 쓰기로 마음먹는다.

天地

파리 한 마리가 다시 이 집과 저 집 사이를 날아다닌다. 하늘과 땅 사이를 날아다닌다. 2005년 4월 22일 19시 36분, 이 집은 밤이고, 4월 23일 17시 06분, 저 집은 낮이다. 이 집은 깨어있어 밤새도록 쓸쓸하고 저 집은 잠이 들어 종일토록 평안하다. 이 집은 창이 있고 저 집은 창이 없는 것이 가장 큰 차이이다. 이 집은 떠나가는 사람들의 정거장 같고 저 집은 돌아오는 사람들의 고향집 같다.

느티나무는 달빛을 향해 안타깝고 달빛은 가녀린 느티나무를 향해 안쓰럽다. 달과 나무 사이의 두터운 숲과 무거운 능선도 달과 나무 사이, 닿을 수 없는 목마름을 다스리지 못한다. 서쪽을 멀리 내다보는 창문은 이미 그것을 알아챘다는 눈치다. 느티나무도 능선도 능선 위의 달도, 다시 못 올 어디론가 떠날 차표를 예매해 놓고 뒤척이는 사람들 같다. 외로움에 겨워 허공에 붙박힌 달과 나무의 전생을 창문은 이미 알아챘다는 눈치다. 이 집의 이름은 허심재이다.

그렇게 하고 싶어 오래 애태웠던 선영을 정비했다. 화강암으로 새 집을 지어 아버지 어머니를 편하게 모셨다. 숙원을 이루었으니 어찌 흐뭇하지 않겠는가. 첫 월급을 받아 빨간색 내의를 사들였을 때의 기분보다 훨씬 더 개운했다. 영원의 돌로 당신을 영원히 묶어 두고 싶은 산 자의 욕심, 무덤이란 오직 그런 것이다. 서울 사는 아우가 이런 메모를 보내왔다.

어머니 돌아가시기 두세 달 전에 "자주 오너라. 보고 싶다." 고 하시던 말씀이 늘 귓가에 또 맘속에 맴도는군요. 속으로는 자식들이 오는 게 반가우면서도, 오가는 길 위험하고 힘든다고 명절에도 전화하면 "복잡한데 오지 말고 맛있는 거 해먹고 쉬어라." 하곤 하셨었는데 가시기 전 얼마나 외롭고 새끼들이 그리우셨으면 자주 오라고 하셨을까 하는 생각만 하면 괴롭습니다. 묘비명에 성경구절과 조화되게 새길 수 있다면 후손들에게도 여러 가지로 의미 있는 한 마디가 될 듯한 생각에 적어 보았습니다. 현수

묘비명에 우리는 이렇게 적었다. 하나님 목소리와 어머니 목소리를 나란히 새겼다.

"마음을 강하게 하고 담대히 하라 두려워 말며 놀라지 말라 네가 어디로 가든지 네 하나님 여호와께서 너와 함께 하느니라…. 자주 오너라. 보고 싶다."

잊어버릴만하면 다시 그 놈의 파리 한 마리가 잉잉거린다. 이 집

과 저 집 사이, '허심재'와 '자주 오너라. 보고 싶다.'는 천지 차이라는 듯 열린 하늘과 닫힌 땅 사이를 잉잉거린다. "멀리 갔다가 혼자서 돌아오는 메아리처럼"(김춘수, 「處暑 지나고」 부분).

石波

춘수 선생께서 타계하셨다. 2003년 어느 겨울 저녁 선생께 전화를 드렸었다. "…선생님 저 호 하나 지어주세요…." "응, 생각해 보지" 짐작보다 빨리 선생께서 전화를 주셨다. "…石波 어때? 돌 석 물결 파, 아니면 素石 어떤고? 소월할 때 소하고 돌석…." "선생님 저 석파 하겠습니다" "마음에 안 들면 다시 생각해 보고…." "선생님 석파가 참 좋습니다." "응 그래, 석파, 소리가 참 좋아요, 언밸런스의 밸런스 같은 것도 있고…."

하늘같은 은사로부터 언감생심 아호를 얻게 되어 기뻤다. 세월이었다. 30년 전 그 때 시인 추천을 받고 싶어 선생님 대문 초인종을 누르던 때와, 앉아서 그것도 전화로 아호를 받던 날의 차이, 생땀나던 한낮과 느긋한 초저녁의 차이, 세월이었다. "첫눈의 알리바이? 이건 김수영 냄새도 나고…." 하시며 더 이상 원고를 보려하지 않으시던 30년 전의 선생님과 "마음에 안 들면 다시 생각해 보고…." 하시던 선생님은 딴 분이셨다.

쓸쓸했다. 세월이 쓸쓸했다. 선생님의 목소리가 쓸쓸했다. 왜 자식 같은 새까만 제자에게 이것 좋으니 해라하고 명령(?)하지 못하셨을까! 어쩔 수 없는 한 시인의 인간적 노약이 쓸쓸했다. 그 쓸쓸함으로부터 풀려나고 싶었다. 그 쓸쓸하심을 풀어드리고 싶었다. 『시와반시』 2005년 봄호는 전면을 선생님 추모 특집으로 꾸미기로 했다. 세월 속에 빛바래지 않는 선생 문학의 저택을 지어 드리고 싶었다. 이렇게 꾸몄다.

화보; 대여 김춘수 시인 지상 문학관
기획1; 김춘수 문학의 주춧돌
기획2; 김춘수 시인의 안채와 사랑채
기획3; 우리 시대의 큰 시인 대여 김춘수 선생의 시와 삶,
        그리고 산문

짧은 노력과 모자라는 식견으로 어떻게 산 높고 골 깊은 선생 문학의 전모를 갈무리할 수 있었으랴. 그러나 충무시 동호동에서부터 경기도 광주 공원묘지까지, 화장실 슬리퍼에서 손 다쳤을 때 바르는 구급약에 이르기까지 손닿고 발 닫는 데까지 찾아 다녔다. 임종하신 병원이 멀리 보이는 선생의 산보 길을 찾았을 때 제일 많이 가슴이 아팠다.

어떤 늙은이가 내 뒤를 바짝 달라붙는다. 돌아보니 조막만한 다
으그러진 내 그림자다. 늦여름 지는 해가 혼신의 힘을 다해 뒤에서
받쳐 주고 있다.

-김춘수, 「산보길」 전문

세월이 쓸쓸했다. 되돌아 생각해 보니 선생은 소리와 빛을 내게 선물하고 싶으셨던 게 아닐까? 석파는 소리이고 소석은 빛이다. 석파는 리듬이고 소석은 이미지이다. 소리에도 빛에도 돌이 들어있다. 돌의 리듬과 돌의 이미지, 소리의 돌과 빛의 돌, 하나를 택해야 했음으로 나는 소리를 가졌다. 소석은 기억 속에 정성스럽게 챙겨 두었다. 내가 화강암으로 떠나가신 아버지 어머니를 영원히 묶어두고 싶었던 것처럼 선생께서도 돌로 오래 오래 한 제자를 묶어두고 싶으셨던 것일까? 아닐 것이다. 이런 상상은 선생의 그늘에 오래 묶이고 싶은 내 마음이 시킨 짓일 터이다.

虛心一打

쓸쓸했다. 내 어머니 떠나시고, 눈물 마르기 전 선생님 떠나시고 세월이 쓸쓸했다. 허기진 배는 무엇으로라도 채워야 하느니. 왕성한 식욕 없이 도저한 쓸쓸함을 먹어치울 수는 없는 노릇이니. 나는 요즈음 골프에 미쳤다. 알 만한 사람은 다 안다. 저 놈의 파리도 알고 있을 것이다.

새벽에 일어나 골프 채널 틀어놓고 스트레칭과 아령으로 몸을 푼다. 소공원 풀밭에 가서 30분가량 어프로치 연습을 하고 연습장 옥상에 올라 또 30분 정도 버팅 연습을 한다. 드라이브 레인지에 내려와 90분간 60도 웨지 샷부터 드라이브까지 쉼 없이 땀 흘리고 집에 돌아오면 세 시간 정도가 소요된다. 먹고사는 일에 나머지 시간을 할애하고 다시 골프 채널 켜놓고 잠을 청한다. 이만하면 미친 것 아닌가. 골프와 떨어져 사는 날은 드물다. 지금처럼 허심재로 밀린 글 쓰러 왔을 때가 아니면 출장, 혹은 아플 때가 고작이다. 가정을 버린 지 오래 라는 내 말에 아내는 전혀 이의를 제기하지 않으니 이만 하면 미친 것 아닌가.

골프에 빠져들게 한 외우 운조(雲朝)선생으로부터 골프 치자는 연락이 왔다. 당연히 설렌다. 수 년 전이었다. 직장 일로 대기업의 대구 책임자였던 그를 처음 만나게 되었었다. 처음 만난 우리는 조심스럽게 인사를 나누었었고, 그날 그는 정장을 했었고 나는 속으로 내 캐주얼 복장을 후회했었고, 사무적인 이야기를 주고받았었고, 식사 때가 되어 내가 가끔 가는 일식집으로 자리를 옮겼었고, 양주 두 병 마셨었고, 의기투합했었고, 노래방에 갔었고…. 그와 친해지고 싶어 골프를 시작했다.

서울로 직장을 옮겨 떠나는 날도 그는 대구에서의 마지막 라운딩을 나와 했고 서울로 옮겨 간 뒤에도 그는 1년에 꼭 한 차례씩은 골프치자고 연락을 한다. 그 날 싱글 골퍼인 운조는 74타를 쳤고 나는 86타를 쳤다. 운조의 드라이브 거리는 지난해보다 20야드는 족히 늘어 있었고 아이언은 한결 정교해져 있었다. 놀라왔다. 그와 겨루어보겠다는 생각은 황당한 야심이었다. 실력도 실력이려니와 주량에 있어 턱없이 모자라는 내가 운조와 새벽녘까지 대작을 했으니 티샷부터 망가지는 것은 당연한 일이었다. 핑계일 것이다. (골프가 잘 안 되는 데 대한 핑계는 대략 365가지에 이른다고 한다. 그 중에서 가장 압권이 "오늘은 이상하게 안 되네"라고 한다)

골프는 수행과 같다는 것이 요즈음의 내 생각이다. 침묵과 집중을 통해 유연함과 자신감에 이르는, 유연함과 자신감을 통해 침묵과 집중에 이르는 것이 그와 같고, 무엇보다 마음을 비워야 잘 칠 수 있는 것이 수행의 요체에 닿아 있다. 그러므로 허심일타는 고수의 경지라 할 수 있다. 허심하지 못하므로 헤드 엎을 하고, 허심하지 못하므로 팔로 힘껏 쳐서 뒤땅을 치거나 생크를 낸다. 골프가 인생과 같다는 흔한 말도 욕심을 경계하는 것의 소중함을 골프가 일깨워주기 때문일 것이다. 멎었던 봄 비 다시 내리고 다시 파리가 찾아와 시비를 건다. 시비에 휘말려 흐름을 놓친다. 수행이 덜 되었다는 증거이다.

육십이 불원한 우리는 그 날 집씨!, 택씨! 하며 웃었다. 집시와 택시는 집착을 버리지 못하는 매너 없는 골퍼들을 향해 사용하는 도우미들의 은어라고 한다. 그린 위에서 집어야 할 공을 집지 않고 진행을 방해할 때 집씨(집어라 씨**아!), 7번 아이언을 쳐야할 거리를 피칭 웨지로 치겠다며 자신의 비거리를 과신할 때 택씨(택도 없다 씨**아!)라고 한다며 애들처럼 웃었다. 그 웃음 속에는 무시로 너구리가 기어다녔고 발가벗은 공주님이 수시로 출몰했다. 그 날 집씨와 택씨는 이 풍진 세상을 향한 시니시즘으로 내겐 읽혔다. 가만 가만 손가락을 오그려 파리를 퉁긴다. 또 허탕이다. 택씨! 내가 파리를 웃겼다.

기억 속의 흰 돌을 끄집어내어 운조의 친구에게 주었다. 그러고 싶었다. 아깝지 않겠다고 판단되었다. 운조의 죽마이니까. 해운업을 하는 그는 나이와 하는 일에 어울리지 않을 만큼 천진난만했다. 버디 버팅을 아깝게 놓쳐 운조의 발목잡기를 놓친 것을 애통해 할 때의 그는 한 회사의 책임자가 아닌 초등학교 아이였던 것; 소석! 素자는 화이트가 아니라 이노선트예요, 이노선트! 아호를 갖게 된 소석은 뜻밖의 선물을 한 아름 받은 어린아이처럼 기뻐했다. 그는 내게 몇 번이고 고맙다고 했지만 선생의 뜻을 빛 보게 해준 그가 오히려 고마웠다.

留齋

유홍준에 의하면,(완당평전2, 학고재, 434-5 참조) 완당이 유배지 제주에서 제자인 남병길에게 써 준 현판 유재의 풀이 글은 이렇다.

> 留不盡之巧以還造化
> 기교를 다하지 않고 남김을 두어 조화(造化, 자연)로 돌아가게 하고
> 留不盡之祿以還朝廷
> 녹봉을 다하지 않고 남김을 두어 조정으로 돌아가게 하고
> 留不盡之財以還百姓
> 재물을 다하지 않고 남김을 두어 백성에게 돌아가게 하고
> 留不盡之福以還子孫
> 내 복을 다하지 않고 남김을 두어 자손에게 돌아가게 한다.

유재의 뜻풀이를 보면 사람의 가슴을 울리는 충언의 일격이 있다고 말 한 뒤 『완당평전』의 저자는 "그런 남김의 정신으로 인생을 살

고 예술에 임한다면 그것은 가히 도(道)의 경지에 이르렀다고 할 수 있을 것이다. 유배객 완당은 이렇게 인생과 예술에 달관해가고 있었다.”고 적고 있다. 허심을 지나 무심에 이르는 도의 경지는 둥글다. 나는 둥글지 못해 이 끈질긴 파리 한 마리로부터 괴롭힘을 당한다. 파리채를 집으려다 귀찮아서 그만 두었다. 정현종 시인은 이렇게 노래한다.

내 그지없이 사랑하느니
풀 뜯고 있는 소들
풀 뜯고 있는 말들의
그 굽은 곡선!

생명의 모습
그 곡선
평화의 노다지
그 곡선

왜 그렇게 못 견디게
좋을까
그 굽은 곡선!

-정현종,「그 굽은 곡선」전문

지평선은 아름답다. 지평선을 뜯고 있는 소와 말들의 지순한 풍경은 낙원의 한때이다. 「그 굽은 곡선」을 바라보는 그대의 시간은 지금 몇 시인가. 한낮인가, 아니면 스산한 황혼인가. 컴퓨터를 두드려 증권시장을 쏘다닐 때, 집씨! 그 가파른 한낮은 생명의 모습이 아니다. 반목과 질시, 혹은 욕망의 헛배들로 숨 가쁠 때, 택씨! 그 험준함의 끝 간 데 평화의 노다지는 있지 않다. 왜 그렇게 못 견디게 좋을까 잔디밭을 달리는 아이들의 굴렁쇠, 이삭 줍는 농부의 굽은 허리, 가지 끝에 매달린 휘영청 보름달, 바람과 햇살의 친구인 붉은 수수밭의 그 굽은 곡선!

다시 그 놈의 파리 한 마리가 이 집과 저 집 사이를 쫓아다닌다. 허공엔 먹을 것이 없다는 듯, 앉을 데가 없다는 듯 내 콧등을 향해 무엄하게도 집씨! 택씨! 돌진하기도 한다. 지독한 놈이다. 지독하게 배고프고 지독하게 심심한 이놈의 파리는 직선이지만 지독하게 배고프고 지독하게 심심한 파리와 더불어는 그 굽은 곡선이다. 그러고 보니 이 집은 직선이고 저 집은 곡선이다.

어머님 전 상서

2016년 가을 용궁역에서: 외손자 동영이

어머님 전 상서

어머니, 일본 며칠 다녀왔습니다. "국경 없는 시대의 국제관계 이해"라는 주제로 심포지움이 있었습니다. 일본, 중국, 베트남, 그리고 한국의 교원양성 대학 책임자들과 그 분야에 관심 있는 학자들이 고베에 초대되어 3박4일 동안 심포지움을 했습니다. 아래 글은 그때 제가 발표한 기조연설 내용을 간추린 것입니다.

3N Day

3N Day는 내가 만든 용어이다. 3N은 No Tie, No Car & Neighborhood의 첫 글자를 따서 만든 말이다. 내가 생각하는 3N Day란 일주일에 어느 하루, 아니면 한 달에 어느 하루, 그 마저 어려우면 일 년에 단 하루라도 넥타이 매지 않고, 자동차 타지 말고 어려운 이웃과 함께하는 날을 살자는 것이다. 넥타이를 매지 않는다는 것은 간편복 차림의 수준을 넘어서 틀에 박힌 일상을 탈출해보자는 뜻을 담고 있고, 차를 타지 않는다는 것은 단순한 교통캠페인의 차원을 넘어서 기득의 편의를 버리자는 의미를 함축한다. 요컨대 일상 탈출에서 얻어진 동력과 기득의 편의를 버림으로 창출되

는 에너지를 어려운 이웃을 위해 활용하는 운동을 벌여보자는 것이 3N Day의 근본 취지이다. 3N Day를 구상하게 된 배경은 다음과 같다.

첫째, 구속으로부터 해방되고 싶었다.

지난 삼월 한 대학의 책임자로 취임한 뒤 피부에 닿는 가장 직접적인 변화는 넥타이에 묶여야 하는, 관용차에 갇혀야 하는 갑갑함이었다. 일주일에 하루쯤 지금까지 그렇게 살아왔듯 자유롭고 싶었다. 혁신이란 창조적 파괴의 산물이 아니겠는가. 넥타이 매기의 판에 박힌 근엄과 관용차 타기의 편의주의적 관행을 깨뜨림으로 어려운 이웃의 눈물을 닦아줄 수 있는 여력이 생긴다면 가치 있는 일이겠다 마음먹게 되었다.

둘째, 길을 내기 위해서는 슬로건이 필요했다.

변화와 혁신이란 말은 이 시대를 이해하는 키 워드이며 대학이라 해서 비켜설 수 없는 화두가 된 지 오래이다. 잘 알려진 바와 같이 내가 맡고 있는 대구교육대학교는 지금까지 초등교사 양성 목적대학으로 주어진 여건과 정해진 제도에 충실해 왔다. 그러나 지금은 현실을 지키기 위해 만리장성을 쌓을 때가 아니라 성을 허물고 미답의 세계를 향해 실크로드를 내어야 할 때라는 것이 우리 대학에 대한 나의 인식이었다. 지역밀착 혁신대학 기반 구축 계획을 세우고 교육 소외계층을 찾아 나서도록 했다. 3N Day가 필요했다.

셋째, 내 삶의 미션은 무엇인가에 답하고 싶었다.

어려움에 처한 사람은 세상에 수없이 많다. 그러나 소년 소녀 가장보다 더 어렵고 안타까운 사람이 있을까 싶지 않다. 그들은 자유 의지로 자신의 현실, 그 불우의 나날을 선택하거나 초래한 것은 아니다. 못난 부모, 가난한 시대, 궁핍한 사회는 자신의 의지와는 관계없이 그들에게 주어진 것, 그러므로 그들에게는 책임보다는 잘 자랄 권리만 있다고 해야 옳을 것이다. 소년 소녀 가장들의 눈물을 닦아주고 싶었다. 그들의 눈물을 닦아주는 운동의 불씨를 내가 지피고 싶었다. 교사 양성대학의 총장의 사명을 넘어 내 삶의 소명임을 깨닫게 되었다.

수소문을 거듭하고 발로 찾아다녀야 했다. 소년 소녀 가장을 직접 만나 그들의 이야기를 듣기는 생각처럼 쉽지 않았다. 어렵사리 나는 30여명의 소년 소녀 가장들을 총장실에서 만날 수 있었다. 그들로부터 장래의 꿈과 희망, 그리고 지금 가장 필요한 것이 무엇인가를 듣게 되었다. 자장면을 함께 먹으며 스킨십의 체온을 나누는 소중한 시간을 갖게 되었다. 멘토링을 해주고, 이동문고를 만들어주고, 컴퓨터를 고쳐주고… 한 달에 한 번 나와 직원들은 부모가 되어주는, 우리 학생 멘토들은 형제가 되어주는 문화체험의 날도 갖게 되었다.

3N Day 운동을 통해 나는 이 땅에 소년 소녀 가장들의 눈물이 없는 날을 꿈꾸어 본다. 내가 책임지고 있는 대학의 학생들이 어려운 이웃과 함께 하는 생활의 고귀함을, 나누는 삶의 가치를 자신의 생철학으로 체득해서 교단에 서기를 꿈꾸어 본다. 그들이 왕자병,

공주병에 걸린 어린 제자들을 치유하는 참된 스승이 되는 날을 꿈꾸어 본다.

누가 알겠는가. 지금은 첫발걸음에 불과한 3N Day가 자기밖에 모르는 지금, 이곳의 남루를 메워 깁는 불씨가 되려는 지를.

제 이야기가 끝났을 때 가장 박수를 크게 친 분들은 브라질에서 온 사회학자 한 사람과 효고교육대학 부설초등학교 교장선생님이었습니다. 그분들은 모두 50대 후반의 여성 학자들이었습니다. 세계 어느 곳의 어머니도 어머니는 한결같이 어머니였습니다. 유네스코 활동이나 정치 경제 문제 중심의 딱딱한 발언보다는 감성을 겨냥한 제 부드러운 이야기가 그들에게는 훨씬 더 호소력이 있는 듯이 보였습니다, 어머니.

청첩장

어머니 저 사위봅니다. 손녀 딸 인사 받는 자리일 때면 언제나 "너 시집가는 것 보고 가야할텐데…." 하시던, 그 아이 이제사 시집갑니다. 청첩장은 보셨는지요? 어머니 읽으시던 성경책 곁에 두었는데요. 11월 11일 12시 인터불고 호텔입니다. 이제 1주일 밖에 남지 않았네요, 어머니.

사위될 사람은 미국 퍼듀대학에서 전산학을 공부하고 서울에서 외국인 회사에 다니고 있고요, 사돈될 분들은 대구에 살고 있습니다. 평범한 중산층 가정입니다. 신랑 서재원은 어머니. 공교롭게도 어머니 성과 같은 달성 서씨입니다. 어느 교수의 소개로 알게 되었습니다. 맏이로 태어나 사랑 많이 받고 자란 듯 구김이 없고 요즘 젊은이들답지 않게 가파른 상황에서도 느긋해서 좋습니다. 만날 때마다 와인도 한 잔씩 같이 하고 어머니 계셨으면 그러셨겠다 싶어 등도 쓰다듬어 주곤 합니다. 붙임성이 있어 낯설지 않다며 어멈도 퍽 반기는 눈치입니다. 가끔 토닥거리기는 하지만 무엇보다도 저희들끼리 좋아하는 모습이 이뿌네요, 어머니.

지운이는 신랑감이 갖추어야할 조건이 서른 몇 가지라고 콧대를 높이곤 했는데 얼마나 충족되었는지는 모르겠습니다. 집은 대구이고 직장은 서울이어야 한다는 것도 조건 중의 하나였고, 영어를 저보다 더 잘 해야 하는 것도 그 중의 하나였으니 그 두 가지는 확실하게 갖추고 있는 것 같습니다.

세월이 왜 이렇듯 빠른지 모르겠습니다. 지금도 1978년 12월 25일 난산의 진통 앞에서 발동동 구르던 칠성동 회춘산부인과 복도가 눈에 선한데, 밤새도록 하도 울어서 갖다 버리라고 고함지르던 수성동 처가에서의 그날이 엊그제인데, 강보에 쌓인 아이 등에 업고 오가던 바람 부는 눈길이 손에 잡히는데…. 그 아이가 성인이 되어 이제 시집가요, 어머니. 나비 리본 나풀나풀 어린 날을 지나, 온몸에 뿔 돋은 사춘기를 지나 대학 나오고 일자리 얻고 저 혼자 세계를 한 바퀴 돌아오기도 하고…, 이제 자신보다 먼저 제 부모 생각하는 나이가 되었으니 시집갈 때가 되긴 되었지요. 벌써 스물 아홉이예요, 어머니. 서른 살은 넘기지 말랬는데 그 당부 들어주어 얼마나 고마운지 모르겠습니다. 결혼을 필수가 아닌 선택으로 생각하는 요즘 젊은이들의 세태에 혼기를 놓치지 않고 제 짝을 만나게 된 것이 얼마나 다행한 일인 지 모르겠습니다.

어머니를 아는 사람들은 지운이를 제 할머니 많이 닮았다고들 합니다. 지고는 못사는 성격이 그렇고 이마의 생김새와 간 크고 똑똑한 것이 특히 제 할머니 닮았다네요. 다른 아이들은 시집 갈 준비 부모들이 다해준다는데 저는 별로 도와준 일이 없습니다. 제 스스로 다 알아서 했습니다. 제 살 집 세간살이며, 시댁 첫인사 갈 때의 선물꾸러미 준비며, 결혼식 식순까지 시나리오를 만들어놓았네요. 신부입장 순서에는, "이어서 신부 입장이 있겠습니다. 따뜻한 박수로 맞이하여 주십시오. 신부, 입장!!"이라고 쓴 안내문 옆에 "주례단상이 가까워졌을 때 신랑은 정중히 인사하며 부친은 신랑에게 악수를 청한다"는 체크사항까지 적어두고 있습니다.

딸아이를 사위에게 넘겨주고 악수를 청할 때 제 감정이 어떨지 짐작 되지 않습니다. 사람들은 눈물 보이면 안 된다며 그 순간의 서운함과 허탈감의 진폭을 일러주곤 하던데 잘 모르겠습니다. 지금으로서는 그냥 무덤덤할 것 같기만 하네요, 어머니. 제 버릇이 그렇듯이 혼자 있는 시간에 조절할 수 없는 감정의 분출 앞에서 망연자실하겠지요. 행복한 걱정입니다.

어제는 어떤 자리에서 "어느 60대 노부부의 노래"를 불렀습니다. 60대 노부부라니! 요즘 세태로 보아서는 말 안 되는 소리지만 그렇다하더라도 "막내아들 대학 시험 뜬 눈으로 지새던 밤들/어렴풋이 생각나오 여보 그 때를 기억하오/세월을 그렇게 흘러 여기까지 왔는데/인생은 그렇게 흘러 황혼에 기우는데/큰 딸 아이 결혼식 날 흘리던 눈물방울이 이제는 모두 말라"와 같은 노랫말이 남의 이야기가 아닌 실감으로 왔습니다.

찔레꽃

어머니, 제가 어머니 보고 싶을 때 찔레꽃 흥얼거리는 것 아시지요? 행복자임이라는 컴퓨터 이름을 가진 사람이 제가 관리하는 홈페이지에 그 노래를 올려놓았네요. 1절과 2절은 알고 있었는데 3절은 처음 알게 되었습니다. 그 노랫말이 너무 마음에 닿습니다.

> 가을 밤 외로운 밤 벌레 우는 밤
> 초가집 뒷담길 어두워질 때
> 엄마 품이 그리워 눈물 나오면
> 마루 끝에 나와 앉아 별만 셉니다.

어머니, 배고픈 날 남몰래 한 잎 두 잎 따 먹는 그 찔레꽃은 어머니 일하러 가신 여수바우, 호두나무 밭 길가에 갈 봄 여름 없이 피어 있는 꽃이지요. 찔레꽃 그늘 아랜 죽은 누이가 세 살 박이 아이로 아장아장 위태 위태 걷고 있고요. 오늘이 절기로는 입동이지만 지금 이곳은 가을 밤 외로운 밤 벌레 우는 밤입니다. 절기와 관계없이 어머니 안 계신 이곳은 제게 언제나 가을 밤 외로운 밤 벌레 우

는 밤입니다. 뒷담 무너지면 어쩌나 하고 개나리를 심은 그 뒷담길
은 하루에도 열두 번 씩 어두워지고, 마루 끝에 나와 앉아 별만 세
던 아이는

하늘이 하 높고 푸르러
하늘 아래 物物은 耳順하다

어쩔 수 없이,

노을 속을 파고드는 기러기처럼
강물은 흘러 흘러서 어디로 가나

-강현국,「세한도 · 38」부분

어쩔 수 없이 가을을 맞고, 어쩔 수 없이 물물의 이순을 느끼는
나이가 되었습니다. 한 대학의 책임자가 되고 한 젊은이의 장인이
되었어도 엄마 품이 그리워 자주 눈물 나오는 것 또한 어쩔 수 없습
니다.

어머니, 지난 주말엔 잠깐 그 초가집 담길 다녀왔습니다. 풀 한
포기, 돌멩이 하나에도 어머니께서 두고 가신 적막, 어머니께서 살
고 가신 고요의 눈빛으로 사무쳤습니다. 텃밭에 심은 고추가 얼마
나 잘 자라는지 아직도 열매를 키우고 있었습니다. 뽑아내려다 그
냥 두고 왔습니다. 거름을 많이 해서 그런지 고추가 어쩌면 이렇게
많이 달리는지 모르겠다는 이야기를 장안댁네 할머니가 담 너머로

들고 "어머이가 날마다 산에서 내려와 가꾸니까 그렇다고" 해서 웃었습니다. 저승 가신 어머니를 예사스럽게 이승으로 데려다 주었습니다. "우리 영감은 뭐 그리 좋은 데가 많은지 나한테는 한 번도 안 와"하며 서운해 하시는 할머니에게 삶과 죽음의 경계는 무시로 넘나드는 문지방이었습니다.

대문을 새것으로 바꾸어 달고, 대문 옆 가죽나무 곁에 능소화 한 그루 심었습니다. 제대로 돌보지 않아서 그런지 올해는 어머니, 감도 호두도 모두 흉작입니다. 그렇듯 왕성하던 국화도 분꽃도 시들하기만 합니다. 두어 차례 비료를 주었더니 제법 김장감이 될 만큼 제 모습을 갖추긴 했지만 무, 배추도 어머니 계실 때 같지 않습니다. 참 어머니 손자국 남아 있는 요소 비료 이제 다 쓰고 없습니다. 생명 가진 것은 너나없이 사랑을 먹고 살도록 되어 있나봅니다. 빈 집을 지키는 저것들이 고맙고, 빈 집에 두고 가야할 저것들이 몹시 안쓰럽습니다. 단 것은 솎아내고 속이 찬 배추는 어린 아이 보듬듯 묶어주며 어머니 생각 많이 했습니다. 붉은 얼굴을 내민다고 일러주시던 가을 감나무와도, 마당 가득 덤벼드는 한여름 잡초와도, 나비라고 이름 지어준 아침 햇살 속의 고양이와도, 펄 펄 휘날리는 동지섣달 눈발과도 한 식구로 살아가시던 날들의 어머니, 가위눌리셨을 외로움에 가슴 메였습니다.

그곳에도 때가 되면 낙엽지고 바람 불고 때가 되면 비 오고 눈 내리고 그러한지요? 지난 봄 돌아가신 뒷집 할머니 요즈음도 아침저녁 함께 계시는지요? 입맛 없으시면 보리밥 해서 나물에 비벼 드시는 점심때도 있는 지요? 가끔 윷놀이도 하시는 지요?

　걱정하지 마세요, 어머니. 큰 일 잘 치루겠습니다. 예식장 혼주석
에 어머니 자리 마련해 놓겠습니다. 겨울 깊어지기 전에 사위 데리
고 어머니 유택에 인사 올리러 가겠습니다. 늘 편히 계세요, 어머니.

분꽃에 기대어

2006년 11월11일 인터불고 호텔: 딸 지운 결혼식장

분꽃에 기대어

저녁노을 곁에 분꽃 한 포기를 심었다. 꽃망울이 맺힌 것이어서 옮겨 심어도 괜찮을까 염려했지만 걱정 말라는 듯이 잘 살아주었다. 장마철이었기 때문이기도 했겠지만 강한 생명력이 뒤늦은 옮겨심기의 장애를 이겨냈으리라. 태풍이 영동을 지나 동해안에서 소멸된 다음날 아침이었다. 분꽃의 왼쪽 팔이 부러져 있었다. 부러진 왼팔을 버릴까 하다가 그래도 행여나 하고 부러진 그 자리에 꽂아두었다. 병든 새의 날갯죽지처럼 축 늘어져 있던 이파리가 어느 아침 문득 팽팽한 초록으로 생기를 되찾고 있었다. 반가웠다. 대지의 여신이 이슬과 바람과 햇살을 보내어 다친 그곳을 다독였으리라.

해질 무렵 피기 시작한 분꽃은 밤새 저 혼자 피어 있다가, 밝아오는 아침을 시들해하다가, 낮 동안은 아예 잠자는 듯, 주먹을 움켜쥔 듯, 제 몸을 움츠려 그녀의 창문을 닫아걸었다. 하오 네 시를 지나 다시 해질 무렵이면 아연 발랄한 산골 소녀처럼, 난생 처음 립스틱 짙게 바르고 외출하는 처녀처럼 은은한 향기 흩뿌리며 선홍빛 자태를 뽐내곤 했다. 깊은 밤 가만히 가느다란 팔 쭉 쭉 뻗은 분꽃들을 바라보고 있노라면 아득히 먼 바닷가에서 누군가 불고 있는 트럼펫소리가 들려오는 듯도 하였다. 생의 허무를 쏘아 올리는 듯, 아픈 영혼을 달래는 진혼곡인 듯, 외로워 외로워 못살겠다고 온몸으로 흐느끼는 트럼펫소리는 밤하늘에 닿아서 은하수로 흘러 가누나 생각되었다. 고요의 남쪽으로부터 구병산 너머로 흘러가는 은하수에서는 분꽃 향기가 난다라고 말한다면 독자인 그대는 물론 터무니없는 수사라고 탓할 터이다. 나는 지금 분꽃과 함께, 트럼펫소리와 함께 내 생에 가장 긴 여름을 나고 있다.

트렁크, 혹은 유예된 죽음

내 차의 트렁크 속에는 어머니의 영정과 수의와 검은 상복이 실려 있다. 한 달이 지나도록 내 차는 유예된 죽음을 싣고 다닌다. 그것이 언제까지일 지 이제 모르겠다. 가파른 호흡과 가물가물 멎어 가는 심장이 흩어졌던 가족들을 황급하게 불러 모았다가 아무 일도 없었다는 듯이 되돌아서게 한 적이 한 두 번이 아니었으니까. 긴장과 이완의 순간이 잦을수록 겸연쩍은 느낌이 들기도 했다. 한 사람의 죽음 앞에서 겸연쩍은 느낌이라니! 인간의 한계인가 보다.

어느 일요일 오후 어머니는 갑작스럽게 복통을 호소하셨다. 주일 예배 마치시고, 칼국수로 점심 잘 드시고 난 뒤의 사태여서 느닷없었다. 응급진료로는 해결되지 않아 집에서 가까운 소읍의 조그만 종합병원에 입원을 하고 수술을 받으셨다. 위 천공에 의한 급성 복막염이었던 것. 오래 복용한 신경통 약이 위를 갉아먹어 구멍을 내었다는 설명이었다. 어머니는 심한 고통을 호소하셨다. 창자가 꼬이는, 이를테면 환장의 아픔과 함께 월요일을 기다렸다. 수술은 생각보다 오랜 시간을 끌지 않았고 경과도 좋았다. 온몸에 고무호스를 주렁주렁 달고 산소마스크를 낀 어머니가 중환자실로 실려 오셨다. 전장에서 패한 전사가 들것에 실려 오는 모습이 저와 같을까. 의식이 돌아와도 통증을 호소하지는 않으셨다. 말은 못했으나 알아듣기는 하는 표정이셨다. 목이 마른 듯 물을 찾기도 했고 고무호스를 넣어 석션을 할 때는 괴로운 표정을 감추지 않으셨다. 평소에 마음에 두었던 사람들이 다녀갔다는 이야기를 하면 고개를 끄덕이기도 하셨다. 걱정 없이 편안하게 가셨으면 하는 것이 내 솔직한 심정이었다. 미수이신 노인이 저 상태에서 회복된다 한들 그 짧은 여생이 어떠하겠는가. 걱정이 있느냐고 물었다. 고개를 끄덕이셨다. 걱정이 무엇이냐고 다시 물었다. 두 차례 두 손으로 당신의 가슴을 두드리셨다. 알 수 없는 팬터마임이 안타까웠다. 그 짧은 팬터마임 속에 한 많은 어머니의 일생이 들어있을 터였다.

등에 업혀 차로 이동하는 동안에도 병원비 걱정을 하셨다. 평생 가난의 굴레를 벗어나지 못한 생애이고 보면 돈 문제가 걱정일 수도 있겠다. 형제 간 우애를 늘 걱정하고 계셨으니 쓰러진 어머니 앞에서도 말 건네기 싫어지는 혈육 간의 불편함과 골 깊은 악감정의 관계들이 걱정일 수도 있겠다. 늦둥이 막내의 생활을 늘 안타까워하셨으니 그게 걱정일 수도 있겠다. 걱정이 풀려야 편안히 가실 수 있을 듯한데 말문을 닫으신 팬터마임의 속뜻을 헤아릴 수 없어 갑갑하기만 했다. 자는 듯이 가게 해 달라고, 자식들 애먹이지 않고 어느 날 훌쩍 데려가 달라는 것이 밤마다 드리는 어머니 기도의 제목이었다. 아마도 이렇게 병원 신세를 지게 된 자신의 처지가 걱정이라는 것이 가슴을 두드리는 진정한 뜻 아니셨을까 모르겠다. 회한의 몸짓이었으리라.

> 흐린 창 밖
> 문득 물소리 멈추고
> 물소리처럼
> 캄캄하게 잠겨지는 시간
> 경적 소리가 덜컹덜컹 잘라내는
> 어둠, 혹은 어둠 언저리의
> 낯선 정물 몇 개
>
> 몰락의 여름밤!
>
> —강현국, 「누가 울고 있다」 전문

임종예배

호흡과 맥박이 위험수치를 알렸다. 주치의는 임종이 임박했음을 알려주었다. 산소를 공급하는 고무호스를 제거했다. 환자의 고통을 들어주기 위한 배려였다. 어머니가 섬겨 오신 고향 교회 목회자가 황급하게 달려와 임종예배를 집전했다. 대구에서 막내가 도착하면 산소마스크를 제거할 것이었다.

묵도를 하고 "곤한 내 영혼 편히 쉴 곳과 풍랑 일어도 안전한 포구/폭풍까지도 다스리시는 주의 영원한 팔 의지해"로 시작하는 찬송가 464장을 부르고 어머니께서 평소 좋아하셨다는 열왕기상 한 구절을 봉독하셨다. "다윗이 죽을 날이 임박하매 그 아들, 솔로몬에게 명하여 가로되 내가 이제 세상 모든 사람의 가는 길로 가게 되었노니 너는 힘써 대장부가 되고 네 하나님 여호와의 명을 지켜 그 길로 행하여 그 법률적 계명과 율례와 증거를 모세의 율법에 기록된 대로 지켜라 그리하면 네가 무릇 무엇을 하든지 어디로 가든지 형통할지라" 힘써 대장부가 되라는 어떤 강인함을 자녀들에게 심어주고 싶어 하셨다는 요지의 간명한 설교가 끝나고,

"영원한 생명의 주신 하나님, 오늘 이 시간에 서차례 권사님이 이 세상의 모든 삶을 마감하고 하나님의 부르심을 기다리고 있습니다. 예수 그리스도의 이름으로 영원한 형벌에서 구원하여 주시고 영원한 하늘나라의 소망으로 든든하게 하여 주옵소서. 사랑하는 유족들 마음에 하늘의 위로를 넘치게 하시고, 우리들도 비록 이 땅에 살아도 영원한 하늘나라의 소망을 가지고 믿음으로 살아가게 하여 주옵소서. 이 유언의 말씀대로 믿음으로 남은 때를 살아가게 하여 주옵소서. 주님께서 함께 하셔서 악령은 틈타지 못하게 하시고 천사들을 이곳에 보내 주시옵소서. 서차례 권사님의 영혼을 홀로 주관하시며 홀로 영광 받아주옵소서. 예수님 이름으로 기도합니다."

집례자의 간절한 기도가 끝나고, 가족들이 고인에게 이승에서 마지막 인사를 하는 순서였다. "잘 가세요, 고생 참 많이 하셨어요, 낳아주시고 길러주시고 걱정해 주시고 내 어머니가 되어주시어 고

마워요. 먼저 간 아버지, 누이동생 현자 있는 그곳에 가서 잘 사세요…잘못한 것 용서해주세요." 흑백필름처럼 흐리고 몽롱한 순간이었다.

내게 어머니는 늘 밥 짓고 설거지하고 빨래하는 분, 밭 매고 방아 찧고 발 동동 아침 일찍 수업료 빌리러 가시는 분, 남편에게 야단맞고 혼자 원통함을 삭이시는 분, 겨누기 힘든 무거운 짐 머리에 이고 버들개 넘어 장에 가는 분, 식사보다 복용하는 약이 더 많으신 분, 아무도 없는 캄캄한 산골에서 아침과 저녁을 홀로 맞이하는 분, 풀꽃과 고양이에게도 다정한 자식처럼 말 건네는 분, 그러나 시골 노인네에게서 찾아보기 힘든 남성적인 담대함으로 어려운 순간들을 이겨내곤 하는 분이셨다. 신앙의 힘이 크셨으리라. 내게 어머니는 고생과 가난과 희생과 고독, 그리고 남성성의 이미지였다. 나는 한 번도 환하게 웃던 편안하고 행복해 하시던 어머니의 날들을 기억하지 못한다.

막내가 오고 의사가 산소마스크를 제거하러 왔을 때 어머니의 호흡과 맥박은 정상을 되찾고 있었다. 고개 갸우뚱, 의사는 안 되겠다며 되돌아가고, 참 대단한 노인이라고 속으로 생각했다. 무슨 영화가 남아 있다고 저렇듯 삶의 끈을 놓지 못하시는 걸까. 해 뜨는 아침부터 해 지는 저녁까지 예수님과 함께 살아온 어머니였지만 혼자 가야하는 눈에 캄캄 그 먼 길이 차마 마음 내키지 않으셨나 보다.

등짐 벗기

나는 아마도 전생에 지은 죄가 많은듯하다. 철든 이후 나는 한 번도 부모형제의 등짐으로부터 자유롭지 못했다. 수심의 짙은 그늘을 벗어나 본적 없었다. 이 땅에서 가난한 집안의 장남으로 살아가기, 그것은 힘겨운 업(業)임에 틀림없다. 어머니 저렇게 힘들게 중환자실을 지키시는 것 보면 내 등짐은 아직도 벗을 때가 아닌가 여겨진다. 떠나신다 한들 그 등짐으로부터 풀려날 수 있을 것인가. 여자라는 이유로 인내하고 굴종해야하는 날들의 쓸쓸함, 비단옷 대신 삼베옷 입고 살아온 땡볕의 나날들, 당뇨와 관절염과 고혈압으로 힘겨워 하시던 대책 없이 긴 투병의 나날들, 구십이 불원한 나이에 캄캄한 적막 속에 혼자 저녁을 맞고 혼자 일어나 아침을 맞는 희망 없는 날들의 외로움…. 그 등짐들로부터 나는 어느 한 때도 자유로운 순간들 없었다. 가령 텔레비전 드라마에서 큰소리 탕탕치는 어머니를 볼 때, 잠자리 날개 같은 모시옷 입고 안락의자에 앉아 며느리로부터 녹차 대접을 받는 할머니를 볼 때, 아가야, 김실이 한테 좀 다녀와야겠구나 하며 아이보리색 승용차에 오르는 당당하게 늙은 마나님들을 볼 때 내 등은 시리고 아팠다.

???
??
??
??
??

???
???
???
???
???
???
??? 그렇다 하더라도 그 때 왜 참지 못했을까. 어머니 임종 앞에서 짜그락거렸을까. 못마땅해 죽겠다는 표정을 지으시게 했을까. 그렇게 속상한 마음으로 어머니를 보내드렸을까. 이런 일을 두고 천추의 한이라 하는가 보다.

???
???
???
???
???
???
???
???
???
???
???

어쩌다 이렇게 되었을까. 아득한 옛날 우리는 툇마루에 누워 함께 별을 헤아리는 아름다운 여름밤 있었다. 방학이 되어 그가 집에 오는 날이면 신작로가 바라보이는 고갯마루까지 마중 나가 더딘 시간을 향해 돌멩이 던지며 빨리 오기를 기다리던 날 있었다. 방학이 끝나고 내일이면 그는 멀리 대처로 다시 공부하러 갈 것이었다. 내일이 오지 말라고 잠자지 않고 가는 시간을 붙들고 있던 밤 있었다. 그는 이별의 상실감과 만남의 충일감을 제일 먼저 알게 해준 사람, 어쩌다 이렇게 되었을까. 그가 떠나고 나면 세상은 텅 비었고, 참 오랫동안 눈물이 나서 오가는 산길이 흔들렸었다. 어쩌다 이 지경이 되었을까. 그러나 내게 그런 그는 오래 전 죽었다. 언제 죽은 그가 부활할 수 있을까.

등짐이란 벗어날 수 있는 것이 아닌지도 모르겠다. 한 등짐이 내려지면 또 다른 얼굴의 등짐이 기다리고 있을 것 같다. 이승의 삶이란 무게의 차이일 뿐 누구나 제 나름의 등짐을 지고 살아가는 것 아니겠는가. 어느 날 자신이 오히려 다른 사람의 등짐이 되어 괴롭힘을 더하다가 눈감을 때 이르러서야 비로소 제 평생의 등짐을 부려놓는 것, 그게 인생이라면 삶은 시지프스 바위처럼 가혹하다.

변방

노래는 잠시 시름을 잊게 하고, 노래는 때때로 등짐의 고통을 잔잔한 희열로 승화시킨다. 요즈음 어느 50대 여인들의 여고시절 카페에서 가장 관심을 끌고 있는 노래 중의 하나가 조영남이 부른 「모란 동백」이라고 한다. 어렵지 않은 멜로디와 그 즈음의 여인네들에게 쉽게 닿을 듯한 다음과 같은 노랫말 때문일 것이다.

모란은 벌써 지고 없는데 먼 산에 뻐꾸기 울면

상냥한 얼굴 모란 아가씨 꿈속에 찾아오네

세상은 바람 불고 고달파라 나 어느 변방에

떠돌다 떠돌다 어느 나무 그늘에

고요히 고요히 잠든다 해도

또 한번 모란이 필 때까지 나를 잊지 말아요

변방이란 말은 슬프다. 변방이란 말은 외롭고 쓸쓸하다. 변방이란 말은 사회의 한 가운데에서 밀려난 50대 이후의 언어이다. 변방이란 말엔 찬바람이 불고, 변방이란 말엔 안개 자욱하고, 변방이란 말엔 눈물에 얼룩진 손수건 있다. 아무래도 변방은 타의에 의해 밀려나는 공간이 아니라 어느 날 자신도 모르는 사이에 그곳에 이르렀음을 알게 되는 외로움의 땅, 어느 새 내가 여기까지 왔구나 하고 느끼는 한숨의 영토이다.

허심제에서 병원까지는 산길을 포함해서 21Km, 자동차로 정확하게 25분이 걸린다. 나는 하루에 두 차례 어떤 때는 네 차례 다섯 차례 그 길을 오간다. 내가 졸업한 중학교 앞을 지날 때마다 40년 세월 앞에서 착잡하다. 착잡한 마음으로 나는 「모란 동백」을 부르고 내킨 길에 김광석의 「사랑했지만」을 목 터지게 부르곤 한다. 아등바등한 날들의 부질없음이 손 시리게 만져진다.

신발값을 아끼려고 교문 앞 학용품 가게 마루 밑에 운동화 벗어두고 고무신 갈아 신고 20리 산길을 다녔었다. 엊그제 같은 그때 25

번 국도를 벗어나 흙먼지 자욱하던 502번 지방도는 그래도 변방이 아니었다. 내게 있어 그때 그곳은 삶의 중심이자 이 세상의 한가운데였었다. 종달새 울어 보리밭 잠 깨웠고 보청천 맑은 물은 청운의 푸른 꿈을 일깨워주었다. 고무신 대신 자동차를 타고 종달새 노래 대신 CD를 듣는 이 길이, 이 길의 첩첩 산과 푸른 들이 왜 이렇게 짙은 변방으로 나를 사로잡는 것일까. 밤 바닷가에서 트럼펫 불던 그대 돌아와 분꽃 향기로 사무친다 하더라도 사정은 마찬가지이리라. 나는 내일 잠시 이곳을 떠나 대구에 가겠지만 변방을 벗어날 수 있을 것 같지가 않다. 변방은 이제 나의 신발, 나의 속옷이 되었으므로. 그러나 나의 이 변방의식은 중환자실 한 뼘 침대 위에 누워 계신 어머니의 그것에 비한다면 얼마나 사치스러운 것이겠는가.

그것이 왕후장상의 경우라 하더라도 죽음 앞에 서 있다는 것은 변방을 사는 것, 죽음은 아무도 없는 미지의 어딘가로 혼자 가는 먼 길이므로, 그것은 변방의 실존으로 휘발되는 것. 그대 마지막 숨을 몰아 쉴 때에도 시장은 붐비고, 피어지는 붐비고, 풀들은 저희끼리 초록으로 붐빈다. 뜨는 해 멈춰 서서 죽음을 배웅하지 않고, 피던 꽃 머리 숙여 한 생의 마지막을 묵념하지 않는다.

하얀 고무신

분꽃 지고 까만 씨앗 맺혔다. 열 개를 따서 봉투 속에 넣어두었다. 내년 봄까지 기다림의 날들 포근하리라. 나마스테! 우리의 혼은 하나이니 힘내라고, 고단한 세상 손잡고 가자고, 죽음 또한 삶의 부분이라고, 천수를 다하는 사람의 죽음마저가 그와 같은 것 아니겠느냐고, 회자정리 아니냐고 지친 나를 다독여주곤 하던, 변덕 심한 인간들과는 달리 끝까지 그대 고요의 남쪽을 지켜주리라는 듯 은하수와 함께 뜬눈으로 밤을 지새우던 분꽃; 꽃 진자리 허전했다. 별똥별 지는 바닷가에서 트럼펫 불던 사람 떠났나보다. 창밖엔 여우비 지나고 엄마 엄마 부르며 남몰래 운다.

> 엄마 일 가는 길에 하얀 찔레꽃
> 찔레꽃 하얀 잎은 맛도 좋지
> 배고픈 날 가만히 따먹었다오
> 엄마 엄마 부르며 따먹었다오
> 밤 깊어 까만데 엄마 혼자서
> 하얀 발목 바쁘게 내게 오시네
> 밤마다 꾸는 꿈은 하얀 엄마 꿈
> 산등성이 너머로 흔들리는 꿈

하얀 고무신 한 켤레의 적막으로부터 하얀 고무 신 한 켤레의 고요에 이르는데 88년하고 또 얼마가 더 필요한지 나는 모른다. 사람들이 흔히 운명이라 부르는 생명에 대한 신의 디자인을 우리는 헤아리지 못한다. 덫에 걸린 짐승처럼 검은 눈만 끔벅이는 애처로운 내 어머니 오지도 못하고 가지도 못하셔서 안타깝다. 새벽녘이면 휘영청 달빛 아래 귀뚜라미 울었다. 내일 모레가 입추이니 가장 쓸쓸한 가을이 가까이 와 있겠다.

하얀 고무신

눈 덮힌 부모님 유택

하얀 고무신

2004년 8월 6일 금요일 해질 무렵 어머니는 서둘러 떠나셨다. 머물 힘이 더 이상 없으신 듯, 이제 갈 때가 되셨다는 듯, 가지 않으면 안 되시겠다는 듯, 여기 너무 오래 머무르셨다는 듯, 어서 오라고 누가 애타게 부르는 듯, 갈 길이 머신 듯, 저물기 전에 그곳에 닿아야 하신다는 듯, 그곳에 젖줄 아기 울부짖고 있는 듯, 거기 멍석 위에 널린 곡식 비 맞고 있는 듯, 거기 아궁이에 지핀 불 타나오고 있는 듯, 거기 용해빠진 내 새끼 두들겨 맞고 있는 듯 종종걸음으로, 엄마 엄마 불러도 거들떠보지도 않으시고, 미안하구나 얘들아, 너무 애먹이고 가는구나, 힘든 날 많았지만 기쁜 날도 있었지, 잘 있거라 이 사람들아, 한 마디 말씀도 없이, 지팡이와 휠체어가 필요 없는 곳으로, 소화제와 진통제와 물파스가 필요 없는 곳으로, 텅 빈 날의 외로움과 텅 빈 날의 그리움과 텅 빈 날의 기다림이 필요 없는 그곳으로, 가위눌린 고독, 캄캄한 적막강산 아예 없는 그곳으로, 날개옷 입고 훨훨 날아서, 흰 구름 타고 둥둥 날아서, 은하수 건너 먼 나라로, 내가 갈 수 없는 아주 먼 나라로, 뒤돌아보지 않으시고 19시 50분 가엾은 내 어머니 소리 없이 떠나셨다.

캐딜락과 꽃가마

캐딜락에서 내리신 어머니의 시신은, 꽃가마 타고 당신이 세우신 예배당 뜰에 잠시 머무셨다. 유택에 들기 전 마지막 작별 인사를 나누기 위해. 88년 동안이나 쓰셔서, 비바람 너무 많이 드나들어서 성한 곳 하나 없이 부서질 대로 부서지고 망가질 대로 망가진 싸늘한 육신의 집, 그 집의 소멸을 추모하기 위해, 그 집의 부활을 기도하기 위해 검은 옷 입고 사람들 모였다. 성한 곳 하나 없이 부서지고 망가진 그 집을 드나들며 한결같이 아끼고, 아침저녁 걱정하고, 내 집처럼 지켜준 고마운 사람들 한 자리에 모였다.

저희 어머니이신 서차례 권사님이 하나님의 부르심을 받아 88년 동안 머무시던 이 땅을 떠나시는 길에 힘이 되어주시고 친구가 되어주시기 위해 이 자리에 함께 하고 계신 여러분, 낳아주시고 길러주신 어머니를 떠나보내야 하는 저희 유가족들의 애통한 마음을 위로해 주시기 위해 여기 동참하고 계신 여러분, 오늘 우리 곁을 영원히 떠나시는 서차례 권사님을, 서차례 권사님과 함께 했던 날들을 오래 오래 가슴에 새기기 위해 머리 숙이고 계신 여러분, 대단히 고맙습니다. 오늘의 고마움 잊지 않고 옳고 바르게 그리고 열심히 살겠습니다. 저희 어머님의 유지를 받들어 하나님 보시기에 아름답고 여러분 보시기에 자랑스러운 서차례 권사님의 자녀들이 되도록 노력하겠습니다.

이 자리가 있기까지 정성을 다해주신 교회관계자 여러분, 특히 투병에서 임종까지 고인의 손발이 되어주신 고향 교회 이범황 전도사님, 피를 나누어 가진 일가친척 여러분, 아침저녁 살을 맞대고 체온을 나누어 가지셨던 마을 주민 여러분 오늘의 고마움 잊지 않겠습니다. 히말라야에 사는 사람들은 소중한 사람을 만날 때 나마스테! 라고 인사한다 합니다. 그대와 나는 영혼이 하나라는 뜻의 인사 말이라고 합니다. 저는 지금 고인의 명복을 빌어주고 계신 여러분들과 지금 이 순간 영혼이 하나임을 가슴 깊이 느낍니다. 나마스테! 대단히 고맙습니다.

구름이 하늘에 차일을 드리워 삼복더위를 식혀주었다. 더러는 망자의 후덕함 덕분이라 했고, 더러는 주님의 은혜라 했고, 더러는 천당에 가신 징표라 했다. 산일은 생각보다 빨리 끝났다. 2004년 8월 9일 월요일 12시, 13년 동안을 기다려온 지아비 곁에 한줌 흙으로 내 어머니 누우셨다. 적막이 고요로 몸 바뀌었다. 이제 다시는 육신의 내 어머니 볼 수 없는 것이었다.

느티나무

아우는 느티나무를 심자고 했다. 느티나무의 자태와 품위가 제안의 이유였지만 어머니가 두고 가신 빈 집, 어머니가 풀어놓은 막무가내의 허전함을 다스리고 싶은 것이 내심의 이유였으리라 짐작되었다. 어머니의 빈자리는 너무 큰 것이어서 바람의 쓸쓸함도, 달빛의 고적함도, 숨 멎을 듯 캄캄한 적막도, 시린 별빛의 반짝임도 너무 크고 무거워서 자식들은 너나없이 가위눌렸다.

그는 나를 기다리고 있었다. 까치발 세우고 바위 위에 서서 기약 없는 낮과 밤을 기다리고 있었다. 이곳은 내 집이 아니야, 내 살 곳 아니야⋯. 늘 떠날 준비를 하고 있었던 듯 했다. 생명은 모질고, 생명은 질기고, 생명은 끔찍이도 외경스럽다. 우리 만남은 오래된 약속, 커다란 숙명이었으리라. 그날 나는 등이 시렸고, 어깨가 허전했고, 먹어도 먹어도 배가 고팠다.

어머니의 한 아이는 삼겹살을 굽자했고, 어머니의 또 한 아이는 가재를 잡자 했고, 어머니의 또 한 아이는 소주를 마셨고, 어머니의 또 한 아이는 잡은 가재를 신기해했고, 어머니의 또 한 아이는 다람 쥐를 쫓아갔고, 어머니의 또 한 아이는 더 많은 가재를 잡기 위해 계곡을 뒤졌고, 마침내 어머니의 또 한 아이가 기다리는 그를 큰소 리로 발견했다.

봉홧불 올리던 천택산 계곡, 가을이면 은하수가 흘러드는 그곳에 서, 여름이면 별똥별이 떨어지던 그곳에서 그는 양말 벗지 않는 신 부처럼, 신발 끈 풀지 않는 아내들처럼, 누가 부르면 뛰쳐나갈 태세 의 아이처럼, 떠돌다 떠돌다 어느 나무 그늘에 잠든 외로운 영혼처 럼 차가운 바위 위에 그렇게 서 있었다. 먹어도 먹어도 배고픈 어머 니의 아이들은 시린 등으로, 허전한 어깨로 그를 옮겼다. 넘어질까 부축하고 부러질까 애태우며 조심조심 그를 옮겼다.

고요의 남쪽에 느티나무 두 그루를 심었다. 한 그루는 우모제 곁 에, 다른 한 그루는 허심제 앞에 정성 들여 심었다. 못 먹고 자란 아이처럼 가는 몸매 껑충한 모습이 안쓰러웠다. 그들은 오누이 같기도 하고, 의형제 같기도 하고, 요즈음 아이들 말로 사귀는 사이 같기도 했다. 몇 살이나 되었을까? 사람으로 말하자면 청소년에 해당될 듯한, 아니 중년이 훨씬 지난 나이인지도 모르겠다. 그들은 아득히 머나 먼 변방을 떠돌다 제 집에 돌아 온 아이들처럼 머쓱해 보였다. 새 잎 돋고, 녹음 지고, 황금의 나뭇잎 허공 두드리는 날 오리라. 여기가 내 살 자리이군…. 땅 깊이 뿌리내려 편안한 날 쉬이 오리라.

잎과 가지

잎과 가지는 느티나무의 잎과 가지이고, 「잎과 가지」는 내가 기분 나면 형님이라 부르는, 아무리 헛폼 잡아봐야 아무 것도 아닌 시인들의 천국에 오직 아무 것으로 서 있는 오규원 선생의 작품 제목이다. 내가 심은 느티나무를 생각하다가 왜 선생을 떠올리게 된 것일까? 어느 잡지와의 서면 인터뷰에서, "예술이란 중도라든지 타협이라든지 모범이라든지 하는 것에 있지 않고 극단에 있습니다. 이 점에 유의해 주었으면 합니다. 대중도 없고 환호도 없고 독자도 없는 곳으로 가십시오. 그곳에서 자리 잡으면 당신의 독자가 새로 창조될 것입니다."라고 후학들을 향해 말할 때의 그 '극단'! 극단적으로 퉁겨 오르는 외로움의 날 빛 때문인 것도 같고 아닌 것도 같다. 빈 집에 나무를 심으면 오히려 빈집을 더 빈집이게 하리라는 내 막연한 생각을 그래, 그렇기 때문이야…. 명료하게 일깨워주리라 여겨지는, 언제 읽었던지 기억 희미한 선생 시의 한 구절을 찾고 싶었다. 어디서 보았더라? 구석구석 뒤지는 헛수고 끝에 선생의 제자인

이원 시인에게 전화를 걸었다. 툭하면 그에게 전화 걸어 선생의 자료를 부탁하는 것이 미안했지만 그는 한결같이 친절하고 진지한 자세로 내 미안함과 불편함을 덜어주곤 했다. 내 기억은 워낙 흐린 것이어서 이원 시인이 보내준 다음의 「잎과 가지」는 내가 찾고자 했던 그 구절을 가지고 있는지 없는지 확실하지 않다.

> 가지가 뻗으면 허공은
> 가지 안에 들어가 자리잡는다
> 잎이 생기면 허공은
> 잎 안에 들어가 몸을 편다
> 새가 날고 잠자리가 날고
> 꿀벌이 날면 허공은
> 새와 잠자리와 꿀벌이 되어
> 함께 난다 부리와 날개와
> 침이 되어 반짝인다
>
> 잎 속의 허공은 잎이고
> 잎 밖의 허공은 빛이다
>
> —오규원, 「잎과 가지」 전문

선생의 시론에 기댈 때 가지는 가지이고 잎은 잎이다. 선생의 시론에 기댈 때 허공은 공허로 바꾸어도 안 되고 허공을 공복으로 바꾸어 읽으면 더더욱 안 된다. 선생이 제일 싫어하는 게 사물을 개념의 불로 익히는 인간의 오만과 편견 아니던가. 나는 한 일간 신문에 연재하고 있는 글에서 선생의 시를 다음과 같이 감상한 적이 있는 것이다.

작약꽃이 한창인 아파트 단지에서
나비 한 마리가 길을 가고 있다
어린 후박나무를 지나 향나무를
지나 목단을 넘고 화단 가장자리의
쥐똥나무를 넘어 밖으로 가더니
다시 속으로 들어와
한창인 작약꽃을 빙글빙글 돌더니
아무것도 없는 허공을
혼자 훌쩍 날아올라 넘더니
비칠대는 온몸의 균형을 바로잡고
날아 넘은 허공을 뒤돌아본다
뒤돌아보며 몸을 부풀린다

-오규원, 「나비」 전문

　불을 만든 인간은 음식을 익혀 먹는다. 후박나무는 바람과 햇볕을 날것으로 먹고, 쥐똥나무는 불을 이용할 줄 모르므로 흙과 물을 익혀먹지 못한다. 날 음식을 먹는 것은 야만이고 익혀먹는 음식문화가 고급한 것이라는 생각은 인간의 오만과 편견에 의한 것이다. 개념과 은유가 익힌 음식이라면 날 음식은 사변화(思辨化) 이전의 사실과 현상이라 할 수 있다. 나비가 무슨 의미냐고 묻지 말라. 그 것은 곧 나비를 개념의 불로 익히는 꼴이 된다. 작약꽃이 한창인 아파트 단지의 초여름 정경을 그냥 날것으로 즐기기만 하면 된다. 그때 비로소 그대는 나비의 친구이다. 나비가 왜 제 몸을 허공에 부풀리는지를 알게 된다는 뜻이다.

그러나 2004년 9월 27일 내가 옮겨 심은 느티나무가 날것의 나무가 아닌 애달픈 혈육이듯, 한 많은 여인이듯, 내 어머니의 실루엣이듯, 느티나무 시린 어깨에 기대어 바라볼 때, 가지가 뻗으면 가지 안에 들어가 자리 잡고, 잎이 생기면 잎 안에 들어가 몸을 펴는 허공은 날것의 허공이 아니다. 지금 나는 등 시리고 어깨 허전해서 선생 시의 허공을 날것으로는 먹을 수 없는 것이다.

허공과 칼국수

허공엔 댓돌 위에 벗어놓은 내 어머니 하얀 고무신 있고, 하얀 고무신 신고 구만리 가노라면 북두칠성 있고, 북두칠성 아래 구병산 있고, 풀뿌리 잡고 기도하는 내 어머니 석 달 열흘 거기 있고… 나는 오래 전 어머니의 삶의 한 끝을 이렇게 노래했었다.

동해안 어느 바닷가에서 어머니는 미역을 파셨다 어머니 머리 위에 얹힌 미역의 긴 올을 거슬러 오르면 그 끝에 우뚝, 구병산이 있고 구병산 가파른 벼랑이 있고 벼랑 끝에 매어 달린 내 어머니의 석 달 열흘이 있다 산발치까지야 3시간이면 닿을 수 있겠지만 동해 바다에 몸푼 어머니의 미역은 길고 미끄럽다

두리번거리며 어머니

동해안 작은 마을을 서성이시고

밀려오는 파도 소리에 무명옷 적시며 저녁 맞으시고

참봉의 占卦가 펼쳐 든 바다

강보에 싸인 어머니의 그 바다

한스럽고 질긴 올을 거슬러 오르며 나는

수없이 미끄러져 발을 다친다

내가 어머니의 태몽 속 성난 멧돼지였던 구병산 어느 움막 속으
로 들어가기에는, 지난 40년이 너무 멀고 낯설다 대구에서 3시간
이면 구병산 날벼랑에 닿을 수 있겠지만 황간이나 영동 부근 어디
쯤에서 나는 차를 돌려야 할지도 모른다 길고 질긴 어머니의 미역
이 자주자주 핸들에 감긴다면, 두리번거리며 어머니 아직도 동해
바다에 계시고 바다에 몸 푼 어머니의 미역이 자주자주 헛바퀴를
구르게 한다면,

-강현국,「태몽」전문

석 달 열흘 뒤에 어머니의 아이들 있고, 끊이지 않는 병치레 있
고, 육이오 총소리 있고, 낙동강 있고, 피난 간 아버지 있고, 젊은 날
아버지 술주정 있고, 보리고개 있고, 낫과 호미 든 어머니 있고, 허
기진 날들 있고, 큰애야 누룩 좀 구해 오라 하시던 아마도 죽음을
예감하신 지난 봄 있고, 지문이 다 닳은 하얀 손 있고, 열 가지 약초
로 빚은 솔잎 동동주 페트병에 담아서 이 집 저 집 건네주시던 자애
와 연민의 눈빛 거기 있고, 다시 하얀 고무신 신고 구만리 가노라면

가슴에 묻어 둔 딸자식 있고, 나 몰라라 앞서 간 영감 있고, 철들지 않는 아이들 있고, 물가에 세워 둔 아이들 있고, 얘들아 감이 다 익었구나 울긋불긋 얼굴을 내밀었구나 어서 와서 따가거라 운전 조심하거라 아무 것도 필요 없다 그냥 오너라 어머니 손때 묻은 전화기 있고, 약봉지 있고, 휠체어 있고,

또 다시 하얀 고무신 신고 구만리 가노라면 구불구불 논둑 길 있고, 논둑 길 끝에 예배당 있고, 태산을 넘어 험곡에 가도…. 곡조가 똑 같은 찬송가 있고, 책갈피 다 닳은 성경책 있고… 여호와는 나의 목자시니 내가 부족함이 없으리로다 그가 나를 푸른 초장에 누이시며 쉴만한 물 가으로 인도하시는도다 내 영혼을 소생시키시고 자기 이름을 위하여 의의 길로 인도하시는도다 내가 사망의 음침한 골짜기로 다닐지라도 해를 두려워하지 않을 것은 주께서 나와 함께 하심이라 주의 지팡이와 막대기가 나를 안위하시나이다… 시편 23편 거기 있고, 주님의 지팡이 있고, 다시 또 하얀 고무신 신고 구만리 가노라면 2004년 7월 4일 일요일 있고, 마지막 식사 있고, 칼국수 있고, 내 등에 업힌 어머니 있고, 못 견디게 배 아픈 입원실 있고, 발동동 구르는 시골 병원 음습한 복도 있고, 비좁은 중환자실 침대 있고, "어머이 빨리 일어나셔서 칼국수 해주세요", "오냐 그러마" 고개 끄덕이시던 이승에서 나눈 마지막 대화 있고,

1917년 11월 11일부터 2004년 8월 6일까지 내 어머니 하얀 고무신 속 허공은 끝이 없는 구만리장천이어서, 자꾸 눈물이 나서, 배가 고파서 나는 지금, 고요의 남쪽 느티나무 가지 끝에 매달려 망

연자실하다. 쓸쓸한 바람, 고적한 달빛, 숨 멎을 듯 캄캄한 적막, 시린 별빛, 혹은 텅 빈 날의 외로움과 텅 빈 날의 그리움과 텅 빈 날의 기다림으로 가득한 허공, 너무 커서 헤아릴 수 없고, 너무 무거워서 껴안을 수 없는 어머니의 그날들, 기러기 울어 예는 찬 하늘 속에서 아직도 나는 망연자실하다. 어미 몸 다 파먹고 두리번두리번 제 어미 찾는 거미새끼처럼.

새가 날고 잠자리가 날고 꿀벌이 날면 허공은 새와 잠자리와 꿀벌이 되어 함께 난다. 부리와 날개와 침이 되어 반짝인다.

봄이 오면 그러할 것이다? 느티나무 움트면 그러할 것이다? 그날이 오면, 그리운 당신 몸에 푸른 잎 돋아나는 그날이 오면 그러할 것이다!

평화의 도구로 써 주소서

2010년 5월: 교회가 있는 고향 풍경

평화의 도구로 써 주소서

대구에서 발행되는 매일신문 2006년 1월 25일자 기사를 검색해 보라. 당신은 나에 대한 다음과 같은 두 건의 뉴스를 만나게 될 것이다.

대구교대 총장 강현국 교수 당선

제12대 대구교대 총장에 강현국(57) 교수가 당선됐다.

24일 치러진 총장선거에서 강 당선자는 3차 투표까지 가는 접전 끝에 48표(투표권자 94, 투표자 90)를 얻어 도명기 후보(42표)를 6표 차로 누르고 당선됐다. 이날 1차 투표에서 과반 득표자가 없어 치른 2차 투표에서도 강 당선자는 47표, 도 후보는 43표로 과반에 미달, 두 후보는 3차 투표까지 접전을 펼쳤다.

총장선거 사상 처음으로 선거관리위원회가 관리한 이번 선거는 별다른 잡음 없이 무난하게 치러졌지만 교직원 투표 참여비율을 두고 교직원들이 투표에 불참, 말썽을 남겼다.

이춘수 기자 zapper@msnet.co.kr

대구교대 새 총장에 강현국 교수

"국립대 법인화와 학교 이전 문제 등 대구교대의 현안에 능동적으로 대처하는 CEO형 총장이 되겠습니다."

24일 대구교대 제12대 총장 임용 후보자가 된 강현국(57) 국어과 교수는 "기쁘기도 하지만 무거운 책임감을 느낀다"며 "변화를 두려워하지 않고 발전의 기회로 삼겠다"고 밝혔다.

강 당선자는 이날 3차 투표(투표권자 94명, 투표자 90명)까지 가는 접전 끝에 48표를 얻어 총장 임용 후보에 당선됐다.

강 당선자는 경북대를 졸업하고 경북대 대학원에서 문학박사 학위를 취득, 1983년부터 대구교대에 재직하고 있으며 〈시와반시〉 주간, 지방분권운동 대구경북본부 상임위원 등으로 활동하고 있다.

"국립대 통폐합과 법인화, 대구교대 캠퍼스 이전문제 등 교대를 둘러싼 환경이 구성원들의 참여와 지혜를 필요로 한다"는 강 당선자는 "구성원들의 역량을 모으기 위해 태스크 포스 팀을 꾸리고 투표에 불참한 교직원들의 상처를 치유할 수 있도록 노력하겠다"고 말했다. 강 당선자는 교육인적자원부의 제청 절차를 거쳐 3월 1일부터 직무를 수행한다.

이춘수 기자 zapper@msnet.co.kr

나를 한낱 우리 시대의 마지막 로맨티스트쯤으로 기억하고 있는 당신은 위와 같은 예기치 않은 사태에 놀랄 것이고, 이 사태가 20년 넘도록 준비해온 은밀한 노력의 결과라는 사실을 눈치채게 된다면 당신은 나의 음험함에 치를 떨지도 모르겠다. 그러나 그것은 아무래도 상관없다. 중요한 사실은 내가 한 대학의 책임자가 되었다는 점이다.

대학교 교장

"아저씨, 대학교 교장 선생님 되셨지요!" 할아버지 손을 잡고 들길을 걷던 어린아이가 저만큼 떨어진 곳에서 나를 알아보고 반가움을 전했다. 섣달그믐, 그 때 난 논둑길을 지나 실개천을 건너 천천히, 아주 천천히 누이를 만나러 여수바우로 가는 길이었다. 아버지, 어머니 유택에 가서 신고를 마치고 산바람 속을 걷고 있는 중이었다.

선거 기간 동안 나는 틈나는 대로 아버지, 어머니 함께 누워 계신 당신들의 유택을 찾아 결의를 다졌었다. "엄마 일 가는 길에 하얀 찔레꽃, 찔레꽃 하얀 잎은 맛도 좋지, 배고픈 날 가만히 따먹었다오, 엄마 엄마 부르며 따먹었다오. 밤 깊어 까만데 엄마 혼자서 하얀 발목 바쁘게 내게 오시네, 밤마다 꾸는 꿈도 하얀 엄마 꿈, 산등성이 너머로 흔들리는 꿈"과 함께 그리움에 사무쳐 여러 차례 오열했다. 그때마다 당신들은 "마음을 강하게 하고 담대하게 하라"고 내 흔들리는 어깨를 다독여 주시곤 하셨었다.

대학교 교장 선생님! 눈이 까만 어린아이가 내게 건네준 이 말은 눈이 까맣게 살아 있었다. 기표와 기의가 미끄러지지 않아서 갓 익혀낸 찐빵처럼 모락모락 김이 났다. 어린 날 내가 그러했듯 아마도 그 아이에게 대학교는 세상 중에서 가장 큰 세상, 교장 선생님은 높은 사람 중에서 가장 높은 사람! 고관대작의 축전도, 연구실 앞에 도열한 축하 화환들도 어린 초동의 천진무구한 박수갈채를 가릴 수는 없겠다. 그날 난 세상에서 가장 크고, 세상에서 가장 높은 축하의 메시지를 받은 것이었다. 되돌아보니 내 생애 가장 행복한 순간이었다.

내포독자

내포독자(Implied reader)는 이른바 독자반응비평의 주요 용어 중의 하나이다. 이 말의 뜻을 간추려 말한다면 텍스트 안에 작자가 상정한 이상적인 독자이다. 그러니까 글쓰기란 내포독자에게 말 건네기이다.

작자의 간절함이 내포독자의 간절함과 호흡을 같이 할 때 그 글은 성공적인 것이 된다. 뭐 이따위 글이 있어! 지면 아깝잖아? 하는 반응은 텍스트 밖 작자와 텍스트 안 독자와의 호흡 불일치, 아니 이와 같은 단순 사실의 맹목이나 필자의 둔감과 무지에서 온다. 지금 내가 쓰고 있는 이 글에서 이따금 호명하고 있는 '당신'이 그와 같은 데, 내포독자는 실제일 수도 있고 가상일 수도 있다. 또 그것은 경우에 따라 관념일 수도 있고 사물일 수도 있다.

오늘은 내 자랑 좀 하겠다. 하늘이 70리 밖에 안 되는 곳에서 태어난 산골아이가 맨주먹 쥐고 도회로 나와 이 나라 수재들이 운집

하는 국립대학의 총장이 되었으니 나의 이 기고만장(?)을 당신은 한번쯤 눈감아 줄 수 있지 않겠는가.

글을 쓸 때, 말을 할 때 나는 일반적으로 설정하는 목표의 100% 달성에 만족하지 않는다. 초과달성을 꿈꾸고 또 그렇게 되도록 의도한다. 독자, 혹은 청중의 심리와 기대를 정확하게 읽어야 그것은 가능하고 문맥과 환경을 십분 활용하지 못하면 초과달성은 이룰 수 없다는 것을 경험을 통해 나는 잘 알고 있는 것이다.

시와 함께

2004년 6월 1일부터 같은 해 12월 30일까지 나는 어느 일간지에 1주일에 세 차례씩 '시와 함께'를 연재한 적이 있다. 보기 드문 롱런이었다. 이 글을 쓸 때 다음 사실을 명심했다.

신문에 실린 문학 이야기를 문학서적의 그것과 같은 태도로 읽는 사람은 없다는 것, 문학 전공자도 신문소설을 읽을 때는 서재를 벗어나 거실 소파로 자리를 옮겨 앉는다는 것, 신문은 말 그대로 新聞, News paper라는 것, 그러므로 신문의 독자는 문학개론이나 죽은 시인의 넋두리를 들으려하지는 않는다는 것, 서툰 인생론에 감동하는 현대인은 사라진지 오래 라는 것, 뿐만 아니라 이제는 아무도 필자의 허명에 끌려 다닐 만큼 어리석지는 않는다는 것, 나태를 은폐하기 위한 필자의 지적 현시에 속는 문화적 문맹은 더 이상 없다는 것.

가령, 유하의 「너무 오랜 기다림」을 텍스트로 한 어느 하루 분의 해설은;

너무 오랜 기다림

강가에 앉아 그리움이 저물도록 그대를 기다렸네
그리움이 마침내 강물과 몸을 바꿀 때까지도
난 움직일 수 없었네

바람 한올, 잎새 하나에도 주술이 깃들고 어둠 속에서
빛나는 것들은 모두 그대의 얼굴을 하고 있었네

매순간 반딧불 같은 죽음이 오고
멎을 듯한 마음이 지나갔네
기다림, 그 별빛처럼 버려지는 고통에 눈멀어
나 그대를 기다렸네

"매일 먹어도 물리지 않는 된장이나 김치처럼 그리움, 기다림, 또는 외로움 같은 정서들은 유행을 타지도 않고 시간의 침식을 받지도 않는 듯하다. 그것이 진정한 것이라면 모든 그리움은 멎을 듯한 마음의 흔적이며 누구에게나 기다림은 너무 오랜 기다림이다. 나는 지금 첫사랑의 무덤을 하염없이 쓰다듬는 검은 외투의 실루엣, 주술 깃든 여인의 젖은 눈을 보고 있다. 그리움이 저물도록, 기다림의 날들은 얼마였을까. 아마도 한평생이 걸렸으리라."와 같다.

이 글은 꼼꼼한 텍스트 읽기가 아닌 한평생 첫사랑의 무덤을 안고 사는 내포독자에게 보내는 내 간절한 편지인 것이다.

모니터링해보라. 내가 '시와 함께'를 연재할 때 그 신문의 독자는 늘었다. 그러니까 연재 기간 3개월을 넘기지 않는 자사의 편집 관행을 깨고 7개월이나 쓰도록 했다고 큰소리로 말해서는 안 된다. 필요하다면 7개월에 7개월을 더한다 해도 지나침이 있겠는가. 돌려먹기식 필자 선정은 공평이 아니라 저급을 부르는 평준화일 뿐이다. 산술식 공평함은 문화가 아니다. 가리어 선택하고 힘주어 집중할 수 있는 소신과 용기 없음이 이룰 수 있는 것은 아무 것도 없다.

집 잘 보세요

그날 총장 당선 축하연 자리는 구관모, 구광렬, 김경옥, 김성윤, 김수영, 김영근, 김정용, 김주희, 김지태, 김환식, 류시원, 박계해, 박미란, 박언숙, 서구자, 신태윤, 전영숙, 조향래, 조혜정, 차회분, 최규목, 최종이 등이 함께 하고 있었다. 이들은 나와 함께 문학의 외길을 손잡고 가는 참 쓸쓸한 분들, 홈페이지 첫 장에 촛불 켜놓고 총장 당선되기를 손 모아 빌어준 시와반시 문예대학 가족들이다.

남미의 태양을 머리에 이고 다니는 구광렬, 때맞추어 내 건강을 챙겨주는 식초 박사 구관모, 만권서로도 다하지 못할 삶의 아픈 서사를 가슴에 묻고 사는 김경옥, 술자리에서 참 편안한 이웃집 아저씨 김성윤, 시인 김수영처럼 번쩍이는 눈을 가진 김수영, 그날 부른 노래가 애절해서 술 한 잔 권하고 싶었던 김영근, 십년이 넘도록 삶의 형식이 늘 궁금한 김정용, "선생님 바쁘셔서 이제 잡지는 어떻게 해요" "걱정하지 말아요, 하루에 잠 두 시간씩만 줄이면 모두 잘 될 거예요" 『시와반시』가 삶의 이유인 김주희, 그의 흰머리카락까지도 열정의 불꽃으로 이글거리는 김지태, 몽골 초원의 바람냄새가 나는 김환식, 어느 날 내게로 와서 내 등짐을 스스로 나누어진 류시원, 눈에 잠긴 연민의 빛깔이 애처로운 박계해, 내 아버지 보이지 않는 혈관에 주사바늘을 꽂던 앎에 굶주린 박미란, 화장한 모습을 본 적이 없는 언제나 날(生) 것 같은 박언숙, 자운(紫雲)이라는 아호가 잘 어울리는 서구자, 너무 아픈 사랑은 사랑이 아니었음을 다 배웠다고 자랑하던 신태윤, 그러나 나는 그날 끝내 그 노래를 듣지 못했다. 머리에 풀꽃을 꽂으면 잘 어울릴 것 같은 전영숙, 마음속에 확 트인 신작로가 있는 조향래, 아마도 우리 문단에 큰일을 저지를 만한 내공을 쌓고 있는 조혜정, 어느 모임에서나 꼭 필요한 큰 엄마 같이 넉넉한 차회분, 아마도 골똘한 생각에 파묻혀 살고 있기 때문이리라, 한 번도 제 시간에 모임에 온 것을 본 적이 없는 최규목, 어떤 사태가 그에게 이르면 걱정도 없고 안 되는 것도 없는 옵티미스트 최종이, 그리고 누가 또 있었던가. 꽁지머리 이갑태를 초대해야 했었다.

"…시인의 자리는 하늘이 만든 것이고, 총장의 자리는 인간의 노력에 의한 것입니다. 시인이 더 높은 것입니다. 강교수 취임식 날은 문예대학 가족 모두 모여서 잔치 한 번 합시다…" 한 시인의 애정 어린 인사가 끝나고 나는 이렇게 고마움을 전했다. "…시인은 영원하고 총장은 한시적인 것입니다. 지금 제 마음은 집 떠나와 열차 타고 훈련소로 가는 것 같기도 하고, 나 없는 동안 집 잘 봐라 하고 장에 가는 길 같기도 합니다. 아무래나 집 잘 보세요!…"

어머니 안 계신 그 자리에서

주기도문으로 예배를 끝내고 교회 소식을 알리는 시간이었다. '강현국 성도 대구교육대학교 총장 당선을 축하합니다'라고 적힌 주보를 읽으며 전도사는 축하 박수를 권했다. 박수만 받고 끝낼 일이 아니었다. 박수 값해야겠네요, 마침 전기가 끊겨 소리 나지 않는 마이크 앞에 자진해서 섰다.

당신의 땅 위에 어머니께서 세우신 교회, 마침 설날이어서 모처럼 교인들이 예배당을 가득 채우고 있었다. 그게 무슨 큰 벼슬이라고 마을 입구마다 총장 당선을 축하하는 현수막에 당신들의 기쁨과 자랑을 내어 건 사람들 앞에서, 아저씨 대학교 교장 선생님 되셨지요? 하던 눈이 까만 아이 앞에서, 보은 땅 권사님네 주렁주렁 십이지파 가족들 앞에서, 그날, 그 순간, '형님!' 두 음절의 감탄사 뒷말을 잇지 못하던, 뒤늦게 신학을 꿈꾸는 막내 동생 가족 앞에서, 『카네기의 지도자론』과 『야베스의 기도서』를 제 형수에게 건네주며, 내가 들을만한 거리에서, 형님 드리세요, 상식적인 내용이지만….하던 사려 깊은 서울 아우네 가족이 차 밀리기 전에 가겠다며 떠나고 없는 자리에서, 몸무게가 1킬로가 빠졌다는 아내와 새로 나온 5천원권 지폐 20만원을 아빠 세뱃돈으로 쓰시라며 준비해온 딸 아이 앞에서, 아아, 어머니 서차례 권사님이 안 계신 그 자리에서 이렇게 말했다.

"제가 총장이 된 것은 하나님의 뜻이고 여러분들의 기도 덕분입니다. 정집사님 손자 아이가 말한 것처럼 대학교 교장 선생님, 국립대학교 총장 자리는 조금 높은 자리입니다. 기사가 딸린 승용차가 나오고, 20평이 넘는 집무실에는 저를 도와줄 비서가 따로 있고, 공무 출장을 갈 때는 수행비서의 보좌를 받습니다. 대구와 경상북도에서 의전 서열 세 네 번째 되니까 많이 높은 자리이지요. (얼마나 높은가 보다 더 궁금한 것은 월급 액수일 테지만 나도 잘 모르는 일이어서 알려 줄 수 없었다. 덕담을 했다. 덕담을 통해 고향의 중요성을, 시골의 가치를 계몽해야겠다는 생각이 문득 스쳤다. 당신 같으면 이런 경우 어떻게 말하겠는가)…. 연세 많으신 어른들께서는 오래 오래 건강하십시오. 시골의 맑은 공기가 돈으로는 구할 수 없는 보약이 될 것입니다. 도시에서 직장 일 하는 젊은 분들, 새해에는 돈 많이 버시기 바랍니다. 고향의 논과 밭에서 땀 흘리는 부모님 생각하면 왜 돈을 못 벌겠습니까. 우리 어린 학생들, 언제나 꿈을 잃지 마시기 바랍니다. 구병산 저 위 푸른 하늘을 생각하세요. 밤하늘 빛나는 별처럼 꿈을 설계하고 희망을 가꾸기 바랍니다. 고향은 삶의 뿌리입니다. 뿌리가 튼튼해야 잎과 열매가 튼튼하리라는 것은 자명한 이치입니다. 실개천 물잠자리와 논둑 길 패랭이꽃은 언제나 그 때 그 모습으로 우리를 반겨줄 수 있어야 합니다. 오솔길을 신작로로 바꾸려고 해서는 안됩니다. 고향을 지키는 것은 곧 자신을 지키는 것입니다."

이곳저곳에서 아멘! 소리가 들렸고, 대구에 가면 어깨 펼 수 있겠다고 누군가 지나는 말을 하는 듯도 했다.

오래된 약속

총장 출마를 결심한 날부터 나는 "오 주여, 나를 평화의 도구로 써주소서…"로 시작되는 성프란시스의 기도에 곡을 붙인 찬송가를 들으며 하루를 시작한다. 영정으로 쓰리라 90년 4월 6일 시골집 마당, 양지바른 의자에 죽음을 앞당겨 미리 앉아 계시던 아버지, 어머니 앞에, 그 염결하신 표정 속에 머리 묻고 …. 미움이 있는 곳에 사랑을, 아픔이 있는 곳에 용서를, 슬픔이 있는 곳에 기쁨을, 절망이 있는 곳에 희망을 심게 도와주소서…. 묵상에 오래 잠긴다. 한 평생을 그렇게 살아온 글쓰기의 사적 공간을 떠나 대학 행정 책임자로서의 공적 세계로 나아가려 하니 마음의 신발 끈 조여 매지 않고서야 여간 힘들 것 같지 않은 것이다.

다행히 지난 해 시월 이사 해온 집에는 큰 소리로 노래해도 방해되지 않고, 감정에 북받쳐 울먹인다 하더라도 남에게 들키지 않을 수 있는 내 서재가 있다. 서재뿐이랴. 집 이야기를 하려면 더 많은 시간이 필요하다. 아늑한 산발치에 25층, 남향으로 지은 아파트는 제 키가 뒷산의 8부 능선까지 닿아 있다. 24층이 우리 집인데, 훤하게 트인 넓은 창이 있어 동으로 용지봉에서부터 서로 대덕산에 이르기까지 광활한 산맥과 아득한 능선이 우리 집 정원이다. 고라니가 새끼를 치고 다람쥐가 도토리를 물어 나르는 뒷산 굴참나무 숲,

싱그러운 산 냄새가 코끝에 닿는 집, 세상에서 제일 좋은 우리 집 자랑은 다음에 시간 나면 하겠다.

머리가 아파서 오늘 나는 텅 빈 시간 속을 혼자 걸었다. 자판기 커피를 뽑아 마셨다. 살아있던 날들의 하늘과 햇살과 빗소리를 데리고 아마도 한 생명이 거기 묻혀 있으리라. 돌무덤 가 생명을 내려놓은 들풀들이 햇볕 속에 황폐했다. 봄이 오면 넝쿨 장미를 심어야겠다 마음먹었다. 내일은 국회의원 한 사람과 점심 약속이 있고 저녁에는 고등학교 동창회에 가기로 되어있다. 자판기 커피를 뽑아 마시는 것도, 꿈꾸던 집에 이사를 온 것도, 총장의 등짐을 걸머지게 된 것도, 따지고 보면 오래된 약속 같다. 사라져 그리운 것들에 대한 지금, 이 사무치는 그리움도 마찬가지이리라.

하늘을 두루마리 삼고

1992년 한식날: 아버지 유택에서

하늘을 두루마리 삼고

허심재를 오가며 살자고 했다. 그때 그날 이후 내겐 할 일이 없었다. 내가 고요의 남쪽이라고 부르는 변방, 아무도 돌보지 않는 곳, 능소화가 저 혼자 피었다 지고 분꽃 향기 은하수 따라 흘러가는 그곳, 지구의 한끝을 가꾸며 살자고 했다. 그때 그날 이후 세상은 나를 필요로 하지 않았다. 내가 초록의 빈 터라고 부르기도 하는 텃밭을 일구며 오순도순 사는 것도 나쁘지 않겠다고 했다. 그때 그날 이후 60년을 살아 온 세속이 싫었고, 얽히고 설켜 진창 속을 허우적거리는 인간관계가 두려웠고, 지금까지 살아 온 내 삶의 방식이 환멸스러웠다. 쓰레기를 줍고 잡초를 뽑고 철 따라 피고 지는 진달래 개나리 깽깽이 꽃과 함께, 실눈 같던 것들이 어느새 다 자라 날아다니는 잔디밭 메뚜기의 일대기를 신기해하며 그렇게 사는 것도 즐겁지 않겠냐고 했다. 그때 그날 이후 일에 대한 의욕도 세상살이에 대한 자신감도 눈 녹듯 사라지고 없었다.

아내가 말했다

모든 것이 마음먹기에 달렸다고, 관점과 가치관의 문제라고 말했다. 아무도 오지 않고 아무도 보지 않는 버려진 지구의 한 자락을 아름다운 꽃밭으로 가꾸는 일도 하나님의 눈으로 보면 무엇과도 바꿀 수 없이 소중한 일일 수 있으리라 말했다. 단호하고 분명하고 확신에 찬 아내의 생각과 의견에 공감했다. 아내의 의견과 생각은 바닥없는 절망과 끝 모를 슬픔의 큰 강을 건너서 왔으리라. 하루 일을 마치고 예배당 종소리에 고개 숙여 기도하는 밀레의 그림 '만종'이 떠올랐다.

여생

할 일이 없어, 할 일 없이 수성못 가를 산책하다가 S시인의 전화를 받았다. 그와는 마음의 거래마저 끊긴지 오래인 터여서 뜻밖이었다. 창간하는 잡지에 싣고 싶다며 시 두 편을 보내줄 수 있겠느냐는 내용이었다. 반갑고 고마웠다. 불타나던 내 전화기 잠든 지 오래이어서, 사람과 일에 대한 마음의 굶주림이 무엇으로든 제 배를 채워야겠다고 야단법석인지 오래이어서, 총장도, 교수도, 시인도 아닌 형님이라 호칭하는 후배 시인의 전화가 아무 것도 아닌 것이 아무 것이 되어 내 가슴에 따뜻하게 닿았다. 잔잔한 물여울이 청둥오리 떼를 유유자적 따라다녔다

  여생이란 낱말의 낯선 잠수함, 여생이란 낱말의 흐린 모닥불, 빈 들에서 날 부르는 쓸쓸한 저녁연기 여생이란 낱말의 한 뼘 양지녘, 봄비는 첫눈도 차마 그곳은 범하지 못하는 수성못 여생의 벤치로부터 진눈개비 잦은 벤치의 여생으로 유유자적 미끄러지는 물오

리 떼 본다. 가로등 불빛 아래 유유자적 제 집 찾아가는 산 그림자 본다. 이 밤도 깊었으니 나도 이제 유유자적 건널목을 건너야 하리. 여생의 아랫목으로부터 아랫목의 여생까지 시린 맨발 묻어야 하리.

　　맨땅에서 넘어졌다
　　커다랗게 아주 커다랗게 한 세계가 엎질러졌다
　　떨어져나간 팔다리의 기억이 우산을 쓰고
　　8시 정각에 지하철을 타러 간다. 오늘은 월요일.
　　　　　　　　　　　　　　-강현국,「낱말에 파먹히다-세한도·40」 전문

"지난 9월 외손자가 태어났다. 어쩔 수 없이 할아버지가 되었다. '여생'이란 말이 문득 나를 찾아왔다. 침략군처럼 '여생'이란 말이 내 삶을 가차 없이 포박했다. 내 살던 소돔성이 한없이 그리웠다. 돌아보면 안 된다고, 뒤돌아보면 죽는다고 내게 건네는 외손자의 옹알이가 눈물겹다."라고 시작 노트를 써서 번민도 수정도 없이 위의 시를 잡지사에 보냈다.

그때 그날 나는 맨땅에서 넘어졌다. 정신을 차려보니 일들로 덜거덕거리던 푸른 꿈의 날들은 멀리, 아주 멀리 사라지고 없었다. 헤어날 수 없는 사막이었다. 허공에 엎질러진 내 삶의 낱알들을 어떻게 주워담는단 말인가! 우울했다. 우울이 내 몸에 뿌리를 내리고 있었다. 피할 수 없다면 우울을 데리고 놀 수는 없는 것일까, 데리고 놀면 데리고 놀수록 키가 자라고 몸무게가 늘어 감당할 수 없는 날이 올 것이었다. 사람이 그리웠다. 외로웠다. 수사가 아니었다. 손과 발을 가진 그리움, 몸을 가진 외로움이 나를 덮쳐왔다. 모두들 어디로 떠나갔는지! 적막강산에 진저리쳤다. 캄캄한 터널 속을 손톱에 피 나도록 박박기었다. 동현이가 왔다. 저 먼 어디에서 크고 부드러운 손이 보내준 귀한 생명!

　　먼 산마루에 내려앉은 멍석만한 겨울 아침 햇살은 오슬오슬 추워 보인다. 이른 아침 어린이집 마루에 맡겨진 내 외손자 동현이처럼 아침 햇살은 잠시 겨울나무 숲을 머뭇머뭇 낯설어 한다. 마음은 제 어미 등에 업혀 꽃그늘 아장아장 꽃길을 가고 낯선 세상 방문 앞에 저 혼자 우두커니 서 있는 우리 동현이처럼 여기는 우리 집이 아니야 우리 집이 아니야 먼 산마루 햇살이 겨울나무 숲의 스산함을 부추긴다. 내가 화장실에 가서 조간신문을 읽고 오는 동안 멍석만한 햇살은 수심 찬 계곡과 환난의 검은 바위를 살같이 지나 어느새 수성구 지산동 일대를 환하게 장악하고 우리 집 베란다 가득 넘실거린다. 장난감 마차를 타고 꽃밭을 말 달리는 우리 동현이 파묻히는 웃음처럼 아니 그보다는 와인 잔에 찬물 붓고 할아버지와 쨍! 할 때 찰랑찰랑 넘치는 기쁨처럼 그 때 그 해맑은 눈빛 너머 철새들의 이동을 이용해 내게로 온 어린왕자처럼.

　　쨍!
　　얼음장에 금가는 소리의 말발굽 먼 산을 넘어 가네

-강현국, 「동현에게-세한도 · 53」 전문

전갈

중요한 것은 심리적 공황 상태, 끝이 보이지 않는 사막의 날들을 벗어나는 것이었다. 문제는 전갈이다. 전갈에 물려 날개를 잃고, 갈 길을 잃고 전갈에 물려 맨땅에 처박힌 나 자신을 일으켜 세우는 일이었다. 전갈은 어디로부터 오는가? 물리면 죽는 전갈의 독, 그 정체는 무엇인가? 우리는 어떻게 전갈의 침략으로부터 해방될 수 있는가? 어디서 읽었는지 기억할 수 없지만 아래에 소개하는 짤막한 우화를 통해 보면,

어느 날 강어귀에 도착한 전갈은 강을 가로질러 가길 원했으나 부근의 어디에서도 다리를 발견할 수 없었다. 그는 근처에 앉아 있던 개구리에게 다가가 자신을 등에 태워 강을 건네 줄 수 없겠느냐고 부탁했다. 하지만 개구리는 전갈이 독침으로 자신을 쏠지도 모른다고 생각했기에 이를 거절했다. 전갈이 말하길, '자신이 독침으로 개구리를 쏜다면 둘이 함께 가라앉아 죽을 것인데, 그건 바보나 하는 일이 아니냐'라고 했다. 개구리는 이 말에 일리가 있다 싶어 실어다 주기로 허락했다. 하지만 강을 중간쯤 건넜을 때, 전갈은 개구리를 쏘아 즉사시켰고 이어 자신도 물에 빠져 죽고 말았다. 무엇이든 움직이는 것을 쏘고 싶은 본성을 스스로도 어찌할 수 없었기 때문이었던 것이다.

전갈은 사막에 살고 있는 벌레이기도 하고 무엇이든 움직이는 것을 보면 쏘고 싶은, 스스로도 어찌 할 수 없는 본능이기도 하다. 전

같은 숲에도 있고 술집에도 있고 공원에도 있고 너에게도 있고 나에게도 있다. 전갈은 적든 많든, 크든 작든 누구나 가지고 있다. 전갈은 안에도 있고 밖에도 있다. 전갈은 스스로를 쏘아 죽이기도 하고 죄 없는 타인을 쏘아 죽이기도 한다. 보다 무서운 전갈은 완성된 개체로 고비 사막에 살고 있는 벌레가 아니라 현실상황과 앞뒤 문맥의 관계에 의해 삶의 과정 속에서 형성되는 전갈이다. 육안으로는 볼 수 없으니 아차! 하는 순간에 당하기 십상이니까.

되돌아 보건데 나는 이유 없이 오만했고 이유 없이 안이했다. 대책 없이 교만했고 대책 없이 나태했다. 오만과 교만은 전갈의 어미이고 안이와 나태는 전갈의 먹이이다. 당신과 주고받는 말은 전갈의 숙주이다. 전갈에 물려 죽어가면서도 무엇하나 어쩌지 못하는 자신이 부끄러웠다. 가족들은 물론 나를 알고 있는 모든 사람들에게 미안하고 송구했다. 마침내 나 자신에게까지 송구하고 면목이 없어 어찌할 바 모르는 괴로운 날들이 견디기 힘들었다. 아내의 다독임과 애절한 기도가 없었다면 나는 미쳐버렸거나 죽었을 것이다.

하루 같기도 하고 십년 같기도 한 2007년은 가혹했다. 나와 상관없이 꽃 피고, 나와 상관없이 녹음 우거지고, 나와 상관없이 낙엽지고 눈 내리고 언제 한해가 갔는지, 어떻게 한해를 살아왔는지 2007년은 참혹했다. 그러나 아내는 울지 않았다. 지금껏 애지중지 길러온 한 평생을 주워 담지 못하도록 엎질러버리고도 대책 없어 하는 무기력한 남편을 탓하지 않았다. 오직 내 한숨 소리를 못 견뎌할 뿐 처참한 남편의 처지와 몰골을 이해하고 위로해 주었다. 신앙으로 다져진 내공의 힘 때문이었으리라. 믿어지지 않는 내 삶의 사태는 하나님의 기획이라고, 하나님이 당신을 사랑하는 것이 분명하다고 절망의 순간들을 다독여 주었다. 고난과 시련은 복을 주시기 위한 하나님의 의도라고 일러주었다. 아내의 충고와 위로는 확신에 차있었다. 지금 부르지 않으면 다시는 아버지 곁으로 돌아오지 못할 것 같은 하나님의 사랑이 내가 처한 현실을 있게 한 원인이라고, 더 큰 복을 주기 위한 하나님의 역사라고, 하나님은 당신을 더 크게 사랑하시는 듯하다고 되풀이해서 낭패감에 사로잡힌 나를 위로해 주었다. 아내의 이야기에 제기할 이의는 없었다. 길은 어디에도 없었다. 사방이 캄캄한 벽에 가로막혔으니 출구는 오직 하늘 쪽 뿐이었다. 문제는 날개이다.

지리산 눈바람

나는 고립무원의 철저한 외로움에 숨이 막혔다. 사자 굴을 향하는 듯한 내 출근길을 아침마다 찾아와 안간힘을 보태어주던 막내아우까지 서울로 직장이 이동 되고, 산후조리를 끝낸 딸아이도, 잠에서 깨어나면 제일 먼저 보고 싶었던 외손주 동현이도 제 집을 찾아가고 죽으나 사나 내 곁에는 아내 밖에 없었다. 주일 예배만 잘 드릴 수 있으면 좋겠다고 기도했는데 새벽 기도까지 함께 가게 되었다며 고마워했다. 살다보니 이런 날도 있다며 아내는 범사에 감사했다. 하루 종일 할 일 없이 멀쩡한 사람이 집에 있는 게 답답하지 않느냐고 물으면 지금이 훨씬 더 편안하고 행복하다고 주저 없이 말했다. 세속의 즐거움에 탐닉하는 날들의 근심 걱정, 잘 나가는 세속적 성취를 경계 없이 좋아하던 순간들의 두려움이 없으니 오히려 잘되었다고, 당신을 위로하기 위해 꾸며서 하는 말이 아니라고 사족을 달기도 했다.

"항상 기뻐하라 쉬지 말고 기도하라 범사에 감사하라 이것이 그리스도 예수 안에서 너희를 향하신 하나님의 뜻"이라는 말씀을 믿고 실천하는 아내가 부러웠다. 아내의 나에 대한 불만은 간단하고 짤막했다. 삼십 여 년 동안 퍽 외로웠었다는. 짤막한 문장 속엔 얼마나 긴 이야기가 들어 있을 것인가! 하루 세 끼 함께 식사하고, 함께 산책하며 삶의 애환을 진솔하게 나누고, 잠들기 전에 성경을 함께 읽고 주기도문을 함께 외고…. 세상의 덧없는 부귀공명으로부터 벗어날 수 있음을 축복으로 여겼다. 멀리 멀리 집을 떠나 허랑방탕 가진 재산 탕진하고 돌아온 둘째 아들에게 살찐 송아지를 잡아 잔치를 벌이는 누가복음의 하나님처럼 더 늦기 전에 영원한 내 집으로, 하나님 말씀 곁으로 돌아온 나를 진심으로 반겨주었다. 세속에서 누리던 모든 것을 잃어버리고 돌아온 나를 향해 이제 망했다고 머리 싸매고 몸져눕는 아내였다면 나는 어떻게 되었을까. 언젠가 자신의 자존심을 짓밟힌 한 CEO가 한강으로 뛰어들어 세상을 버렸다는 뉴스가 문득 스치기도 하였다.

지리산 두레마을 신년 기도회에 갔다. 좀 더 다르게 새해를 맞고 싶었다. 삶의 패턴에 변화가 있어야 했다. 2박 3일간의 기도회는 맑고 따뜻한 영혼의 회복을 주제로 진지하게 진행되었다. 여느 교회의 분위기와는 사뭇 다르게 지적이고 경건한 분위기가 마음에 들었다. 큰소리로 울부짖음으로써 성령의 임재를 느끼고, 부르짖는 기도를 통해 은혜를 받으려는 예배 방식에 늘 회의적이었던 내게 지리산 기도회는 잊을 수 없는 체험이 되었다. 우리가 이 세상에 온 이유, 혹은 삶의 궁극적 가치는 무엇인가? 그 이유와 가치의 해답 찾기는 어떻게 하는 것인가? 문제는 영성의 회복이다. 하나님께 다가가 하나님 품에 안기고, 마침내 십자가에 못 박힌 주님과 하나가 되는 것. 산상 수훈 중 여덟 가지 복에 대한 강해가 있었다.

"청결한 사람은 복이 있나니 저희가 하나님을 볼 것이요"가 내겐 가장 받고 싶은 복이었고, 아내는 "애통하는 자는 복이 있나니 저희가 위로를 받을 것"이라는 말씀이 제일 가슴에 닿는다고 했다. 크든 적든 위로에 인색했던 지난날이 되돌아 보였다. 함께 살아온 지 30여 년, 애통해하는 아내의 마음을 읽지 못한 나의 우둔함이 가슴 아팠다. 옮겨 심은 나무는 뿌리를 제대로 내릴 때까지는 참고 견뎌야 하는 법이라고 시집간 딸아이의 고충을 위로하곤 했다. 아내의 이야기를 어깨 너머로 들으며 자신의 젊은 날 시집살이가 얼마나 힘들었으면 저렇듯 적절한 비유를 만들게 되었을까! 부끄러웠다.

하나님을 보고 싶었다. 성령의 임재를 뜨겁게 느끼고 싶었다. 오만과 안이의 먼지가 두텁게 덮인 마음의 창을 얼마나 닦아야, 교만과 나태의 해묵은 먼지가 덕지덕지 붙은 내 영혼의 창을 얼마나 닦아야 하나님을 볼 수 있는 청결한 사람으로 다시 태어날 수 있을까? 지리산 눈바람은 차가웠다. 커다란 예배당 한쪽 구석에 누워 나는 오늘 밤 꿈속에서 하나님을 만날 수 있었으면 했다. 말도 안 되

는 욕심임을 모르지 않았지만 하나님 품에 안겨 단잠을 자고 싶었
다. 수면제를 챙겨오지 않았으나 잠 못 들어 고생할까 걱정하지 않
았다. 이불 속에서 듣는 지리산 찬바람 소리가 하나님의 음성일지
모른다는 생각이 들었다. 마음이 평안해서 단잠을 잤다. 지리산 눈
바람이 나를 잘 재워주었기 때문이었다.

그날

그날은 올 것이다. 그때 아버지처럼 하얗게 늙은 내가, 그때 어머
니처럼 하얗게 늙은 아내와 함께 감꽃 그늘에 앉아 그날 그때 사막
의 날들을, 살아온 날들의 옛이야기를 흐린 기억으로 더듬어 보는
그날은 올 것이다. 기억 속의 발자국이 아무리 험악한 것이었다 하
더라도, 더듬어도 아프지 않는, 그 또한 꿈결같이 흘러간 우리 삶의
도막일지니 강보에 싸인 갓난아이처럼 조심조심 들여다보는 그날
은 올 것이다. 황제 펭귄이 되어야 하리라.

　물고기 사냥을 마친 다른 펭귄들이 떠나가고 어미 펭귄만 홀로
남았다. 절뚝거리는 걸음으로 걷다가 힘에 겨워진 어미 펭귄은 얼
음 위에 배를 깔고 미끄러지며 계속 앞으로 나아갔다. 펭귄이 지나
간 흰 얼음 위에 다리와 날개에서 흐른 선혈이 스몄다. 그 어미 펭
귄이 기필코 찾아간 곳은 자신의 새끼가 기다리는 곳이다.
　황제 펭귄의 무리 가운데는 수많은 새끼들이 있었다. 내 눈에는
모두 똑같았다. 그러나 상처 입은 어미 펭귄이 구슬피 울며 자신의
새끼를 부르자 잠시 후 새끼 한 마리가 그 어미 앞으로 다가왔다.

어미는 즉시 입을 벌려서 새끼에게 먹이를 먹이기 시작했다.

그 장면을 보는 내 눈에 눈물이 고였다. 상처 입은 어미 펭귄이 필사적으로 살아 돌아온 유일한 이유는 오직 그 새끼 때문이었다. 서둘러 새끼에게 먹이를 먹이는 모습을 보면서 자신의 상처를 돌아보지 않고 오로지 배고픈 새끼를 돌보기에 여념이 없는 어미의 애타는 마음이 느껴졌다. 자신이 죽으면 그 새끼의 생명을 보전할 방법이 없기에 어미는 날카로운 바다표범의 이빨에서 벗어나 피 흘리는 몸을 이끌고 새끼를 찾아 돌아 온 것이다

바다표범에게 물리는 그 순간에도 뇌리를 스치는 생각은 먹이를 기다리며 점점 생명이 꺼져가고 있을 자신의 새끼였을 것이다. 문득 나는 이 상처받은 어미 펭귄의 모습에서 하나님의 이미지를 보았다. 예수님의 십자가 사랑이 어미 펭귄의 상처와 오버랩 되었다. 하나님은 어미 펭귄의 그 사랑이 어떤 것인지 알고 계셨다. 그 펭귄을 만드신 분이시기 때문이다. 하나님은 동물들에게도 당신을 따라 모성애와 부성애를 만들어 넣으셨다.(이용규, 『더 내려놓음』)

그날이 오면, 해가 바뀌고 공화국이 바뀌어도 세상 소식이 궁금하지 않는 그날이 오면, 수많은 소금기둥이 흔적 없이 사라진 그날이 오면 왜 사냐건 웃을 수 있으리라. 천사의 날개옷을 입을 수 있으리라.

南으로 窓을 내겠소.
밭이 한참갈이
괭이로 파고

호미론 김을 매지요.

구름이 꼬인다 갈 리 있소.

새 노래는 공으로 들으랴오.

강냉이가 익걸랑

함께 와 자셔도 좋소.

왜 사냐건 웃지요

-김상용, 「南으로 窓을 내겠소」 전문

하늘을 두루마리 삼고

〈혼자 가는 먼 길〉을 연재하겠다고 2001년 봄 나는 "그것은 배고픈 날들의 낱말 뜻이다. 외로운 글쓰기의 은유이거나 다시 그것은 비 내리는 정거장 두근거리는 시간의 발자국이다. 하늘까지 구십 리 밖에 남지 않은 그곳 사물들, 하늘까지 칠십 리 밖에 남지 않은 그 때 사람들 머리맡 알약처럼, 초록의 빈터를 기다리고 있으니 산그 늘 내려와 텃밭이 더 어두워지기 전에 이제 나는, 사랑하는 당신을, 혼자 가는 먼 길. 고요의 남쪽에 초대해야 한다."라고 썼었다. 그러 나 나의 무능은 사랑하는 당신을 고요의 남쪽에 예의를 갖추어 제 대로 초대하지 못했다.

"하늘을 두루마리 삼고 바다를 먹물 삼아도 그 크신 하나님의 사 랑 다 쓸 수 없다"는 내 어머니 생전에 즐겨 부르시던 찬송가처럼, 감사와 회한의 눈물지으시며 부르시던 찬송가 404장 속의 어머니처럼 하고 싶은 말 태산인데 연재를 마치려 한다. 내 마음 속엔 아직도 원망과 분노와 후회와 자괴의 모난 돌멩이가 자주 덜거덕거리고, 박탈의 허망감과 버려진 자의 서러움이 그림자처럼 내 몸을 떠나가지 않으니 어쩌겠는가. 온유와 겸손이 초록의 빈 터에 가득하고 꿈과 사랑이 고요의 남쪽을 흘러넘치는 그 날을 위해 기도하겠다. 만나고 헤어지고 다시 헤어지고 다시 만나던 시간의 동구 밖 그 언덕도 고요의 신발을 신었으리라. 상처 아물고 우울의 그늘 지워지는 그날이 오면 나 사는 세상 고요하리라. 하나님을 만날 수 있으리라. 아침을 알리는 새들의 노래에서, 피고 지는 꽃들의 빛과 향기에서, 가을되면 낙엽 지는 느티나무가지의 흔들림에서, 밤새 내리는 함박눈에서 들은 하나님의 이야기를 마음 다친 당신에게 귀띔할 수 있으리라. 고요가 내 몸에 뿌리를 뻗고 잎을 피워 고요의 몸을 얻을 수 있으려면 사투의 빙벽을 넘어가야 하리라 날개를 다친 황제 펭귄처럼. 그 길은 멀어 혼자갈 수밖에 없고, 혼자갈 수밖에 없으므로 먼 길임을 모르지 않는 것이 나를 슬프게 한다.

이 글의 독자들인 사랑하는 당신의 아름다운 꿈과 넉넉한 평안을 위해 기도하겠다. 겨자씨만한 믿음이 태산을 옮길 수 있다했으니, 사노라면, 그래그래 사노라면 언젠가 고요의 남쪽에서 우리 함께 다시 만나 오래된 와인 한잔 나눌 수 있으리니… 샬롬!

어허, 가을

2011년 11월: 구병산 정상에서

어허, 가을

지금 그 사람 이름은 잊었지만 누군가 나를 가을 남자라고 부른 적
이 있었다. 깃 세운 버버리 코트 너머 찬바람을 보았거나 취한 날의
황폐에서 가을 냄새를 맡았거나 아니면 자주 낭패한 내 일상의 표
정 뒤에서 저무는 석양을 읽었으리라. 그렇다. 한때 나는 가을 남자
였고 지금 나는 가을 남자이고 나는 앞으로도 도망칠 수 없는 가을
남자일 것이다. 턱없이 순박하거나 철없이 행복한 사람이 아니라
면, 푸른 하늘이나 혹은 큰길가 코스모스에 가슴 베인 적이 있는 당
신이라면 가을은 젖은 낭만 저편 앙상한 현실임을 안다. 자코메티
가 만든 개의 형상을 한.

배가 고프다

옛 글에 기대어 라고 썼다가 어허, 가을이라고 고쳐 쓴다. 두 시간
이 걸렸다. "세상사 흉흉하여 잠못드는 밤 많을 때, 잘못 살았구나
잘못 살아왔구나 들녘 풀잎들이 땅바닥 두드리는 소리 가까이 들릴
때, 앞 뒤 바뀌고 주객 헷갈려 난장판 된 일상을 가슴 아파할 때, 악
다구니 쓰는 나를 데리고 찾아가는 곳, 근본에 대한 생각. 눈 뜬 자

의 이승은 허방뿐이고 잠 깬 자의 삶이란 모름지기 갈증일 따름임을 배우고 싶어서, 깨닫고 싶어서, 그래그래, 악다구니 쓰는 나를 다독이고 타이르며 잠못드는 밤 많을 때"…로 시작되는 한 젊은 시인의 작품에 대해 오래 전에 썼던 글을 뒤적이다가 아니야, 아니야 하는데 두 시간이 걸렸다. 배가 고팠다. 감자라면을 끓여먹고 포도 두 송이를 따먹었다. 다시 커피를 마시고 로스트로포비치의 첼로를 큰 소리로 틀었다. 드보르작 첼로협주곡 b단조 104번. 서른 살 므스티슬라프 로스트로포비치의 첼로, 뻔뻔스러울 정도로 당당한 오케스트라를 단칼에 제압하는 저 카리스마는 어디서 오는 걸까. 적막의 가장 깊은 곳을 거니는 자의 뒷모습을 한 고적한 음색 때문이리라 생각한다. 휴대폰도 터지지 않고 인터넷도 닿지 않는 삼 백리 밖에 나는 혼자이다. 통나무 책상 앞에 혼자인 나는 당연히 떨어지는 나뭇잎 소리에도 제압당한다.

무심한 새 한 마리 차창에 부딪쳐
눈앞이 잠시 캄캄해진다 라고 썼다

캄캄한 망토 속에, 오래
머물렀다

알리바이는 입증되지 않았다

가을이 다 가도록 아무도 없는 거기
검은 상복 입은 구병산이 있었다

캄캄한 망토 속 상복 입은 구병산을 찾아내는데 다시 두 시간이 걸렸다. 두 시간 동안 나는 수성구 지산동을 다녀오고 송현동 사무실을 다녀오고 벽에 걸린 장영일 화백의 판화 속 튤립 밭을 지나 네덜란드, 어느 지하철역을 서성거렸다. 캄캄한 망토 속엔 생각보다 많이 아픈 아내가 살고, 같이 한 잔하고 싶은 친구들이 살고…. 어허, 가을이어서 한 예술가의 묘연한 행적이 오늘따라 검은 상복 입은 구병산처럼 근심스럽다.

맨발의 비애

"선생이 내 자형이라면 그냥 있지 않겠어요. 뭐 이런 사람이 있냐고… 욕했겠어요."라며 진료를 마친 한의사가 느닷없이 내 마음의 뺨을 후려갈겼다. 내 무심함의 삼십 년이 오래, 그리고 속 깊이 화끈거렸다. 아내의 몸은 기둥은 기울고 서까래는 어긋나고 대들보는 무거워 쓰러질 지경이라며 혀를 찼다. 언제 쓰러질 줄 모르는 집에서 뱃속 편하게 비를 피하고, 쓰러질 지경의 집으로 자주 찬바람을 몰고 오고 쓰러져 가는 집에 자물쇠 채워두고 내 혼자 몽고평야를 오냐, 너 잘났다 싸돌아다녔던 것; 맨발의 비애, 비애의 맨발.

잠든 아내의 맨발을 물끄러미 바라보고 있노라면 눈물 난다. 무거운 등짐 지고 캄캄한 버들개를 넘어온 맨발, 언제 꽃 피는 봄날 있었던가. 일주일에 한 차례씩 일백 다섯 통의 편지를 보내 내 암울

했던 군대생활을 지켜 준 여자, 우리 주고받은 편지 속에 복사꽃 피고 휘파람새 노래하는 봄날 있었던가. 자정이 넘도록 일초 일초 시간을 헤아리며 대문 열어두고 까치발 세우던 맨발, 언제 푸른 바다 넘실대던 여름날 있었던가. 나는 왜 조금 더 빨리 오늘도 걷는다마는 정처 없는 이 발길을 되돌리지 않았던가. 나는 그 때 왜 백미러에 담긴 한적한 바닷가 평화로운 수평선을 함께 바라보는 데 그토록 인색했던가. 잠든 아내의 맨발 물끄러미 바라보고 있노라면 사는 것이 허망해서 눈물 난다. 그 때 왜 나는 무거운 아내의 시장바구니를 들어주지 않았던가. 발 동동 계단을 오르내리고 발 동동 시장을 편의점을 들락거리고 발 동동 대학 간 아이의 하숙집을 구하러 다니던 맨발, 언제 주렁주렁 열매 달린 가을 날 있었던가. 내 글 속에 자신의 몸체는커녕 그림자도 없는 것이 조심조심 섭섭한 사람, 딸 아이 첫 월급 선물을 받고 밤잠을 설치던 사람, "1975년 2월 대학 문학동아리 시화전 때 삽화를 그림으로 알게 되었던 전교숙과 결혼. 대구시 소재 성광중 고등학교로 직장을 옮김"이라고 쓰여 있는 어느 잡지 속 내 연보의 깨알 같은 한 구절을 처음 받은 주민등록증처럼 신기한 듯 뚫어지게 바라보던 소박한 사람, 언제 함박 눈 내리는 겨울 날 있었던가. 두메산골 가난한 종갓집 맏며느리에게 책임과 의무 밖에 달리 무엇이 더 있었겠는가. 넘어질 듯 넘어질 듯 빙판 길을 걸어 온 맨발의 비애, 비애의 맨발. 나는 언제나 황제였고 맨발의 주인은 충실한 시녀였다.

기둥은 기울고 서까래는 어긋나고 대들보는 무거워 쓰러질 지경으로 쇠락해버린 낡은 집을 지탱해온 힘의 원천은 넘치는 사랑, 커다란 모성이었겠다. 바다까지 이르는 사랑의 연민, 그것은 얼마나 고귀하고 숭고한가. 말없이 흐르는 모성의 비애, 그것은 얼마나 아름답고 힘이 센가. 바람뿐인데, 할 수 없이 구슬픈 귀뚜라미뿐인데 개들도 배가 고파 적막강산을 물어뜯는다. 감나무 잎을 헤집고 아흐레 반달이 창문을 들여다보는 것도 배가 고파서이다. 보름 전 꽂아 둔 아내의 여뀌 꽃이 식탁 위에서 폭삭 시든 것도 마찬가지다.

고요의 남쪽이 제 집인 나비, 혼자 사는 내 어머니의 자식이자 말동무인 나비, 멸치를 좋아하는 나비, 내 말을 잘 알아듣는 나비, 나비야 부르면 어디선가 야옹 나타나는 나비, 심심하면 툇마루에서 햇살을 가지고 혼자 노는 나비, 나하고 친한 나비, 길 떠나는 나를 대문 밖까지 따라 나와 배웅해 주는 나비, 나비가 새끼를 낳았다고 어머니는 기뻐하신다. 밤 깊어 추운데 어디서 제 새끼를 껴안고 자고 있을까. 모성, 그 따뜻한 비애가 잘 보인다. 아주까리 잎사귀가 시들었기 때문이다.

돌체에서 송현동까지

"어디고?" "야간 수업 때문에 밖에서 저녁 먹고 있어" "그거 통과됐다 하던데…" 친구의 목소리가 떨떠름했다. 대구시 문화상을 받게 되었다는 소식을 나는 그렇게 떨떠름하게 전해 들었다. 처음엔 나도 떨떠름했다. 한참 지나서 조금 기뻤다. 그리고 오래 허망했다. 가을바람 우수수 내 어깨를 스쳤다. 설명하지 않아도 나는 그의 목소리가 왜 떨떠름한지를 안다. 그것은 성취 뒤의 겸연쩍음을 피해가

기 위한 시치미 문제만은 아니다. 아주까리 잎사귀가 시들어 잘 보이는 것이 어찌 따뜻한 모성의 비애뿐이랴. 갑남을녀의 땡감 씹은 표정이 잘 보이고 끝없이 게걸스러운 장삼이사의 술자리가 눈에 훤하다. 한동안 우리는 비뚠 입을 가진 사람들의 값나가는 안줏감일 터, 떨떠름한 목소리의 내포와 외연을 씹히는 데 이골이 난 그와 나는 잘 안다. 떨떠름함 속에는 그와 나를 이어주는 방언처럼 친근한 울림이 있다. 미안하고 고마웠다. 그는 나에게 늘 관대했고 나는 그에게 자주 짜증을 냈다. 되돌아보건대 그는 내 일을 자신의 일처럼 챙겼지만 나는 그에게 턱없이 무심했다. 전생에 무슨 채권 채무 관계가 있었던 사람들 사이처럼. 업장을 소멸하고 인연의 굴레를 벗어나 훨훨 구름이 되고 싶은 사람들처럼.

무슨 인연이란 말인가. 세상사 구비 구비 곡절도 많았지만 돌체에서 송현동까지 30년이 넘도록 우리는 함께였다. 문학청년 시절 유리컵에 막걸리를 마시던 목로주점 돌체에서부터 문학잡지를 만들고 있는 요즘의 송현동 사무실에 이르기까지 헬 수 없는 날들의 우여곡절을, 그와 내가 나누어 가졌던 배고픔과 외로움, 그와 내가 함께 했던 분노와 슬픔, 아니 그와 내가 다투었던 날들의 더 많은 상처의 기억들, 어찌 다 들출 수 있겠는가. 가을이 깊어서 새삼 지난날이 되돌아 보인다.

통기타와 청바지와 생맥주가 퍽 멋져 보이던 그때 우리는 돌체에서 만나 옥천집과 옥이집과 향촌동과 쉬어가는 집을 드나들었다. 날고구마와 삶은 번데기와 볶은 콩과 막걸리의 밤은 빨리 깊어갔

288

다. 밖에는 궂은 비 오고, 젊은 날 술자리는 한없이 흥겨웠다. 가정교사하러 가야하는 나는 친구에게 붙잡히고, 다시 "비오는 어느 날 밤 고향 길 밤차에서"를 부르고 일어서는 친구는 내게 잡혔다. 가정교사 시간도 칠곡행 열차도 모두 놓쳐버린 우리는 통금에 쫓겨 내가 다니던 대학 캠퍼스 시계탑 아래 취한 몸을 누웠었다. 그와 나는 그렇게 만났다. 별일이 다 있었다. 십여 년 전 어떤 문학단체를 도모한 적도 있었다. 기존 문학판의 구태의연을 개혁해 보려는, 지금 와서 생각해 보면 가히 만용에 가까운 무모함을 범한 적이 있었다. 코피 나는 선거전 마지막 날 승리를 자신한 우리의 손안에서 성취와 소유의 기쁨은 잠시, 파랑새는 심하게 파닥이다 이내 죽었다. 투표가 끝나고 다섯 표 차이로 패배를 확인한 그 자리에서 흘낏 바라본 덧없는 착각의 순간 그의 눈빛을 나는 지금도 잊을 수 없다. 그때 흘린 코피의 힘에 의해 문예대학이 세워지고 그때 그와 나를 덮쳐온 덧없음의 힘에 의해 『시와반시』가 이 땅에 태어났다. 그러나 어느 날부터인가 그의 이름을 기억 속에서 지워야 했다. 무슨 인연이란 말인가.

김훈의 말처럼, 인간은 욕망을 사회경제적으로 정당화하고 정당화 된 욕망을 제도화함으로써 낙원을 지향할 수도 있지만, 욕망의 뿌리를 제거함으로써 낙원을 지향할 수도 있다. 생각건대 어찌 낙원이 인간세의 것이랴.

화가 장영일

어떻게 되었을까. 그는 바람 같은 사람이었다. 어디 있을까. 예전에 그랬듯 어느 날 불쑥 나타날 수 있을까. 한 화가의 가난했던 삶의 오리무중이 왜 이리 궁금하고 걱정되고 그리울까. 상복 입은 구병산이 왜 오늘따라 그와 겹쳐 보일까. 혼자 가는 먼 길에 심어둔 아주까리 잎사귀가 시들었기 때문이리라. 어느 해 가을 나는 그의 전시회 팜플렛에 화가 장영일은 간이역을 닮았다고 썼었다. 낙엽 냄새가 나던 그가 보고 싶어 옮긴다.

화가 장영일은 간이역을 닮았다. 시와반시사에서 운영하는 문예대학에 문학 공부하러 온 그를 처음 만났을 때도 그랬고 문예대학을 수료한지 일년여가 지난 지금도 그러하다. 그는 간이역처럼 한적하고, 스산하고 나이답지 않게 수줍음을 탄다. 그의 수줍어함은 남다른 것이어서 그와 함께 있노라면 함께 있는 자신마저 수줍어짐을 느낀다. 삶의 애환을 보내고 맞이하는 간이역이 스스로 자신의 드러냄을 아침 햇살 속에 수줍어하듯이 화가 장영일은 어쩌면 생래적으로 간이역을 닮은 듯하다.

오래 적조해서 그에 대한 기억이 흐릿해진 어느 날 그는 조심스런 절차와 여러 차례의 허탕을 거쳐 내 방에 들렀다. 태극 무지개를 가운데 두고 하늘과 바다, 말 탄 아이와 엎드린 초가집을 상하로 배치한 판화 한 점과 낡은 도록 두 권을 들고 찾아 온 그는 예의 그 한적하고 스산하고 겸연쩍은 표정으로 머뭇거리고만 있었다.

머뭇거림이 민망해서 나는 서둘러 식당으로 자리를 옮겨야 했다. 초대전 팜플렛에 쓸 인사말의 부탁을 그토록 힘들어하고 있었던 것이다. 그의 태도에 억압당한 나머지 나는, 그림을 잘 몰라서 적임이 못되리라는 사양도 전시할 작품도 보지 않고 무슨 말을 할 수 있겠느냐는 제안도 하지 못한 채 헤어지고 말았다. 예술이 어찌 한 작가의 사람됨을 벗어날 수 있으랴. 오직 지금 나를 사로잡는 것은 간이역을 닮은 화가 장영일의 수줍음이다.

　로트렉 연구로 석사 학위를 받은 그는 이미 수차례에 걸쳐 국내외 유명 화랑의 초대전을 한 바 있고, 국내 화가로서는 처음으로 네덜란드 현지에 1000호에 달하는 대형 벽화를 제작하여 국제적 명성을 얻고 있는 지명 서양화가였다. 그러나 나는 그를 그 동안 그저 평범한 문학 지망생으로만 알고 있었을 뿐 그의 유명세를 알아보지 못했다. 내 과문 탓도 탓이겠지만 드러내기보다는 감추는 간이역을 닮은 그의 성품 때문일 것이다. 무슨 사연이 있어 화가 장영일은 그의 고향인 광주, 남도 미술의 메카를 버리고 사회적 인연이 전혀 없는 대구시 범어동 한 화실에서 궁핍한 삶을 꾸려가고 있는지, 그 많은 단체들과 그 숱한 대구의 화가들과 그 흔한 문화인들과 하등의 교류도 없이, 그는 왜 식솔은 멀리 남도 땅 광주에 두고 홀홀 단신으로 세상과 절연한 듯 칩거하고 있는지 궁금했지만 수줍음이 덧날까봐 덮어두었다.

　그가 두고 간 낡은 도록을 보니 서양화가 장영일의 캔버스는 꿈꾸듯 흐르고 속삭이듯 스민다. 블루와 레드의 주조 속에 그는 잠자리와 초승달과 아이들을 그린다. 그린다라기보다는 유동하는 구도 속에 섞는다. 잠자리와 초승달과 아이들이 살고 있는 장영일의 유화 공간은 화가 특유의 전방위로 떠다니는 시점에 의해 재현적 현실의 규격을 벗어나고, 장영일의 손에 닿은 기름물감은 화가 특유의 질감처리 기법에 의해 그 동물적 체취를 버리고 은은한 파스텔의 몽환적 토운으로 되살아난다. 그가 되살려낸 세계, 화가 장영일이 그리는 세계의 요체는 아마도 훼손되지 않은 인간의 원초적 심성에 대한 꿈인 듯하다. 그러므로 그의 잠자리는 비상하지 않고 춤춘다. 그의 아이들은 서 있지 않고 능선처럼 누워 있다. 그러므로 장영일의 초승달은 사라질 듯 스산하되 자신의 외로움을 드러내지 않는다. 내가 본 화가 장영일의 담뱃갑은 호랑나비의 노리개이고 겨울 전신주는 오솔길의 친구이다. 훼손되지 않은 인간의 원초적 심성이란, 말을 바꾼다면 문명 이전의 자연성이 아닐까. 문명의 오브제들은 그의 붓끝에서 잎을 달고 꽃을 피운다. 본래적 자연성이란 생성과 풍요와 화융과 순진무구가 아닐까. 앙상한 겨울나무마저도 주절주절 열린 잠자리에 의해 모난 궁핍을 감추고 가을의 풍요로 치환된다.

수줍음이란 결국 내적 자아가 외적 현실과 만날 때 빚어지는 어눌함의 표정일 것이다. 그 어눌함은 순정성의 겉모습이고 고집스런 칩거로부터 오랫만에 외출한 사람의 체취일 터이다. 간이역을 닮은 서양화가 장영일의 남다른 수줍음은 그가 추구하는 세계의 음영과도 무관하지 않으리라. 외로운 영혼의 순진무구가 닳아빠진 세속과 어찌 천연덕스럽게 살 섞을 수 있겠는가. 이번 외출에서 보여줄 장영일의 수줍음은 어떤 빛깔을 띄고 있을까. 한 예술가의 외출은 고통이지만 고통의 크기만큼 문제적이라고 나는 믿는다.

화가 장영일은 고요의 남쪽, 돌멩이도 청정하고 바람도 청정하고 때 묻은 동전마저 청정한 무공해 지역의 무공해한 시민이었다.

寂寂寂寂

진주 사는 젊은 시인 유홍준은 내 네 번째 시집의 발문을 "그리움으로 풀모가지가 길어지는 가을이 왔다. 길어진 모가지만큼 풀들이 보여주는 풍경은 쓸쓸하고 외롭고 적막해서 이즈음의 나는 가을 산자락을 거닐다가 자꾸 곤충들이 남기고 간 허물처럼 웅크리곤 한다. 전신에 쥐가 나서 뻣뻣해지곤 한다. 시인 강현국, 그도 그러하리라. 寂寂寂寂 날개로 우는 벌레소리를 들으며 그립고도 먼 남쪽 허공, 저녁놀을 바라보고 있으리라."와 같이 시작하고 있다. 그래, 어허, 가을이 왔다. 낭패한 아내의 가을, 떨떠름한 친구의 가을, 허망한 한 화가의 가을이 왔다. 길어진 모가지만큼 풀들이 보여주는 풍경은 홍준아, 네 말대로 쓸쓸하고 외롭고 적막하다. 가던 길 멈추고 생각에 잠긴 잔디도 쑥부쟁이도 입술이 까칠하다. 아마 오동나무 뿌리도 풀모가지 길어지는 가을이 와서 흐르는 물소리 풀어주고 있으리라. 잠자코 듣고만 있으리라. 시든 아주까리 잎사귀 너머로 바라보면 지난 여름 초록은 얼마나 무거웠던가. 흰 구름 간다, 寂寂寂寂.

우리 어느 둑길에서 만나리

1993년 여름 동해안: 아내와 함께

우리 어느 둑길에서 만나리

내가 사는 집은 무학산발치에 있다. 십여 년 전 지은 25층 아파트인데 2년 전부터 그 아파트 24층에 살고 있다. 앞산 능선이 둘레둘레 한 눈에 들어오는 전망 좋은 집, 산 냄새가 코앞에 개여울로 흐르는 공기 좋은 집이다. 거실에 앉아 나는 철따라 바뀌는 서산의 빛깔과 아침저녁 변화하는 햇살의 두께를 책장을 넘기듯 만져 보곤 한다. 피고 지는 들꽃의 리듬에 홀려 자주 출근 시간을 놓치기도 한다.

엘리베이터가 나를 데리러 오는 동안 창문과 붙어 있는 겨울 무학산 한 켠을 우두커니 보고 있다. 잎 진 굴참나무 숲이 드러낸 길이 보인다. 천천히 아주 천천히 그 길을 오르는 사람들이 보인다. 어디로 가는 걸까. 무엇하러 가는 걸까. 저 길의 끝은 어디일까. 세상 등짐이 무거운 듯 한결같이 허리가 앞으로 굽어 있다. 연둣빛 녹음이 저 산을 덮었을 때, 잎사귀에 묻혀 저 길이 보이지 않았을 때, 저 산에 봄비 내릴 때, 누에가 뽕잎 먹는 듯 봄비 소리 들릴 때 "혼자 사는 건 참 힘들 것 같아요"라고 아내는 말했었다.

나이 들자 대책 없이 빠지는 머리칼의 풍경처럼 겨울이 깊어 저

산은 국방색 잎들의 스크랩을 풀고 물물(物物)의 나무로 고독하다. 욕심이 없으므로 저 산은 가발 쓰지 않고 염색도 하지 않고, 욕심이 없음으로 저 산은 제 가슴 깊은 곳을 열어 하늘을 오르는 그 길을 드러낸다. 꽃 피는 봄날의 설렘을 지나 우레 치는 그 여름의 번뇌를 헤집고 어느덧 황혼, 가을밤의 스산한 풀벌레의 노래와 함께 뼈 깎고 피 말려 만들었을 길, 천천히 아주 천천히 그 길을 오르는 사람들이 보인다. 혼자 가는 먼 길이 잘 보인다.

나는 눈물을 펑펑 흘렸다

어제(27일) 동아일보에 보도된 백혈병 소년에 관한 기사를 읽고 나는 눈물을 펑펑 흘렸다.

"이정표. 13세 서울등촌초등학교 6학년 작가 지망생" 이 소년이 남긴 이력의 전부다. 백혈병에 걸린 소년은 1년하고도 아홉 달간 날마다 일기를 남기고, 지난 14일 아침 하늘나라로 옮겨 갔다. 그의 투병일기는 다음같이 시작 되고 있다.

"2005년 4월 20일 수요일 날씨 황사 심함

제목 : 백혈병

내가 백혈병에 걸렸다. 손이 떨리고 글씨가 이상하다.

오랜만에 연필을 잡아서인가? 3월 30일 새벽에

코피가 심하게 나고 토해서 구급차를 타고 병원에 실려 왔다.

그러다 저녁쯤 백혈병이라고 해서 너무 놀랐다.

너무 억울하고 슬프다.

맞는 골수가 없다 한다… 엄마를 믿고 용기를 내자.
옆 침대의 아이가 죽었다. 천국서 행복하게 잘 살길….
피오줌이 나온다…. 누가 날 좀 살려 줬으면
바다에 가보고 싶어.
돈으로 살 수 없는 깨달음을 얻었어.
파란 하늘, 맑은 공기
이런 걸 느끼기만 해도 큰 행복이란 걸…"

　　소년이 숨을 거두기 전에 아버지가 말했다.

"정표야 사랑한다. 너 너무 멋졌어. 최고였어, 잘 했다."
　　정표는 힘겹게 입을 뗐다. "고마워"

　　우리는 큰 행복을 잊고 살아간다. 숨 쉬고 살아 있음에 대한 감사, 그리고 푸른 하늘 맑은 공기를 자유롭게 보고 느낄 수 있음에 대한 감사를 잊고 산다.

　　위의 글은 김진홍 목사께서 보내주신 아침 묵상에서 따온 것이다. 아주 오래 전 『새벽을 깨우리로다』를 읽고 아, 세상에 이런 분도 계시는구나! 하며 그분의 팬이 되게 되었던 것인데, 팬이 된 덕분에 나는 그분이 하시는 두레사업에 티끌만한 정성을 보태고 태산만한 은혜를 받으며 산다. 내 잦은 불면의 시간들을 다독여 주는 설교 테이프도 그것이고, 하루도 거름 없이 새벽마다 이메일로 배달되는 〈아침 묵상〉도 그 중의 하나이다.

혼자 먼 길을 떠난 정표에게, 먼 길에 내던져 진 정표 아버지에게 무슨 말을 덧붙일 수 있겠는가. 어린 소년이 우리에게 주고 간 파란 하늘 맑은 공기 앞에서 나는 눈물을 펑펑 흘렸다. 정표가 보고 싶어 했던 바다, '고마워'란 마지막 말의 검푸른 바다! 앞에서 나는 눈물을 펑펑 흘렸다.

어느덧과 어쩔 수 없이 사이

하늘이 하 높고 푸르러
하늘 아래 物物은 耳順하다

어쩔 수 없이,

노을 속을 파고드는 기러기처럼
강물은 흘러 흘러서 어디로 가나

어제는 슬픔이 하나/한려수도 저 멀리 물살을 따라/남태평양 쪽
으로 가버렸다./오늘은 또 슬픔이 하나/내 살 속을 파고든다./내
살 속은 너무 어두워/내 눈은 슬픔을 보지 못한다./내일은 부용꽃
피는/우리 어느 둑길에서 만나리/슬픔이여,(김춘수,「슬픔이 하나」)
                        ―강현국,「어제는 슬픔 하나―세한도 · 38」전문

지난 가을 후배가 경영하는 한 식당의 가설무대에 올라 〈목마
와 숙녀〉를 낭송하기 앞서서도 그랬고, 며칠 전 제자들의 홈 커밍데

이에 초대되어 〈빗속을 둘이서〉를 부르기 전에도 그랬었다. 어느덧 세월 가고 어쩔 수 없이 우리는 지금 여기 이렇게 서 있다. 어느덧과 어쩔 수 없이 사이에 끼어서 하염없이 부대끼는 인간의 실존이란 얼마나 허망한가. 그 허망함이 박인환을 불러내고 김정호를 살려내어 잔치 마당을 달구어 보지만 어느덧 갈채는 멎고 조명 꺼지면 어쩔 수 없이 당신은 쓰러진 술병을 치우며 허망의 쓰나미에게 맨몸을 맡겨야 한다.

죽음이란 나와는 상관없는 것으로 믿으며 산 날들 있었다. 그렇게 믿고 싶었던 날들 있었다. 이불 속에서 새우잠 자며 누군가의 죽음 소식을 알리는 이웃집 아저씨의 까칠한 목소리를 엿듣던 어린 날 새벽녘이 특히 그랬었다. 그러나 죽음은 느닷없는 침략자처럼 내 허술한 믿음의 울타리를 부수고 쳐들어왔다. 누이의 죽음이 그랬고, 아버지, 어머니의 죽음이 그랬고, 스승의 죽음이 그랬고, 선배 시인의 죽음이 그랬고 장모님의 죽음이 그와 같았다. 모든 죽음은 내 것이 아니기를 바라는 만큼 느닷없는 것인가 보다.

신발장에 신발 올려놓듯 그렇게.
2006년 3월 25일 신천 둔치에 개나리 만발해서
대문 잠그고 소풍가는 아이같이 그렇게,

머리가 아파서 오늘 나는 텅 빈 시간 속을 혼자 걸었다. 자판기 커피를 뽑아 마셨다. 살아 있던 날들의 하늘과 살아있던 날들의 햇살과 살아 있던 날들의 빗소리를 데리고 아마도 한 생명이 거기 묻

혀 있으리라. 돌무덤 가 생명을 내려놓은 들풀들이 햇볕 속에 황폐
했다. 봄이 오면 넝쿨장미를 심어야겠다 마음먹었다.

-강현국, 「한 세상 떠나고-세한도 · 35」 전문

꽃을 좋아하시던 나의 장모 이운경 권사님! 내 대학시절 처음 뵌
우아했던 한 여인의 자태는 어디로 갔을까. 삶의 숙제 벗어두고, 숙
제 같은 삶의 등짐 평생을 겉돌던 영감에게 맡겨두고, 꽃 피는 봄날
꽃 나들이 가시듯 그렇게 가셨다. 추운 겨울 새벽 새벽기도 가시던
수성교의 찬바람과 사위의 식탁을 위해 발 동동 다니시던 방천시장
의 날들이 눈에 밟힌다.

2007년 2월 2일 오규원 선생이 세상을 떠났다. 강물은 흘러 흘러
서 어디로 가나. "선생님오규원선생님5시10분에돌아가셨어요" 이
원 시인이 문자를 보내왔다. 그가 두고 간 서후 하늘이 즉각 보인
다. 명가주택으로 들어서는 논둑길이 즉각 보인다. 산소 호흡기가
즉각 보인다. 핏빛 꽃을 피우는 정원의 명자나무, 빈 집에 함께 살
았던 턱이 쫑긋하고 유순한 털빛의 개, 무료한 시간이면 선생이 창
너머로 물끄러미 바라보곤 했을 자귀나무 어깨 위의 햇살, 가슴이
붉은 딱새가 즉각 보인다. 즉각; 선생이 시를 이야기할 때 자주 썼
던 즉각 이란 말이 부추기는 삶과 죽음, 이승과 저승의 즉각성, 끝
간 데 모를 허망의 즉각성! "동생총장당선축하해요총장동생두게되
어기뻐요", "겨울이참힘들어요10분을앉아있기어려우니인터뷰는못
하겠어요" 투병의 오랜 날들, 선생을 세상과 이어준 유일한 통로였
던 휴대폰, 손 때 묻은 문자판이 눈에 밟힌다. 우리 어느 둑길에서

만나리. 슬픔이여.

시간의 집

선생의 빈소에는 떨렁, 조화만 보내놓고 나는 김성춘 시인이 기다
리는 경주 간다. 동리·목월 문예창작대학 개강식에 특강을 하기로
오래전부터 약속되어 있던 터이었다. 불국사 입구에 동리 선생과
목월 선생을 기리는 아담한 2층 기념관이 있었다. 오규원 선생과는
대학 동기이자 오랜 지기였던 김성춘 시인은 친구의 죽음은 아랑
곳없는 듯 개강 준비로 일 속에 파묻혀 있었다. 기약 없이 떠나가는
친구의 혼자 가는 먼 길을 차마 바라볼 수 없어서 일 속에 파묻혀
땀 흘리고 있었다. 내일 문상을 갈 계획이라 했다. 지난 주 문병 가
서 만져본 친구의 손이 얼음보다 차가웠다 했다. 의식도 없이 손과
얼굴이 많이 부어 누워 있는, 죽음에 내 맡겨진 친구의 모습을 시인
은 담담히 이야기했다. "규원아 나야 성춘이 왔어 일어나야지 너는
나보다 의지가 강한 놈이잖아…." 친구의 감은 눈가에서 흐르는 눈
물을 보았다고 했다.

　기념관에는 선생들의 사진, 선생들이 두고 간 원고지, 만년필, 작
품집, 시계, 옷가지 친구들과 주고받은 편지 등 동리 선생과 목월
선생의 빛나는 발자취가 잘 정리되어 있었다. 영상실 기계 속에서
동리 선생은 문학 강연을 하고 계셨고, 목월 선생은 자작시를 낭송
하고 계셨다. 그래서 어쩌자는 것인가. 그렇지 않으면 어쩌자는 것
인가. 박물관이란 시간의 집, 그러나 그 집은 산 사람이 들어설 수

없는 이상한 집, 아니 그것은 피 돌림이 멎어버린 시간의 통조림이다. 그대 그리움 검푸른 바다 되어 철썩이는데 그 바다의 주인은 기억의 깡통 속에 갇혀있으니. 그래서 어쩌자는 것인가. 그렇지 않으면 또 어쩌자는 것인가. 도무지 강의를 할 기분이 들지 않았다. 나는 낮게 가라앉은 목소리로 오래 전에 써두었던 에세이 한 도막을 읽는 것으로 말 머리를 열었다. 오규원 선생의 『현대시 작법』을 소개하는 것으로 강의를 끝냈다.

고요와 적막은 비슷한말이지만 많이 다르다. 고요라는 말의 뜨락에는 탱자나무 울타리가 벗어놓은 아침햇살 반짝인다. 적막이라는 말의 우산 속에는 아무도 없고 아무도 없는데 저 혼자 비 내리는 늦은 밤 정거장이 있다. 고요는 다람쥐가 초록 속에 감춰둔 인적 끊긴 길가에 있고, 어느 날 사랑은 가고 이제는 텅 빈 그대 옆자리에 적막은 있다. 그러므로 고요는 가볍고 적막은 무겁다. 문명과 제도와 욕망의 우울을 먹고사는 적막과 흰 구름, 산들바람, 느리게 흘러가는 강물소리의 혈육인 고요는 비슷한말이지만 이렇게 다르다. 그대 영혼은 가벼운가 무거운가. 무릇 인간의 문화적 노력이란 가벼워지기 위한, 또는 적막에서 고요로 옮겨 앉기 위한 안간힘이 아닐까.

내 쓸쓸한 아침마다 찾아가는 수성구 범물동 진밭골 뒷산 오솔길에 와 보라. 고요가 살고 있다. 까치수염 기르고 나비 떼 날게 하는, 개미들의 긴긴 이사행렬을 말없이 지켜보는, 잠시 내 적막의 물기를 휘발시키는 힘센 고요가 저 혼자 살고 있다. 그러나 그것은 가끔 그리고 언뜻 만날 수 있는 에피퍼니 같은 것. 고요를 살기는 힘들고 고요가 되기는 불가능한 꿈이다. 고요에 인간의 체온이 묻는 순간 그것은 아연 적막으로 변하기 때문이다.

가령 이런 일이 있었다. 그곳 서해안 안면도의 푸른 소나무 숲에는 태초의 고요가 살고 있었다. 젊은 날 죽은 고등학교적 친구의 시비 제막식은 헌화로 시작되어 미망인의 인사로 끝이 났다. 슬퍼할 것, 추억할 것 저마다 챙겨들고 훌훌 떠난 뒷자리를 나는 오래 지켜보고 있었다. 고요가 적막으로 변하는 바람의 빛깔과 만져질 듯 아려오는 시간의 두께 앞에서 얼마나 망연했던가. 이승의 삶이란 고요와 적막 사이 가건물 지어 놓고 마른 풀잎처럼 부대끼는 것…. 이보게 친구, 쓸쓸해하지 마. 가파르게 살다 먼저 간 시인의 목소리가 푸른 솔바람 저쪽에서 들리는 듯하였다.

물론 글쓰기에 기본적으로 필요한 것은 언어에 대한 감각을 일깨우는 것이라는 말을 하기 위한 자료였다. 그러나 내 마음은 온통 푸른 솔바람 저쪽에서 들리는 듯한 오규원 선생의 목소리에 사로잡혀 있었다. 그는 얼마나 가파르게 언어의 한 끝을 살다 갔는가!

한적한 오후다
불타는 오후다
더 잃을 것이 없는 오후다

나는 나무속에서 자본다

와 같이, 가물거리는 의식의 한 끝을 잡고, 제자의 손바닥에 손톱으로, 빙벽에 매어달린 아이젠 같은, 영혼의 손톱으로, 마지막 시를 쓰고 떠날 때까지.

어느덧 황혼

'쓸쓸한' 풍경을 사랑하는 것은 고통스런 부재감의 보상행위이다… 마음을 바쳐 어떤 현실을 사랑하자마자 그것은 벌써 혼이 되고 추억이 되어버린다. 라고 바슐라르는 쓰고 있다. 나도 그 날의 내 아버지, 어머니처럼 아침마다 혈압을 다스리는 약을 먹어야 하고 잠들기 전에는 피를 맑게 하는 약을 먹어야 하는 나이가 되었다. 어느덧 황혼, 참 쓸쓸한 풍경이다. 어쩔 수 없이 나는 한 시인의 부재, 그 숨 막히는 공허를 마음 바쳐 사랑해야 한다.

화전민이 일군 허공 아래
새와 나무와 새똥 그리고 돌멩이는 없다
허공이 일군 자귀나무 어깨 위에
주먹밥만 한 흰 구름 모락모락 피어있다

있다와 없다 사이 허공의 위와 허공의 아래 사이
납작하게 끼어 있는 2005. 9. 10. 토요일. 적막

-강현국, 「오규원 선생께-세한도 · 32」 전문

기록이란 말은 요도에 박힌 결석처럼 아프다. 기록이란 말은 영

구불변하는 금강석 같다. 기록이란 소멸의 항체이다. 기록한다는 것은 생의 의지이다. 그러나 기록에 대한 기록한 사람의 지분은 아주 적다. 금강석은 단단해서 시간을 비끼고, 그 빛은 찬란해서 천지를 비추나 한 시절의 주인은 이미 그곳에 없다.

2005년 9월 10일 토요일의 적막은 기록으로 남고, 허공의 위와 허공의 아래 사이 한 시절의 주인은 이미 그곳을 떠나고 없으니!

강물은 흘러 흘러서 어디로 가나. 포근한 날씨였다. 아마도 철새들의 이동을 이용해서 그곳까지 갔으리라. 떠나간 당신들의 별자리가 아주 가까이 보이는 날이었다. 07.2.5.8:56 "많이아프겠다잘모셔요" 이원 시인에게 문자를 보냈다. 07.2.6.12:11 "선생님오선생님강화전등사오래된소나무로잘모셨어요언제그곳에오선생님뵈러오세요" 이원 시인이 문자를 보내왔다. 선생의 절명시가 새겨진 그 손으로. 수목장 하루 뒷날이었다. 한 소년이 두고 간 파란 하늘 맑은 공기 오래된 소나무에 가득한 날이었다. 더 잃을 것이 없는 오후였으리라.

내가 읽은 풍경

2012년 가을 왕피천: 대구일보 취재차

내가 읽은 풍경

떨어져나간 팔다리의 기억이 우산을 쓰고
8시 정각에 지하철을 타러 간다. 오늘은 월요일.

-강현국, 「낱말에 파먹히다-세한도 · 40」 부분

팔다리는 노동의 등가이다. 팔다리의 기억은 노동의 기억이고, 우산을 쓰고는 궂은 날에도 불구하고의 형상이고, 8시 정각은 몸에 각인된 노동의 습관이고, 월요일은 팔다리가 기억의 장벽을 허물고 노동의 현장으로 뛰쳐나가는 욕망의 도약대이다.

일이 나를 찾아왔다. 찾아 온 애인을 버선발로 맞았다. 일이란 삶의 동력, 행복의 생성력이다. 삼년불비의 움막에 누워 하늘거리는 팔다리의 근육을 일으켜 세웠다. 이문기 교수 덕분이었다.

설레임 저절로 차렷! 하는 소리, 절망.
절망. 절망. 우는 아이 젖 주는 소리
꿈과 기대 목 잘리는 소리, 절망. 절망. 절망.
절망. 절망. 절망. 절망. 신속하게 칼질하는 소리

80년대 초반, 동해안 어느 조그만 대학에서 한 교수가 노동의 팔다리를 칼질 당하는 참혹한 현장의 풍경을 이렇게 노래했었다. 그것이 착취나 소외의 산물이라 하더라도 밥줄을 놓치는 일보다 더 큰 불행은 달리 없지 않을까.

한 달에 한 차례 경상북도 문화재를 찾아 그 속에 감추어진 이야기를 훔쳐내었다. 훔친 이야기를 D일보 독자들에 들려주기 위해 나는 주관적 감성을 앞세워 딱딱한 사실의 각진 부분을 둥글게 다듬었다. 편린들을 옮긴다.

운문사 2012-06-05

운문사! 참 좋은 이름이다. '운문'(雲門)이란 말보다 그 소리와 뜻이 잘 어울리는 낱말을 나는 본 적이 없다. 구름의 질료와 생태가 그와 같듯이 운문이란 소리는 부드럽고 가볍고 은은하고 신비한 느낌을 준다. 구름문을 가진 절이라니! 그리고 보니 운문사에는 일주문이 없다. 구름이 일주문인 셈이다. 운문이란 말은 그러므로 단순한 수사가 아니라 성(聖)과 속(俗)의 경계인 일주문을 대신하는 엄연한 실체이다.

구름문을 열고 이제 나도 내 자리로 돌아가야 할 시간, 그리운 사람을 두고 오는 듯 마음 무겁다. 마음이 무겁다는 것은 운문사를 잘못 보았다는 산 증거이다.

서쪽 하늘이여, 그대는 팔 다리가 없으므로 바람이 네 것이고, 서쪽 하늘이여, 그대는 머리가 없으므로 발자국이 없고, 어제 잃어버린 지갑이 없고, 너를 버리고 간 그 놈이 없고 그 년이 없고, 젖은 신발은 더더욱 없고, 젖은 신발은 더더욱 없으므로 색동옷이 네 것이고 철새들의 무한이 네 것이고, 네 것이 네 것인 서쪽 하늘이여.

선산 장안리 오층석탑 2012-06-26

아무도 없는 산사의 주인은 적막, 적막에 스미는 초여름 밤꽃 향기, 이따금 적막을 깨뜨리는 뻐꾹새, 그리고 영겁의 세월을 지키는 오층석탑뿐이었다.

"이 탑이 누이 탑입니까? 동생 탑입니까?"

"누이 탑입니다."

"누가 이겼습니까?"

"오빠가 졌습니다."

내 질문도 그랬지만 안내를 맡은 구미 문화원 직원의 대답 또한 단답형이었다. 들려주고 싶은 이야기가 별로 없는 듯도 했다.

옥간정(玉澗亭) 2012-07-24

옥간정은 별빛 마을 입구에 있다. 별빛 마을에 이르는 별빛 길은 옥간정이 그 출발 지점이다. 물론 별빛 마을과 별빛 길, 그 예쁜 이름의 출처는 별자리를 관측하는 보현산 천문대와 관계있을 터이지만, 나는 애써 그것을 옥간정과 관련지어 보고 싶은 마음을 어쩌지 못한다. 옥간정에 새겨진 선비의 정신을 하늘에 빛나는 '별'의 상징으로 읽어보고 싶은 충동 때문에 그러하리라. 어두운 세태의 부추김 때문에 그러하리라.

'별'이란 무엇인가? 어둠 속에서 빛난다는 점에서 별은 고귀한 정신을 상징한다. 다시 그것은 고결한 이상과 선한 마음, 순순한 소망, 도덕적 염결성, 도달할 수 없는 거리감, 신비감 등을 상징한다. 옥간정의 자리에 서서 '별'을 상징으로 바라볼 때, 별빛 마을은 보현산 자락에 위치한 자연부락의 이름을 넘어 우리가 도달하고 싶은 가장 높고 고귀한 가치의 정점이며, 별빛 길은 천문대에 이르는 산길의 이름을 벗어나 가치의 정점을 향한 도저한 정신의 수련 과정이 된다.

견훤산성 2012-08-14

잠자리가 날고 매미가 울었다. 성벽과 함께 숨져간 옛 사람들의 영혼과 그날의 처절한 아비규환이 잠자리가 되어 날고 매미가 되어 울고 있으리라는 생각이 스친다. 더러는 더 이상 기대할 게 없는 조정을 등지고 스스로 견훤을 찾아와 성 쌓기에 희망을 건 자들도 없지 않았을 테지만, 더 많이는 강제로 노역에 동원된 힘없는 민초들이 성 쌓기의 주역이었을 것이다. 늙은 부모, 가난한 처자식들이 기다리는 집으로 돌아가지 못하고 혹은 사고로 혹은 질병으로 이 외진 산속에서 죽어간 사람들이 얼마였겠는가. 부러진 다리를 절뚝거리며 산을 내려가는 사람들의 신음소리, 움직일 수 없게 된 몸을 실어 나르는 들것들의 아비규환이 손에 잡힐 듯 가까이 느껴진다. 견

휜산성의 밝은 빛과 어두운 그늘을 생각한다. 빛과 그늘을 함께 드리운, 화강암 빛깔의 의미를 생각한다. 그것은 한 장군의 찬란한 기상과 역사의 뒤안길을 이름 없이 살다간 민초들의 눈물이 뒤섞인 빛깔이었다.

불굴사 2012-09-05

불굴사를 찾은 날은 비가 내렸다. 쏟아지는 소낙비와 가파른 산길은 불굴사 가는 길을 힘들게 했다. 고소공포증이 있는 내게는 특히 그랬다. "나를 만나려거든 부처님께 삼천 배를 드리고 오라"시던 성철 스님의 말씀이 떠올랐다. 원효 대사와 김유신 장군의 성지인 이곳은 차를 쌩쌩 달려 희희낙락 오는 곳이 아니라는 듯, 도시락 싸들고 피크닉 가듯 그렇게 생각 없이 와서는 안 된다는 듯, 불굴사를 품에 안은 무학산의 소리 없는 가르침은 내 발걸음을 무겁게 했다. 선사와 장군이 구도와 통일의 꿈을 꾸며 오르던, 아득한 그 때 신라적 이 길은 어떠했을까! "황량한 언덕길 가도 가도 끝이 없고/눈 쌓이고 산 깊어라 해는 지고 바람이네/종소리를 듣고서야 절 있는 줄 알았으니/푸른 구름 저 가운데 법당이 숨었구나". 삼봉 정도전의 노래에서처럼 그 길은 가도 가도 끝이 없는 '황량한 언덕길'이었으리라. 그 황량함이란 물리적 여건에 의해서라기보다는, 중생 계도와 조국 통일의 열망을 향한 정신적 갈증으로 말미암은 바가 더 크리라.

주실마을 호은종택 2012-09-26

주곡리 입구를 지키는 마을 앞 숲은 호은종택의 명찰 같다. 이 숲은 마을의 기(氣)가 허(虛)한 쪽을 보완하기 위해 조성되었다고 전한다. 풍수지리학의 옳고 그름과 관계없이 언제 찾아와도 이 숲은 고향처럼 정겹고 전설처럼 아득한 느낌을 주어서 좋다. 2008년, 유한킴벌리는 시인의 숲으로도 불리는 이 마을 앞 숲을 우리나라에서 가장 아름다운 숲으로 선정한다. 이 숲의 아름다움은 아름드리 수목의 울울창창만에 의한 것이 아니라 숲을 지키는 형제 시인의 아픈 노래가 더해져 한층 강화되고 있으리라는 것이 내 판단이다.

한밤마을 2012-10-17

돌담길은 정겹다. 돌담길 안쪽에는 우리가 그리워하는 아름다운 세계가 자신의 본모습을 고스란히 간직한 채 세월의 풍상을 비켜서 있을 것만 같다. 돌담의 질료인 돌이 변화하지 않는 견고성과 부패하지 않는 내구성을 상징하는 것이어서인지 모르겠다. 돌담길을 걷노라면 아름다운 그 세계가 나를 부르는 소리 저 멀리서 들려오는 듯도 하고, 나를 기다리는 누군가의 정든 눈빛이 언뜻 언뜻 느껴지기도 한다. 그러므로 감정이 아주 무딘 사람이 아니라면 돌담길을 아무렇지도 않게 바라보거나 아무 일도 없는 것처럼 그냥 지나칠 수는 없다. 나는 지금 이 글을 읽는 독자들에게 돌담길이 정겨운 까닭에 대해서 말하고 있다. 우리가 잃어버린 세계, 다시 돌아갈 수 없어 한없이 그리운 그때, 그곳이 추억이란 이름으로 손짓하기 때문에 그러하다는.

상매댁을 찾은 날은 탱자 향기와 떨어지는 나뭇잎이 발길을 더디게 하는 가을이었다. 홍란 옹이 이곳 한밤 마을을 무엇을 찾아, 왜 오게 되었는지에 대한 기록은 아무 데도 없다. 천 년 전 한 선비가 팔공산 북쪽 육지 속의 섬 같은 이곳에 첫발을 디딜 때, 그 때 그 고려적 하늘빛이 저렇게 맑았을까. 그러했을 것이다. 상매댁을 나서며 고택을 문화재로 지키는 이유가 무엇인지, 지자체마다 다투어 전개하고 있는 고택체험의 참다움이 어디 있는지 곰곰 생각해본다. 햇살 눈부신 돌담길이 뒤따라오며 그게 무엇이냐? 고 채근하는 듯하였다.

불령산 청암사 2012-10-24

청암사를 찾은 날은 바람이 불고 비가 내렸다. 산사의 단풍은 아름다웠다. 단풍 숲을 흐르는 계곡 물소리는 천상의 악기 소리를 내고 있었다. 불령산 기슭의 서기어린 산바람을 맞으며 나는 '절정', 혹은 '극단'이란 어휘를 떠올렸다. 가을의 절정, 아름다움의 절정, 혹은 적막의 극단, 고독의 극단, 그 한 가운데 서 있다는 생각이 들었다.

문득 편지를 쓰고 싶었다. 손가락으로 두드리는 카톡 채팅 말고, 간절함의 절정, 그리움의 극단을 담은 만리장서의 편지를 쓰고 싶었다. 그러나 '가을엔 편지를 쓰겠어요/누구라도 그대가 되어 받아주세요'로 시작하는 노래를 흥얼거리기에는 산사의 분위기는 무겁고 깊었다. 청암사 라는 이름의 근거인 바위를 덮은 푸른 이끼, 그 가뭇없는 무게감 때문이기도 했고, 수도산이 불령산으로 불리게 된 까닭이라 전해지는 부처님 광채의 후광 때문이기도 했겠지만 그보다는 옛날 그 옛날, 청암사 보광전에 엎드린 폐서인의 아픔, 인현왕

후의 간절한 기도 때문에 그러했을 것이다.

가을의 절정, 적막의 극단을 일깨워 준 청암사 풍경을 담은 편지를 쓰고 싶었다. 간절한 편지는 기도일 터. 아직도 내 간절함은 턱없이 모자라서 편지를 보낼 마땅한 사람이 떠오르지 않았다. 바람이 불고 지는 낙엽이 어깨를 쳤다. 낙엽은 하늘이 지상에 띄운 편지라는 생각이 들었다. 간절한 기도의 극단은 영원을 사는 탑이 된다고, 누구나 마음속에 자기만의 탑 하나 세워야 한다고, 열정과 극단의 기도 속에 살아야 한다고, 청암사 계곡을 흐르는 물소리가 하늘의 편지를 읽어주었다.

왕피천 2012-12-12

왕피천 곁에 서 있는 구산리 삼층석탑은 어쩌면 과객 같기도 하고 어쩌면 수문장 같기도 하다. 들판에 홀로 버려진 듯 서 있는 석탑이 내 마음에 겹칠 때 그것은 왕피천을 흐르는 한(恨)의 서사를 가슴에 담고 먼 길을 떠도는 과객 같고, 절은 무너져 아무도 없는 빈 터인데 그 오랜 세월의 풍상을 견디고 서 있는 신라인의 마음에 겹칠 때 그것은 역사의 가치를 밤낮없이 지키는 수문장 같다. 경상북도 울진군 근남면 구산리 1494-1번지, 보물 제498호로 지정된 높이 3.24m의 통일신라 적에 만들었다는 석탑; 과객이든 수문장이든 구산리 삼층석탑은 왕피천을 흐르는 물소리를 온몸으로 듣고 있다.

인각사 2013-02-07

즐겁던 한 시절 자취 없이 가버리고 快適須臾意已閑
시름에 묻힌 몸이 덧없이 늙었구나 暗從愁裏老蒼顏
한 끼 밥 짓는 동안 더 기다려 무엇하리 不須更待黃粱熟
인간사 꿈결인 줄 나 이제 알았노라 方悟勞生一夢間

일연선사의 열반송이다. 선사께서는 죽음에 들기 전 삶의 허무, 인간사의 덧없음을 도저한 목소리로 노래하고 있다. 열반송이란 생의 극점에서 남기는 깨달음의 노래이자 가장 간절한 깨우침의 노래인 것. 삶은 허무하고 생은 덧없다는 일연선사의 깨달음은 시공을 초월하여 지금도 우리에게, 삶의 저간을 살피고 생의 발자국을 되돌아보라고 죽비처럼 깨우친다.

장기읍성 2013-06-06

눈이 오거나 비가 오거나 바람이 불어서 하늘이 흐렸으면 차라리 좋았겠다. 그러했다면 고개 들어 하늘을 본다 해도 오르락내리락 함께 날고 있는 새가 잘 보이지 않았을 것이므로 시름의 음영도 흐릿했을지 모를 일이었으니까. 1801년 2월, 다산이 경상도 장기 땅으로 유배를 떠나던 그 날, 정답게 날던 새는 다산 부부의 정겨웠던 날의 한때를 일깨우는 것이었으니, 구름 한 점 없는 하늘은 아내를 두고 떠나야하는 지아비의 아픔을 얼마나 더 명명백백하게 부추겼을까.

송아지를 돌아보며 우는 어미 소의 눈물도, 구구구 제 새끼 부르는 어미 닭의 마음도 그날따라 다산의 가슴을 찢는다. 그것은 처자식을 두고 떠나야 하는 다산의 눈물이자 다산의 마음이었기 때문이었다. 절개 곧은 선비이자 지조 높은 학자라 하더라도 여느 아비, 여느 지아비처럼 '표정이야 비록 씩씩해도 마음이야 다를 수' 없었나 보다. 가물가물 들을 넘고 물을 건너 장기까지 닿기까지 풍찬노숙의 날들은 길고 힘겨웠으리라. 지금이야 고속도로로 차를 달려 대구에서 장기까지 1시간 남짓이면 닿을 수 있지만 한양에서 장기까지 다산을 실은 우마차의 시간은 자신이 처한 삶의 처지, 생의 비애를 들추어보기에 충분한 시간이었으리라.

반룡사 2013-07-04

경내는 고요했다. 떠나간 사람을 기다리는 한적한 마을처럼 텅 비어 있었다. 고요로 가득했다. 불가의 주제어 중 하나인 '공(空)'이란 어휘가 낯선 방문객처럼 나를 찾아왔다. 정효구 교수의 일깨움에 기대어 말하자면, 절대적 공은 심심(深深), 묵묵(黙黙), 허허(虛虛)하다. 그것은 무엇에나 존재하는 우주의 흔들리지 않는 체(體)이다. 상대적 공은 한 마디로 무상(無常)하다. 단 한 순간도 정지하거나 같을 수 없는 중중무진의 연기(緣起)가 빚어내는 역동적 균형의 변화상이다. 그러므로 공의 값은 근본적으로 부재하거나 동일하다. 절대적 공의 값은 절대이니 그렇고, 상대적 공의 값은 늘 상대의 자리가 바뀌니 그러하다. 낯선 손님처럼 찾아 온 '공'과 함께 고요 속을 걷는다. 초여름 햇살이 펼쳐놓은 정갈한 마당이 공책 같았다. 공책(空冊)은 공(空)의 책이다. 어린 시절 새로 산 공책의 무량함 앞에서 설레며 떨던 기억이 떠올랐다. 공의 책 속에 무엇이 쓰여 있을까? 바람도 하안거에 든 듯 나뭇잎 하나 움직임 없는 녹음 속에서 뻐꾸기가 울었다. 뻐꾸기 울음이 팽팽한 고요에 실금을 내었다. 세월의 빗장을 열어주었다.

울진 수산리 굴참나무 2013-08-15

남으로 왕피천이 붉은 백일홍 가로수를 데리고 동해로 흘러들고, 서(西)로는 아름답다 소문난 불영계곡으로 접어드는 성류굴 어귀, 36번국도 오른쪽 낮은 언덕 위에 서 있는 그는 남루를 걸친 수도승 같았다. 300여 년 동안 한 자리에 서서 무슨 생각을 하며 살아왔을까? 깊은 밤이면 별자리를 통해 우주의 비밀을 읽고, 바람 부는 날이면 바람의 방향을 통해 세속의 애환을 읽고, 말 발굽소리 지축을 흔드는 날엔 지는 해 뜨는 달을 통해 역사의 진운을 읽고, 해질 무렵이면 먼 바다로 흘러드는 강물소리를 통해 생과 사의 비밀을 헤아리며 오늘에 이르렀으리라. 그러므로 수도승을 닮은 수산리 굴참나무, 그는 삶의 멘토, 세상살이의 길잡이가 되기에 족하리라는 생각이 들었다.

의성 만취당 2013-09-12

경심잠의 가르침은 수백 년 세월을 건너 뛰어 오늘의 혼탁한 세태를 사는 우리에게도 깊이 깨우쳐 마음에 새겨야 할 잠(箴)으로 살아 있다. 어쩌면 서촌 마을이 기다리는 세 번째 정승은 청와대나 여의도, 그 탁한 공기 속에서가 아니라 경심잠 십조를 몸으로 실천하는 갑남을녀의 청정한 일상 속에서 출현하는 날이 올지도 모르겠다. 그럴 수 있다면, 그럴 수 있다면 얼마나 다행이겠는가! 경상북도 의성군 점곡면 사촌리 207번지에 있는 조선시대의 누각, 만취당

앞에서 나는 세월의 무상함을 느꼈다. 세월의 무상함을 극복하려는 인간들의 노력이 모여 문화가 되고, 문화의 정수인 유적이 되고, 유적의 가치를 후세에 알리는 전설이 되는 것이겠다 라는 생각을 했다. 앙상한 뼈대를 허공에 들어낸 만취당이 그랬고, 오백 살 먹은 향나무가 그랬고, 돌에 새겨놓은 '경심잠'이 그랬고, 서림 숲에 남아 있는 전설이 그랬다. 한결같이 스산한 이들의 표정은 간단없이 진행되는 세월의 풍화와 그것을 애써 막아보려는 인간들의 안간 노력이 만나는 지점, 바로 그 지점의 빛과 그늘이 빚어내는 것이리라는 생각이 들었다.

적천사 2013-10-17

텅, 비어 있었다. 화악산 가파른 산길 중턱, 소나무 숲에 파묻힌 적천사는 텅. 텅, 비어 있었다. 주지스님은 출타 중이었고, 가을비 오락가락하는 평일이어서인지 참배객도 등산객도 보이지 않았다. 텅 비어서 적막했고, 적막해서 고요했고, 고요해서 청정했다. 8백 년 묵었다는 은행나무도, 칼과 비파를 든 사천왕도, 괘불탱 지주에 걸려 펄럭이는 허공도 청정했다. 불심(佛心)이 살아 숨 쉬는 공간은 청정하다. 청정한 사람이, 청정한 마음을 청정한 사람과 청정하게 주고받는 장소이기 때문이다. 요사채 부엌방에서 TV 연속극을 넋 없이 보고 있던 중년 보살로부터 차 한 잔을 공양 받는다. 산사에서 마시는 차 맛도, 공양의 손길도 청정했다. '변함없이 늘 한결같다'는 뜻의 여여(如如)란 말이 떠올랐다. 여여한 세계에 몸을 맡기면, 그지없는 평온이 무엇인지를 알게 된다. 여여한 세계가 내 몸 속에 깃들어 있음을 깨닫게 되면, 나도 세계의 여여함에 무심(無心)으로 박자를 맞추게 된다. 적천사 경내를 거닐며 나는 청정과 여여와 불심이 한 식구라는 생각을 하게 되었다.

이견대 2014-04-17

눈을 감고 아득한 세월 저 편 하늘을 본다. 왕이 행차했던 그날 그 감은사 추녀 끝 풍경 소리가 신라적 고요를 흔들고 있었다. 아니, 고요는 흔들리지 않는 것, 풍경 소리가 고요의 한 가운데 실금을 내었다. 기러기 한 마리 가물가물 가장자리 하늘을 잡아당겼다. 평화로운 내 마음의 풍경이었다. 누군가 만파식적을 불어 기러기의 하늘 길을 밝혀주는 듯하였다.

문경새재 2014-06-19

한숨과 해학으로 민초들은 문경새재 아리랑 고개를 넘고 있습니다. 도회로 팔려가는 시골 처녀도, 일본으로, 혹은 멀리 시베리아로 품팔이 가는 농민도, 지게 작대기 두드리며 재 넘어 산에 나무하러 가는 노총각 머슴도 아리랑을 부르며 이 고개를 넘었을 것입니다. 문경새재 아리랑 고개는 단순한 물리적 공간을 넘어 고단한 삶, 험준한 세월의 상징입니다.

상주 옹기장 2015-03-24

행복하냐고 물었다. 흙을 만지면서 그 흙속에 빠져들어 흙과 대화하는 시간이 가장 즐겁다고 주저 없이 말했다.

－숙명이라 생각하고 있습니다. 조물주로부터 부여받은 사명감을

제대로 이행하고 있으니까 그게 즐거움이고 행복이고 뭐 그런 거겠지요. 행복하면 배가 부르다하지 않습니까. 때꺼리가 없어도 저는 배부릅니다.

선생은 손자가 4살 때 흙을 빚어 만든 두꺼비를 보여주며 타고난 솜씨를 자랑했다. 상주 옹기의 대가 끊길까봐 걱정했는데, 지금 큰손자의 흙 만지는 솜씨가 상상을 초월한다며 대견해 했다.

군위 삼존석불 2015-05-19

석굴암 아미타불은 왜 항마촉지인을 하고 있을까? 그 손이 가리키는 지금 이 땅의 마왕은 누구일까? 전통문화원 곁에 '마음의 등불'이라는 글이 적힌 게시판이 서 있었다.

"옷이 더러우면 세탁을 하고 몸에 때가 끼면 씻을 줄을 알면서도 마음에 낀 때는 씻을 줄을 모릅니다. 아집의 때, 어리석음의 때를 버리면 우리의 본래 심성은 밝아지고 그것을 일러 자각이라 합니다. 그것은 바로 우리들 자신 속에 내재해 있는 자신의 등불을 밝히는 일입니다. 그 빛으로 우선 우리들 자신의 무명을 비추어야 합니다."

세계에서 이곳 하나밖에 없다는 아미타불의 항마촉지인, 그 손끝이 가리키는 이 땅의 마왕은 바로 우리들 자신의 무명이라는 생각이 들었다. 마음의 등불이 무명을 환히 밝히는 날은 언제쯤일까?

유호연지 2015-07-21

군자정 난간에 앉아 유호연지를 바라본다. 봉오리 맺힌 홍련들이 그때 그날 내 어머니들의 눈물 흔적 같다. 아니 죽은 친구의 상기된 얼굴 같다. 바람이 불고 푸른 연잎들이 일제히 흔들린다. 사무치는 그리움을 온몸에 안고 반보기를 위해 중로상봉 길을 발 동동 달려 오던 내 어머니의 어머니들의 흔들리는 치마처럼 서걱거리는 소리 들린다. 몸 부비며 연잎 서걱거리는 저 푸른 소리의 물결 따라 구만 리장천을 가면 죽은 내 친구를 만날 수 있을까. 흘러 흘러서 저 하늘 끝까지 가면 홍련을 보며 좋은 세상을 꿈꾸던 친구와의 그날을 반보기라도 할 수 있을까.

충의사 2015-09-01

목함지뢰 폭발로 두 명의 아군 병사가 다리를 잃는 참상을 당하고, 대북 확성기가 침묵에서 깨어나 심리전을 전개하고, 포탄을 주고받고, 준전시사태를 선포하고, 진돗개 하나를 발령하고 워치콘을 한 단계 높이고, 전폭기가 뜨고, 잠수함이 기지를 떠나 오리무중이 되고… 휴전선 일대에서 일촉즉발의 전운이 감도는 날 충의사를 찾았다. 상주시 사벌면 금흔리, 옷깃 여미고 눈 감으니 조선 중기의 무장 정기룡(鄭起龍, 1562~1622) 장군의 뜨거운 함성이 400년 세월을 가로질러 상기도 생생히 들리는 듯했다. 붉은 갑옷을 입은 장군의 영정이 두 눈을 부릅뜨고 있었다. 총부리를 겨눈 남북의 오늘이 이대로는 안 된다는 듯, 이래서는 안 된다는 듯, 어쩌다 이 모양 이 꼴이 되었느냐는 듯 장군의 형형한 눈빛이 못난 후손들의 딱한 처지를 혀를 차며 걱정하고 있었다.

남과 북의 고위급이 마라톤협상 끝에 극적인 합의점을 찾았다는 뉴스를 들으며 이 글을 쓰고 있다. 다리를 잃은 병사들도 웃으며 악수하는 저들의 사진을 병상에 누워 보고 있을 것이다. 전시상태를 풀고, 확성기 스위치를 내리고, 가슴을 맞대고 같은 민족끼리 잘해보자고 한다. 그러나 왜 이렇게 미덥지 않을까? 기룡무즉영남무, 영남무즉아국무(起龍無則嶺南無, 嶺南無則我國無). '기룡'의 자리를 대체할 그 무엇도 지금, 여기 우리에게는 전혀 찾아볼 수 없기 때문일 것이다. 장군이 그립다.

용문사 2016-01-21

겨울 산사는 적막했다. 스님의 목탁소리도, 추녀 끝 풍경소리도 들리지 않았다. 참배객 그림자도 찾아볼 수 없었다. 산사 앞 키 큰 은행나무도, 허공을 지키는 나이 든 소나무도 미동 없이 적막했다. 소리의 울림도 사물의 형상도 호흡을 멎은 세계의 정지태(靜止態), 적막의 원인이 궁금했다. 원인을 밝혀 뜻을 찾고 싶었다. 내 머리 속을 물들인 먹물은 아리스토텔레스의 "형이상학"을 뒤적여 '원인' 장을 불러내었다. 재료인, 작용인, 형상인, 목적인의 눈금으로 적막의 '아이티온(원인)'을 읽으려했지만 허사였다. 나는 원인의 형이상학자가 못된 때문일 터, 적막은 적막으로 적막할 뿐이었다. 산자락에서 흘러내리는 찬물 한 모금이 죽비처럼, 일순 적막의 원인을 일깨워 주었다. 동안거(冬安居)! 동안거가 어찌 스님들만의 전유물이랴. 바람도 햇살도 장독대도 지금은 두두물물(頭頭物物)이 동안거 중이라는 것. 방문 닫아걸고 수행정진 중이라는 것.

봉암사 2016-03-10

봉암사를 찾은 날은 자동차가 날아갈 듯 바람이 세차게 불었다. 눈부신 설국 속에 스님들은 동안거 결제 중이었다. 인적이 끊겨서 인지 바람도 태곳적 목소리로 불고, 쌓인 눈도 태곳적 모습으로 누워있다는 느낌이 들었다. 거대한 공룡 알처럼 허공에 희고 둥글게 떠 있는 희양산 큰 바위의 낯선 모습과 1000년 넘은 산문의 역사가 나그네의 감회를 그와 같이 부추겼으리라.

－깨달음의 궁극은 무엇입니까?

－생사윤회로부터 영원한 자유를 얻는 것이겠지요.

부질없는 줄 알면서도 D일보 독자들에게 알리고 싶은 게 무엇이냐고 물었다. 수처작주하면 입처개진(隨處作主立處皆眞)이지요. 산문을 나서는 나그네에게, 주인 노릇 잘하면 된다는 임제선사의 가르침을 나직한 목소리로 건네주었다. 선문답이었다.

하회마을 2016-04-28

강이란 무엇인가? 그것은 단순한 물줄기가 아니라 삶의 젖줄이자 문명의 토대이다. 강은 사람들을 불러 모아 촌락을 이루게 하고, 강은 자연의 섭리와 우주의 원력을 한데 모아 인재를 낳고 철학을 낳고 예술을 낳는 에너지를 제공한다. 갠지스강이 그랬고, 나일강이 그랬고, 세느강이 그랬고, 낙동강이 그랬다. 강이 없는 역사, 강이 없는 문명은 세상에 없다. 그래서 다산 정약용은 "둑 위에는 세 그루 버드나무/울타리 밑엔 십리나 되는 모래밭/그 안에 자리 잡은 정자 좋기도 해라/돌아보니 여기가 내 집이로구나"와 같이 강가에 집을 짓고 싶어 했고, 김소월은 엄마와 누나와 함께 반짝이는 은모래 강변에서 가을 노래 들으며 살기를 꿈꾸었다. 조선조 실학자 이 중환이 그의 택리지에서 사람 살기 좋은 곳으로 모래밭 강변을 첫째로 꼽은 것도 같은 이유에서 일 것이다.

마을을 한 바퀴 돌아, 다시 봄바람 일렁이는 강가에 서서 아득한 옛날 조선조적 하늘을 떠올려본다. 그날은 부용대 밑 낙동강이 도도하게 한여름 밤을 흘렀으리라. 강물 위에 배 띄우고 강물 가득 달걀 불을 밝혔으리라. 그날 만송정 모래강변엔 정월 대보름달이 휘영청 밝았으리라. 청홍색 띠를 두른 초랭이가 겨울밤이 깊도록 어깨춤을 추었으리라. 하회 선유 줄불놀이는 양반들의 축제였고, 하회별신굿탈놀이는 상민들의 놀이였다. 양반들의 축제와 상민들의 놀이가 어떻게 갈등 없이 공존할 수 있었을까? 유례를 찾기 힘든 하회마을의 반상문화 공존현상은 품앗이 덕분이었다고 한다. 하회별신탈놀이에 양반들은 경비를 대고 상민들은 양반들의 선유 줄불놀이에 노동을 대었던 것이다. 양반들이 누리던 음주가무 흥취가 최고조에 오르도록 상민들은 절벽 아래로 불붙인 솔가지를 던지며 낙화야!를 외쳤고, 양반들은 자신들을 비판하고 풍자하는 탈놀이에 필요한 경제적인 지원을 아끼지 않았다. 반상의 신분이 엄격하게 구분되었던 때이고 보면 문화적 품앗이를 통해 갈등과 저항을 줄이고 조화로운 삶을 양위할 수 있었던 하회마을 사람들의 지혜는 놀라운 것이었다.

언제 이 마을을 다시 찾을 수 있을까? 차창에 기대어 유수부쟁선(流水不爭先)! 노자의 한 구절을 떠올려 본다. 흐르는 강물은 앞을 다투지 않고 비상사태에도 무리하지 않는다. 산이 막아서면 돌아가고, 바위를 만나면 몸을 나누어 지나간다. 웅덩이를 만나면 다 채우고 뒷물을 기다려 함께 앞으로 나아간다. 앞물과 뒷물이 평화롭게 손잡고 흐른다. 하회마을 사람들은 태극형상의 낙동강으로부터 신분의 다름을 차별이 아닌 차이로 이해하고 서로를 존중하는 삶의 자세를 배웠을 것이다. 음과 양이 힘을 합쳐 더 큰 차원의 역동적인 에너지를 이룬다는 태극사상의 소중함을 깨달았을 것이다. 그 깨달음의 문화적 실천이 줄불놀이와 별신굿놀이의 공존, 아름다운 반상 문화의 어울림으로 태어났을 것이다. 언제 어디서고 강은 인류의 위대한 스승이었다. 갑의 을에 대한 횡포가 도처에서 자행되고, 금수저와 은수저가 딴살림을 차린 지 오래인 작금의 세태에 비추어볼 때 특히 그렇다.

봉정사 2016-06-16

언제보아도 절 마당은 정갈하다. 새벽 예불이 끝나면 마당을 쓰는 일부터 스님들의 일과가 시작된다고 한다. 마당은 단순한 물리적 공간이 아니라 불성을 가진 생명체이어서 아침 마당은 쓸어서 깨우고, 저녁 마당은 스스로 저물도록 잠재운다고 한다. 지금 영산암 마당은 한낮이어서 나비가 날고, 바람이 불고, 이 산 저산 다투어 뻐꾹새 운다. 이곳을 찾은 길손도 모두 떠나고 날이 저물면 하루 일을 마친 마당도 잠자리에 들리라. 나 혼자 여기 남아 잠든 마당을 거닐고 싶다. 조심조심 거닐며 마당의 잠꼬대를 엿듣기도 하다가… 문득 마음의 눈이 트일지도 모를 일이다. 옛날 한 옛날, 능인 스님에게 전해준 천등(天燈)의 행방을 찾을 수 있을지도 모를 일이다. 여인의 모습은 보이지 않는다 하더라도 미혹의 늪에서 허덕이는 우리에게 하늘이 내려준 고마운 등불! 영산암 흙 마당이 바로 그것임을 깨닫게 될 테니까.

한국국학진흥원 2016-07-07
-편액-

도올 김용옥이 사금파리 깨지는 목소리로 외치지 않는다 하더라도 모든 역사는 현대사이고, 현대사이어야 한다. 그렇다면 우리는 '충효당'에서, 민족공동체의 위태로운 앞날을 걱정하는 서애 선생의 훈계를 귀담아 들어야 하고, '반계정'에서, 속세의 찌든 일상을 등진 산림처사의 청빈낙도를 몸으로 배워야 하고, '도산서원'에서, 직업훈련소로 전락한 교육풍토를 개탄하는 퇴계 선생의 꾸지람을 무릎 꿇고 들어야 하고, '영모재'에서, 보험금을 노려 제 어미를 죽이는 인면수심의 세태를 뼈아픈 마음으로 반성해야 한다.

전통문화유산의 조사연구를 통해 미래사회를 이끌어갈 정신적 좌표를 확립하는 것! 한국국학진흥원의 설립목적이자 존재이유이다. 선비들의 정신이 진열장 속에서 살아 숨 쉬는 편액을 둘러보며 새삼 온고지신(溫故知新)이란 가르침을 떠올려 본다. 어제의 시냇물이 흘러 오늘의 강물이 되고, 오늘의 강물이 흘러 내일의 바다를 이룬다. 창신(創新)과 관계없는 옛것이란 한낱 골동품일 따름이다. '미래사회를 이끌어갈 정신적 좌표 확립'이라는 말이 전서체로 꿈틀거리듯 바람이 부고 숲들이 일렁였다. 언제부터인가 우리는 '반듯함'을 잃어버렸다. 정신적 좌표를 잃어버렸다. 선비는 죽고 졸부들이 판치는 천민자본주의의 난장판, 이를 어찌 사람 사는 세상이라 말할 수 있겠는가. 선비들의 반듯한 자세, 고고한 가르침이 그리운 이유이다.

노동은 생명의 존재 형식

나는 지금도 한 달에 한 차례 풍경의 속살을 뒤적여 세월 속의 이야기를 만나러 간다. 노동의 푸른 쇠스랑을 들고.

> 저무는 서산이 잠시 환한 것은
> 새들이 데리고 온 하늘
> 노동의 푸른 쇠스랑 때문입니다
>
> 당신은 어디 있는지

-강현국, 「천사 3」 전문

"노동은 생명의 존재 형식입니다. 모든 생명은 노동합니다. 한 송이 코스모스만 하더라도 어두운 땅속에서 뿌리를 뻗고 계속 물을 길어 올리는 노동을 하고 있습니다. 노동은 생명이 세상에 존재하는 형식입니다. 그것을 기계에 맡겨놓고 그것으로부터 내가 면제된다고 해서 내가 행복할 수 있을까요? 그리고 기계의 효율을 통하여 더 많은 소비와 더 많은 여가를 즐기게 된다면 그것으로 사람다움이 완성된다고 할 수 있을까요? 노동경감과 소비증대가 답은 아니라고 생각합니다. 노동 자체를 인간화 하고 예술화해 나가야할 것입니다."(신영복)

노블리스 오블리제

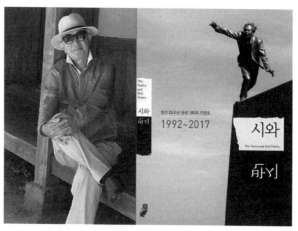

『시와반시』 지령 100호

노블리스 오블리제

꽃 피는 봄 사월 존애원을 찾았다. 흰 구름 산들 바람 향기로운 날
이었다. 한적한 들녘엔 논밭갈이가 한창이었다. 경북 상주시 청리
면 율리 353번지. 존애원까지 우복 정경세 선생의 14대 손인 정관
박사가 동행했다. 얼마 전 존애원기념사업회 책임을 맡게 되었다며
어깨를 무거워 했다. 이대로는 안 되겠는데 어떻게 해야 할지 막막
하다고 했다. 정관 박사로부터 전해들은 바 역사에 새겨진 우복 선
생의 발자국은 길이 빛날 만했고, 이 나라 최초의 사설의료기관인
존애원의 설립정신과 그 활약상은 더없이 숭고했다. 광화문을 노래
한 어느 시인의 말처럼 존애원은 '차라리 한 채의 소슬한 종교'이어
야 마땅할 것이었다. 존애원에 들어서자 뒤뜰 어디서 병마에 죽어
가는 민초들의 신음소리가 들리는 듯했다. 죽어가는 생명들을 지키
려는 선비들의 눈물어린 노력들이 눈앞에 어른거렸다.

존애원은 우복 정경세 선생이 중심이 되어 창원 김씨, 여산 송씨,
영산 김씨, 진양 정씨, 무송 윤씨, 상산 김씨, 전주 이씨, 재령 강씨,
장수 황씨, 흥양 이씨, 신천 강씨 등 11개 문중 24인의 낙사계 계원
들이 쌀과 포를 출연하여 선조 32년(1599년) 설립한 우리나라 최초

의 사설 의료기관이다. 계유년(1993년) 2월에 경상북도 지방문화재 제89호로 지정돼 갑술년(1994년)에 정부의 문화재보수 계획에 따라 보수공사를 마쳤다. 무인년(1998년)과 계미년(2003년)에 각각 담장 및 주변정비공사, 외부 주차장 및 화장실 시설공사를 거쳐 오늘에 이르게 되었다. 하지만 존애원의 모습은 그 역사적 의미에 비해 아무래도 초라해 보인다. 네모진 흙 담장, 2단으로 된 마당, 얕은 자연석 기단 위에 마루를 중심으로 좌우 온돌방 배치, 쌓여닫이문, 온돌방 후편 수납공간인 벽장이 시설의 전부다. 건립 당시 존재했다는 창고와 당우, 혹은 그 이후 본격적으로 건립되었을 시설들은 그 위치와 규모조차 전혀 알 수 없어 안타깝다.

중국의 선비인 정자선생(程子先生)의 존심애물(存心愛物-본심을 지켜 기르고 남을 사랑함) 이란 말을 취하여 존애당이라 이름지었다.

대저, 남과 내가 비록 친소는 다르나 한가지로 천지간에 태어나 한 기운을 고르게 받았은즉 만강(滿腔)의 차마 못하는 어진 마음을 미루어 동포를 구활(救活)함이 어찌 사람의 본분을 다함이 아니랴.(중략) 유마힐(維摩詰)은 위(位)가 있는 자가 아님에도 능히 백성의 병을 보기를 자기의 병을 보듯 하였는데, 하물며 우리는 유자(儒者)이며 또 나와 남이 한가지라 여기는 자임에랴. (이준, '존애원기')

박애정신에 기초한 공동체 의식을 정신적 주춧돌로 한 존애원의 설립은 애물(愛物)이 곧 제물(濟物-모든 이를 구제함)로서 이의 실천이 곧 선비의 도리라 여겼던 살아있는 선비정신의 발현이었다. 물론 그것은 시대적 요청에 의한 것이었다. 존애원이 설립된 상주 땅은 군사 요충지여서 임진왜란의 피해가 여간이 아니었음을 조정은 그의 임란일기에서 아래와 같이 기술하고 있고,

'오후에 길을 떠나 속리산에 도착하여 자주(慈主)를 뵈었는데, 큰 절에는 역질이 크게 번졌으므로 동암(東庵)으로 사저를 옮겼다. 심중(審中)의 병은 차도가 많이 있으나 다만 원기가 극도로 쇠약하여 소생되기가 쉽지 않으니 염려스러웠다. 자주께서 부리는 노복과 정자댁(正字宅)의 노비 등 8, 9명이 모두 역질에 걸렸는데 대산(大山)과 검시(儉是)는 이미 작고하였고, 그 나머지도 위석(委席)해 누웠다고 하였다. 병이 위중할 뿐만 아니라 양식이 떨어져 구원할 길이 없었으니, 병이 수월하다 하더라도 굶주리는 것이 뻔한 일이었다. 마음이 아픈 나머지 걱정스러움이 또한 이루 말할 수 없었다.」(선조 26년 2월 18일)

우곡(愚谷)은 그의 시 '亂後還故居(난후환고거)'에서, 당시의 황량한 내면풍경을 이렇게 노래하고 있다.

옛 마을 황량한데 새들만 지저귀고, 뜰 가득 잡초 자라 인적도 적적하네.

내 죽잖아 터럭은 서리 같은데, 나랏일 아직도 위태해 꿈속 혼이 놀라네.

아들 아비되어 살아있음 한스러운데, 손자 없는 자식 묻자니 말

앞서 눈물일세.

진종일 꽃지는 푸른 산 속에, 외로이 창천을 우러러 문을 닫지 못하네.

그 기막힘을 형언할 길 없다. 조정의 기록과 우곡의 시는 7년여에 걸친 임란의 폐해, 극에 달한 민초들의 굶주림과 대책 없이 죽음에 내몰린 질병의 고통을 핍진하게 말해주고 있다. 비극적 참상에 대한 사실적 기록의 바탕에는 민초에 대한 사대부의, 아니 인간에 대한 인간의 관심과 사랑이 연민의 정조로 자리하고 있다. 인간애의 숨결인 연민의 정조가 박애정신으로 승화되어 그 모습을 드러낸 것이 존애원이었다. "저 불쌍한 백성들이 어이 살아 나갈 것인가." 통탄한 선비들의 노블리스 오블리제의 실천이 존애원이었던 것이다.

임진왜란 직후 극에 달한 백성들의 폐해를 나라도 어쩌지 못할 때 정경세, 이준, 성람, 김각, 강응철, 기광두, 등 지역의 선비들이 분연히 떨치고 일어나 시대적 재앙에 맞섰던 선비정신의 실천이 존애원의 설립이었다. 나아가 이는 일찍이 보여준 지역자치, 주민자치의 모범사례이기도 하다. 이 역사적 사건의 주역은 우복 정경세 선생이었다. 한 연구와 존애원기는 아래와 같이 우복 선생의 선비로서의 품격과 지도자로서의 도량을 알려주고 있다.

정경세는 서애 류성룡을 통해 퇴계 이황의 학통을 이은 대표적 학자이자 관료였다. 일찍이 문과에 급제하여 출사한 후 스승인 류성룡과 정치적 진퇴를 같이 하였는데, 임난 말기에는 경상도 관찰사에 특별히 임명되어 그 마무리에 공헌한 바 있었다. 하지만 임란 직후 북인의 탄핵으로 인해 고향인 상주에 내려와 있으면서 존애원을 설립하는데 주도적 역할을 하였던 것이다. 이후 인조대에는 영남 남인을 대표하는 인물로 출사하여 서인 집권기임에도 불구하고 한때 이조판서에 양관대제학을 겸하는 지위에까지 올랐을 뿐아니라 정묘호란이 일어났을 때는 경상도 지역의 의병과 군량 모집의 책임자인 경상도호소사에 임명될 정도로 명망이 두텁고 위상이 높았던 인물이었다. 따라서 존애원 설립 당시 37세라는 비교적 젊은 연령대임에도 불구하고 퇴계 학통상의 위상과 당상관이라는 관력상의 명망으로 인근의 사족들을 규합하는 주도적 역할을 수행할 수 있었던 것이다. (우인수, '존애원의 기능과 역사적 지위')

하루는 그(우복) 친구 성람과 상의하기를 "우리는 혈육을 지닌 몸으로 한서의 침해를 받아 사백가지나 되는 병이 침공해 오는데도 약은 한두 가지도 갖추지 못해 왕왕 비명에 죽으니, 그것이 바위 담장 아래서 질곡에 죽어가는 것과 같지 않은가? 지금 공은 시서와 학문에다 의술에도 통달하였다. (중략) 이제 동지들과 대략 약재를 모아 급할 때 쓰고자 하니, 진료하고 투약하는 일은 공의 일이다"라고 하니, 성람이 마땅한 일이라 여겼고, 여러 사우 또한 혼연히 참여를 원하여 협력하려 하였다.(이준, '존애원기')

안타깝게도 지금 이 땅엔 품격 높은 선비도, 도량 넓은 지도자도 찾아보기 힘들다. 권모술수가 난무하는 정치, 저 혼자 잘 살겠다는 천박한 경제, 끝 간 데 없이 경쟁을 부추겨 인성을 해치는 교육, 한 생명이 짐승처럼 살육되는 단말마(斷末摩)의 외침에도 귀 막고 낮잠 자는 사회…. 어느 하나 병들지 않은 곳 없어도 아무도 아프지 않은 게 오늘을 사는 우리들의 일그러진 자화상이 아닌가. 유마힐도 찾을 길 없고, 선비정신 소멸한지 이미 오래인데 누가 있어 이 시대가 요청하는 존애원을 세운다 하겠는가? 존애원이 보여준 박애정신을 바탕으로 한 환난상휼(患難相恤), 인간다운 세상을 지키려 했던 예속상교(禮俗相交), 문장과 학문을 장려했던 교학상장(教學相長) 등은 얼마나 소중한 가치이자 배워야할 덕목인가. 갈갈이 찢긴 인간관계, 이념적 대립과 계층 사이의 갈등, 무너진 학교 교육, 위태로운 민족공동체로 신음하는 오늘, 이 땅을 위해 선비정신이 살아 숨쉬는 존애원의 재건은 절박한 사안임이 분명하다.

가까이는 신묘년(2011년)에 상주문화원(원장 김철수) 주최로 존애원 설립에 관한 학술발표회를, 상주청년유도회 주관으로 존애원 의료구휼행사를 시연하기도 하고, 만시지탄은 있지만 존애원 기념사업을 서두르고 있다하니 여간 다행이 아니다. 선조들의 숨결이 그리울 때 찾아가서 마음을 추스르고 잃어버린 선현들의 발자취를 체득하는 산 도량으로 다시 태어나는 존애원의 그날이 기다려진다.

My way

2011년 사단법인 녹색문화컨텐츠개발연구원 출범식. 노동일(전 경북대 총장),
박찬석(전 경북대 총장, 국회의원), 필자, 아내 전교숙, 문무학(시인, 대구시 예총회장).

My way

-박찬석 총장-

2016년 6월 25일, '박찬석 세계지리산책' 371강 주제는 My way이었다. 그날은 박총장님의 희수, 77세 생일이기도 했다. 어느 한적한 큰길가 식당에서 점심을 먹고 군위군 산자락에 지은 총장님의 전원주택에서 작은 음악회를 즐겼다. 아름다운 토요일 오후였다.

  흥에 겨운 그는 자원해서 프랭크 시나트라의 My way를 불렀다. 서툴렀지만 열창이었다.

  And now the end is near/And so I face the final curtain/MY friend, I'll say it clear/I'll state my case of which I'm certain/I've lived a life that's fullI/I've traveled each and every highway/And more, much more than this/I did it my way

  Regrets, I've had a few/But then again too few to mention/I did what I had to do/And saw it through without exemption/I planned each chartered course/Each careful step along the byway/And more, much more than this/I did it my way//Yes, there were times/I'll sure you knew/When I bit off more than I could chew/But through it all/When there was doubt/I ate it up and spit out/I faced it all and I stood tall/And I did it my way

I've loved, I've laughed and cried/I've had my fill, my share of losing/And now as tears subside/I find it all so amusing/To think I did all that/And may I say - not in a shy way/Oh, no, oh no not me I did it my way

For what is a man,/What has he got?/If not himself then he has naught/To say the things he truly feels/And not the words of one who kneels/The record shows/I took the blows/And did it my way/Yes, it was my way

And now the end is near/And so I face the final curtain을 부를 때의 목소리는 애절했고, 되풀이되는 And did it my way를 부를 때는 한껏 목청을 높였다. 가사의 내용으로 미루어 보건데 My way를 자신의 노래로 부를 수 있는 사람의 일생은 후회 없는 삶이었겠다.

되돌아보니 내가 총장님을 만난 지 어느덧 십년이 지났다. 참 쓸쓸했던 어느 날이었다. 그를 만난 것은 내게 축복이자 행운이었다. 그는 내 삶의 멘토이자 롤 모델이기 때문이다. 큰 형님 같은 그에게서는 늘 오월 보리밭 냄새가 났다.

칼끝이 풀려 물소리로 흐르는데 한 세대가 걸렸다.

아버지는 지리산 자락 가난한 소작농이셨다. 공부가 싫은 나를 굳이 먼 타지로 유학을 보내셨다. 한풀이였을 터이다. 소여물 먹일 일도 없고 너무 좋아서 놀기만 하다가 67명 중에 67등을 했다. 칼끝으로 긁어서 꼴찌를 1등으로 둔갑시켰다. 아버지는 돼지를 잡아 동네잔치 벌이셨다. 아들농사 잘 지었다 박수를 받으며 파안대소하셨다. 돼지 멱따는 칼끝 소리가 정오를 알리는 사이렌처럼 온 동네를 한바탕 들었다 놓았다. 댑싸리 그림자도 달구새끼들도 헛간으로 잦아들며 혼비백산하였다. 추녀 끝에 옮겨 붙은 번갯불처럼 새빨간 거짓말의 혼비백산이 내 일기장에 피칠갑을 하였다. 칼끝으로 조심조심 맨살이 돋도록 긁어내었다. 사랑은 숫자가 아니어서 쉽지는 않았지만 산지사방 흩어진 내 아버지의 붉은 살점들을 정갈하게 수습하던 고해의 날들은 되돌아보니 아름다웠다. 사실 저가 중학교1학년 때 1등을 한 것은…. 됐다. 알고 있었다. 소주 나 한 잔 받아라. 민우 들을라. 칼끝이 풀리는 물소리였다.

告解에서 聖事까지 이르는데 한 세대가 걸렸다.
-강현국,「박찬석 총장·1」전문

나는 노인입니다.
이 시대의 노인은 무식합니다.

그가 맨발로 몇 억 광년의 銀河를 건너 명왕성 저 너머까지 갔다가 새벽이슬에 젖은 신발을 신고 오늘도 걷는다마는 정처 없는 이 발길로 대구시 남구 대덕아파트 12층 계단을 오르는 것은 캄캄하게 빛나는 모순형용이다. 노인은 누구나 어떻게 폼 나게 죽을 것인가를 걱정합니다. well dying, well dying을 꿈꾸는 그가 어느 날 1m 퍼팅을 놓쳐 3천원을 잃었다고 가슴을 치는 것 또한 낯선 여인숙에서의 하룻밤 풋사랑처럼 빈 하늘 가득 덜거덕거리는 모순형용이다.

내 놀던 옛 동산에 이제와 다시 보니
산은 산이고 물은 물이다.

- 강현국, 「박찬석 총장 · 2」 전문

어느 시인의 표현처럼 그를 키운 건 바람이 아니라 8할이 집념이리라는 것이 내 생각이다. 그가 가진 집념이 부럽고 존경스럽다. 팔십이 불원한 나이에 그는 이태리 요리를 배우러 다니고, 손자뻘 대학생 틈에 끼어 서반아어와 중국어를 배운다. 그 뿐이랴. 드라이브 비거리를 늘이기 위해 하루도 거르지 않고 실내 자전거를 타고 바벨을 든다. 우주가 궁금해서 코스모스를 읽고, 생명이 궁금해서 이기적 유전자를 읽고, 비행기 대합실에 앉아서도 소싯적에 읽었던 카프카의 변신과 까뮈의 이방인을 다시 읽는다. 나는 그의 독서량에 기가 죽고, 허리가 아파서 요즈음은 서서 책을 읽는다는 그의 학문적 열정에 주눅이 들곤 한다.

지리산 자락 산청, 총장님의 생가에서 하룻밤을 묵은 적이 있었다. 비가 오락가락하는 여름이었다. 모깃불을 피워놓고 삼겹살을 구워 소주를 마셨다. 그가 들려 준 아버지, 어머니 이야기는 감동이었다. 문맹의 부모님이 고물장수를 하며 자녀를 교육시킨 이야기는 세상에 남겨야할 휴먼 다큐였다. 그 아버지에 그 아들이라는 생각이 들었다. 기록으로 남겨야 한다고 졸랐다. 그러잖아도 오래전에 틈틈이 메모해 둔 것이 있는데 비밀번호를 잊어버려 파일을 찾을 수 없다고 난감해 하셨다. 기억을 되살려 쓰면 되지 않느냐고, 후세에 남겨야 할 자식의 도리가 아니겠느냐고 어린애처럼 졸라대었다. 그의 집념은 부모님의 삶으로부터 체득한 것이 분명해 보였고, 집념이란 누구에게나 필요한 삶의 근육이리라는 생각 때문이었다. 그보다는 끝까지 한 우물을 파 보지 못한 내 젊은 날의 후회막급 때문인지도 모르겠다.

"사람이 할 수 있는 일이라면 할 수 있다. 저는 '남'이 할 수 있는 일이 아니라, '사람'이 할 수 있는 일이면 나도 할 수 있다고 생각합니다. 쌀 한 가마니를 잔디밭에 쏟아 놔도 손으로 다 주울 수 있는 사람입니다. 참고 견디고 오래 하는 건 자신 있습니다."라고 하시던 그의 인터뷰 한 도막이 떠올랐다. 집념어린 삶의 이야기를 세상 사람들에게 들려주고 싶었다. 내가 기획한 청소년 지도자를 위한 강좌에 초대했다. 특강 내용을 그대로 옮긴다. 아무래도 내가 바라는 그의 자서전은 오래 소식이 없을 듯하므로.

노인은 무식하다

여러분을 만나서 반갑습니다. 그러나 이렇게 귀한 시간을 내어 준 여러분에게 고맙습니다만, 솔직히 들려줄 만한 이야기가 마땅치 않습니다. 청소년 지도자 과정이므로 선생님들보다 청소년들에게 꿈과 희망을 실천하기 위하여 어떻게 청소년을 지도를 해야 할 것인가를 고민해 보았습니다. 그러나 솔직히 여러분들에 들려줄 말이 없습니다. 나는 노인입니다. 이 시대의 노인은 무식합니다. 우리의 유년 시대에는, 할아버지는 많은 지식과 경험이 있으므로 마을의 부족장이었습니다. 노인에게 물었습니다. 농사를 하는 젊은 사람들이 내일 비가 올까요? 하고 물으면 오랜 경험으로 바람과 구름의 방향, 개미의 움직임(비가 많이 올 때는 개미는 먼저 집을 옮긴다)을 보고, '내일 비가 올 것 같네' 하고 답을 합니다. 그러면 청년들은 먼저 밭을 갈고 씨앗을 뿌려두는 것입니다. 기근이 들 때는 어떤 산채를 뜯어 먹어야 하는지, 홍수가 났을 때도 어디로 피난을 가는 것이 안전한지를 오랜 경험으로 일러 주었습니다. 그래서 동네의 노인은 어른이고 항상 존경심을 갖고 있었습니다. 그러나 지금은 지식에 관하여, 상식에 관하여 노인에게 물어 보지 않습니다. 모든 지식은 인터넷 상에 있으므로 스마트폰만 가지고 있으면 됩니다.

나는 노인입니다. 노인의 나이를 65세에서 70세로 올린다 하더라도 나는 역시 노인입니다. 현대는 세대별로 보면 노인이 가장 무식합니다. 여러분은 Smart Phone을 통하여 엄청난 정보와 지식을 얻고 있습니다. 저도 서반아어를 공부를 하는데 서반아어 CD를 스마트 폰에 넣어서 운전을 하면서도 길을 걸으면서도 들을 수 있을까 해서 카페에서 학생에서 물었습니다. CD를 컴에 깔고, 그것을 다시 스마트 폰으로 받아야 한다는 이야기를 듣고 밤이 늦도록 작업을 했지만 성공하지 못했습니다. 아예 카페에 CD와 노트북을 가져가서 도와 줄 사람을 찾아 도움을 받은 적이 있습니다. '노인이 가장 무식한 세대가 되었습니다.'

늙어보지는 못했다

여러분이 아무리 똑똑해도, 살아온 경험은 노인만 하지 못 할 것입니다. 나도 대학시절이 있었고, 젊은 시절이 있었습니다. 들뜬 마음으로 사랑하는 여인에게 밤새도록 연애편지도 써보았고, 아침에 보면 편지가 하도 유치해서 북북 찢어버리기도 했고, 사랑과는 관계없이 한 여인과 결혼도 해보았고, 아이도 5명이나 낳았고, 교육도 시켜보았습니다. 외국여자를 데리고 와서 결혼하겠다고 하는 아들에게 타이르다가 못해, 호적에서 네 이름을 파버릴 것이라고까지 했고, 너는 내 자식이 아니다 라고 까지 협박도 해 보았고, 철부지 바보 같은 녀석이라고 나무라기도 했습니다. 그리고 군대도 가 보았고, 얼토당토 않은 일로 얻어맞기도 해보았고, 내 감정에 북받쳐 죄 없는 후배를 때리기도 하면서 군대생활을 끝을 내기도 했습니다. 부탁 부탁하여 술도 사주고 밥도 사주며 취직도 했습니다. 신문사 기자, 무역회사 사원, 중학교, 고등학교, 초급대학, 대학교 교수를 해보았습니다. 많은 부자도 권력가도 만나보고 부러워도 해 보았습니다. 그러나 이제 노인은 모두가 한 가지 준비를 하고 있습니다. 어떻게 폼나게 죽을 것인가를 걱정합니다. 아무리 well dying, well dying 한다고 하지만, 늙고 쪼잔하고 추잡게 늙고 병들어 죽는 것뿐입니다. 기대하지는 않지만, 각오는 하고 있습니다.

여러분은 아무리 능력이 있다 해도 늙어보지는 못 했을 것입니다. 그러나 이런 글을 읽은 적이 있습니다. 아프리카의 말리의 작가 아마두 아파네 바의 1960년 UNESCO회의 연설에서 '노인은 성스러운 존재이다. 노인 한명이 죽는 것은 도서관 하나가 불타는 것과 같다'는 말에 위안을 받습니다. 나 같은 노인이 죽는 거야 무슨 도서관에 비유될까 마는 저가 초등학교에 7살에 들어가서 75살까지, 거의 68년 동안 살았던, 느꼈던, 경험했던 일의 일부를 여러분들에 전해 드리고자 합니다.

어떤 수도승

오래 전의 이야기 입니다. 대구의 근처에 큰 사찰이 있습니다. 주지스님을 찾아갔는데 주지스님이 앉아있는 장판이 날카로운 칼로 북북 찢겨져 있었습니다. 거기에서 손님을 맞고 있었습니다. 수인사가 끝이 나고, 나는 장판을 쓰다듬으면서 스님을 쳐다 보니, 주지스님은 '중놈이 그랬지요' 했습니다. 나를 안내한 분이 "절에는 행정승이 있고, 선승이 있는데 선승은 득도를 위하여 기도하는 스님들입니다. 이 절에도 30여분의 스님이 있습니다. 그런데 사찰에 신축공사를 한다고 포크레인이 올라오고 조용한 사찰이 시끄러우니까 도를 닦던 스님이 주지스님의 방에 들어가 장판을 뒤집어 놓은 것입니다. "라고 일러주었습니다.

그런데 어쩌다가 그 선승을 만나게 되었습니다. 불교의 진실은 화려한 연등행사와는 달리 그 화두는 '깨달음'입니다. 수도승에게 실례를 구하고 이야기를 했습니다. 스님의 고민은 무엇입니까? 했더니 조실스님이 나에게 병을 깨지 말고 병 안에 주먹보다 큰 돌을 넣으라고 합니다. 어떻게 병을 깨지 않고 병목보다 큰 돌을 넣을까 하고 고민을 하고 있는 중이라고 답했습니다. 나는 단순한 생각에 병을 깨지 않고서는 불가능한 일이고, 병에 열을 가하여 녹여서 말랑말랑할 때 주둥이를 늘여서 넣으면 안 되겠느냐고 했더니, 선승은 나를 보고 빙긋이 웃더니 그걸 말이라고 하느냐 하는 시늉을 하면서 "그렇게도 생각을 해 보았습니다. 병에 열을 가해서 넣은 일을 왜 나에게 시키겠느냐"고 반문했습니다. 쉬운 화두를 나에게 주었겠느냐 했습니다. 나는 나대로 말도 안 되는 일을 갖고 고민을 하는 스님이 딱해보였습니다. 어떻게 좁은 병 주둥이를 벌려서 그 큰 돌을 어떻게 넣었는지 알 수는 없는 일입니다. 병에 돌을 넣은 스님만이 하산할 수 있다는데…. 인생을 터득하라고 조실스님이 내린 화두일 것입니다. 마치 '인간이 영원히 죽지 않고 사는 방법'을 찾아보라고 하는 말과 같이….

한 권의 책

양첸닝(프랑크린 양)은 1920년 중국에서 태어나 노벨물리학상(1957)을 받았습니다. 지금도 중국에 살고 있는 향년 93살입니다. 만나본 일이 있습니다. Stoney Brooks 대학에서 만난 일이 있습니다. 어떻게 공부를 했기에 노벨물리학상을 받게 되었느냐? 상식적인 질문을 했습니다. 1920년 북경에서 태어나서 고등학교를 다닐 때, 1937

년 중일전쟁이 일어났습니다. 그래서 남쪽으로 피난을 갔습니다. 처음에는 후베이성으로 갔다가, 다음은 원산성 쿤밍으로 피난을 갔습니다. 아버지가 수학선생이었고, 어머니는 장군의 딸 이었으므로 부자였습니다. 이사를 갈 때 많은 책을 트럭으로 싣고 다녔습니다. 그러다가 우마차로 나중에는 리어커로 그러다가 이사 짐이 등짐으로 변했습니다. 가져온 책을 버리기 시작했는데, 양첸닝도 가져온 책을 다 버리고, 한권만 가져다녔습니다. '열역학'이라는 물리학 책이었습니다. 1945년 전쟁이 끝날 때까지 한권의 책밖에 없었고, 그 책이 표지가 닳도록 외우다시피 읽었다 합니다. 청화대학에 다니다가 1947년에 미국 시카고 대학으로 유학을 갔습니다. 물리학과목을 여러 개 들었는데 모두가 열역학의 응용에 지나지 않았다 합니다. 한권의 책에 정통하니 다른 책은 모두가 비슷비슷하더라는 것입니다. 하나 책을 통하여 물리학 전체를 관통한 것입니다. 많은 정보과 지식이 넘쳐흐르는 지금 하나의 원리를 정통하는 것이 잡다한 지식을 많이 아는 것 보다 중요하다는 이야기로 들렸습니다. 학생들도 보면 영어 공부를 한다고 영어책이 책 중에 가장 많으면서도 영어에 정통하지 못하는 것은 하나의 책을 관통하지 못한 이유가 아닌가 합니다.

스톱워치가 달린 의자

저가 1975년에 미국 유학을 갔습니다. 하와이 대학교입니다. 그런데 도서관에는 대학원생들에 주는 사물함이 있었는데 대학원생이 필요로 하는 사물함이 턱없이 부족했습니다. 도서관에서는 도서관에 오지도 않으면서 사물함만 차지하는 학생들을 배제하고 실수요자에게 사물함을 주고자, 도서관내의 대학원생 사물함을 얻는 프로그램을 만들었습니다. 9월에 입학인데 두 달 앞당겨 나는 7월에 도착을 했고, 마땅히 할 일도 없고 해서 도서관에서 주관하는 '도서관에 오래 앉아 있기 대회'에 참여를 한 것입니다. 오래앉아 있는 석차 순으로 15명에게 사서함이 제공되는 것입니다. 24시간 문을 여는 도서관입니다. 의자와 책상이 붙어 있는 의자입니다. 의자에는 무게를 다는 스톱워치가 붙어 있었습니다. 의자에서 궁둥이가 떨어지면, 시계가 스톱이 됩니다. 궁둥이가 의자에 붙어있는 한 시계는 계속 돌아갑니다. 결국 도서관의자에 오래 앉아있기 대회인 셈이지요. 도서관에서는 실수요자 학생에게 사서함을 주기위하여 고안한 안 이었고, 부수적으로 도서관의 분위기를 바꾸기 위한 것이었습니다. 그러므로 의자에 오래 앉아 있는 학생이 이기는 것이었습니다. 그러니까, 만화책이던 소설책이던 무엇이던 가져와서 앉아있기만 하면 됩니다. 당시 저는 대학의 조교수로서 유학을 갔지만, 좀 엉터리였습니다. 제대로 책을 한권을 통독한 기억이 나지 않을 정도였고, 그러고도 교수를 할 수 있었던 시절입니다.

대학교수과 왜 그리 바쁜지 차분히 앉아서 책을 시간이 없었습니다. 앉아있는 시간보다 서서 서성이는 시간이 더 많았습니다. 대회에 참가한 첫날 하루 종일 앉아 있다고 생각을 했는데, 5시간에 지나지 않았습니다. 도서관 사서는 매일 아침에 와서 시간을 체크하고, 기록을 해 갔습니다. 내가 몇 시간을 앉아있느냐가 중요한 것이 아니고, 사서함을 하나 얻으려면 참가한 20명의 학생 중에서 몇 등을 하느냐가, 석차가 중요하기 때문에 3일 만에 찾아가서 나는 평균 몇 시간을 앉아 있었고, 전체 중에서 석차가 어떻게 되느냐고 물었더니, 나는 평균 6시간이고, 일등은 중국 학생인데 평균 10시간을 앉아 있다는 것이었습니다. 오래 앉아 있으니 옆구리, 허리, 목이 아파서 매우 힘이 들었습니다. 10일 쯤 되니 옆구리 허리통증이 사라지고, 오래 앉아 있는데 통증이 줄었고, 습관화되어 갔습니다.

아무리 두터운 소설책도 하루면 다 읽을 수가 있었습니다. 읽는 공포가 사라졌습니다. 15일이 되니 궁둥이에 굳은살이 박히는 것을 알 수 있었습니다. 첫 1주일의 성적이 좋지 않아서 평균 시간이 좋지 않았지만, 마지막 20일 동안은 저가 가장 오래 앉아 있던 학생이었고, 하루에 15시간을 앉아 있을 수가 있었고, 때로는 하루에 18시간을 앉아 있었던 적도 있습니다. 영어 공부를 위하여 야한 영어 소설을 많이 읽었는데, 한 시간에 사전을 찾아가며 5페이지를 읽지 못하던 소설책을 마지막 10일에는 하루에 한권의 소설책을 읽을 수가 있었습니다. 한 달 동안에 기적 같은 일이 생겨난 것입니다. 그 후로 아무리 두꺼운 책도 교재를 한 시간 3페이지, 하루에 30페이지, 한 달이면 아무리 두꺼운 책이라도 볼륨 때문에 겁이 나지 않았습니다.

용서와 관용

저는 고향이 경남 산청군이고, 지금도 거기에 살고 있습니다. 단계 초등학교를 나왔고, 고향에서 버스로 7시간 타고 나와야 대구에 도착 할 수 있는 벽지입니다. 지금은 1시간 30분 거리입니다만 그때는 그랬습니다. 어머니 아버지가 학교를 다니지 못했고, 문자를 읽을 줄을 몰랐습니다. 자신이 노동자의 신세로 소작인의 신세로 사는 것은 모두가 학교를 다니지 못했고, 글을 읽지 못했기 때문이라고 생각을 하셨습니다. 그래서 큰 아들인 나에게는 어떻게 해서든지 학교를 보내야겠다고 생각을 했습니다. 그런데 저는 반대로 학교 공부보다 산과 들에 뛰어노는 것이 더 좋고 공부하기가 싫었습니다. 시골학교를 졸업하고 중학교에 가야했습니다. 소작농을 하는 아버지의 형편에 저를 중학교에 보낼 수가 없었습니다. 당시 큰아버지 집이 대구에 있었고, 대구에 '부치기'로 학교에 다닐 수가 있었습니다. '부치기'는 도시에 있는 친척집에 아들을 맡기고, 일 년에 쌀 한가마니를 주는 것으로 하숙비를 때우는 것입니다. 1950년대 당시는 그런 사례가 많았습니다.

대구중학교를 다녔습니다. 대구중학교는 그런대로 좋은 학교였습니다. 저는 아버지가 '공부하라, 공부해라' 하는 소리가 싫었고, 대구에 오니 부모의 간섭을 벗어나 놀기가 너무 좋았습니다. 여름방학이 되어 고향집으로 가야했습니다. 즐거운 여름방학이 되었습니다. 선생님이 호명을 해가며 통지표(성적표)를 학생에게 나누어 주었습니다. 성적표가 배분될 때, 가슴이 두근거렸는데, 막상 성적표를 열어보자 기가 막히는 것이었습니다. 석차가 67/67등이었습니다. 저가 저의 반에서 꼴등이었습니다. 어느 사회에서나 꼴찌는 있는 것입니다. 그러나 하필이면 나일까? 나는 성적표를 갖고 교무실 담임 선생님께 찾아가서 이 성적으로는 집에 가져 갈 수 없으니 아무에게도 알리지 않을 터이니 고쳐달라고 했습니다. 울고 또 울었습니다. 하도 괴롭히니, 선생님이 화가 나서 '공부를 하지 않고 성적을 고쳐달라고 임마' 하고, 귀싸대기만 두어 대 얻어맞고 나와야

했습니다. 이 성적표를 가지고는 고향집에 갈 수가 없었습니다. 어떻게 할까 고민을 하다가 고치기로 결심을 하고 성적을 1/67로 고쳤습니다. 중학교 1학년 솜씨로 잉크로 쓰여 있는 성적을, 영어 수학 국어 음악의 성적을 그대로 놓아둔 채로 석차만 고쳤으니 그 조잡성을 누가 보아도 위조라는 것을 쉽게 알 수 있는 수준이었을 것입니다.

고친 성적표를 들고 고향으로 가서 부모님에게 인사를 했고, 아버지는 통지표를 보자고 했습니다. 아버지가 한참 통지표를 보더니만, 깊게 한숨을 쉬면서 어머니에게 넘겼습니다. 당시 아버지 나이가 계산을 해보니, 35세였습니다. 잘했다 못했다는 말씀은 하지 않았습니다. 어머니가 보시고 잘했다고 하였습니다. 나는 큰 고비를 넘겼다고 생각했습니다. 우리 동네는 작은 마을로 10호 정도가 사는 동네였지요. 그 중에서도 우리 집은 동네에서 가장 가난한 집이고, 그러면서 아들을 멀리 대구에 까지 유학을 보낸 집이었습니다. 방학이 되고 동네 어른들에게도 인사를 하였습니다. 아버지 친구들이 찾아와서 '찬석이 공부 잘 했었느냐? 물었습니다. 가난하여 먹기 살기도 힘든 집안 주제에 대구에 유학시킨다는 아버지의 태도에 대하여 동네 어른들은 매우 못마땅하게 생각하고 있었습니다. 학비도 못내는 주제에 딸에게 헤르메스 스카프를 사주는 어머니쯤으로 동네 어른들에겐 허영으로 비쳤을 것입니다.

동네 어른 찬석이는 공부 잘 했다 카드나?

아버지 일등을 했다 카더라 마는 앞으로 봐야제….

동네 어른 그래 대단하구나 촌에서 대구 가서 일등을 했으면 한턱내야지… 명순(아버지이름)이 농사는 못 지어도 자식농사는 잘 지었네… 한턱내야지….

사실 우리 집에는 식량이 부족한 형편이어서 국수라도 한번 삶을 형편이 아니었습니다. 며칠이 지났습니다. 내가 시냇가에 먹을 감고 돌아오니, 우리 집에 잔치가 벌어졌습니다. 내가 대구중학교에서 1등을 했다는 사실에 아버지는 우리 집의 유일한 재산인 돼지를 잡은 것이었습니다.

동네 어른 명순(아버지 이름)이 농사일은 잘못해도, 자식농사는 하나 잘 지었다. '앞으로 경찰서장감이다' '면장감이다' '대통령' 감이다.

나는 억장이 무너지고 정말 죽고 싶은 심정이었습니다. 먹으라는 돼지고기는 먹지 않고 다시 강으로 나가서 깊은 물속에 들어가서 숨을 쉬지 않고 있었고, 내 주먹으로 내 머리를 때리면서 울기도 했습니다. 그때 그 충격은 60년이 지난 지금도 생생합니다. 그렇게 해서 여름방학을 보내고 대구에 나오면서 공부를 하기 시작했습니다. 열심히 공부를 하여 겨울방학 때 통지표에는 7/67의 석차가 적혀 있었습니다. 성적이 내려갔다고 종아리를 맞았습니다. 그래도 여름방학의 성적위조를 고백하지 못했습니다.

세월이 흘러, 1970년에 경북대학교 전임강사 발령을 받는 날이었습니다. 집에는 내가 대학에 취직한 것을 자축하기 위하여 불고기 파티가 열렸습니다. 식사를 하는 자리에서 아버지에게 드릴 말씀이 있다했습니다. 저는 중학교 1학년 때 성적위조 문제로 아버지에 대하여 항상 양심의 가책을 갖고 있었습니다. "사실 저가 중학교 1학년 때 1등을 한 것은…." 하고 입을 열자 아버지는 "됐다. 알고 있었다. 소주나 한 잔 받아라. 민우(나의 아들, 당시 초등학교 2학년)들을라?" 했습니다. 나는 정말 어안이 벙벙했습니다. 그 뒤 내내 그 말씀이 떠나지 않았습니다. 지금도 그 날의 아버지를 생각을 하곤 합니다. 아버지는 학교 앞에도 가보지 못한 교육을 받지 못한 분입니다. 내가 성적을 고친 줄 알고 있으면서 돼지를 잡아 동네잔치를 했단 말인가? 그 돼지는 우리 집 재산 1호였습니다. 상상이 안 되는 이야기였습니다.

그러던 아버지를 94세를 일기로 돌아가실 때까지 저가 모셨습니다. 대학총장이 되고, 국회의원이 된 후에 아버지에게 다시 물었습니다. 그 때 어쩌시려고 식량도 없고 유일한 재산인 돼지를 잡아 잔치를 했어요. 왜요? "우짜노? 네가 1등을 했다 카지, 동네사람들은 내가 자식농사를 잘 지었다고 칭찬이 자자하지." "성적 고친 줄을 몰랐어요?" "왜 몰라 고친 것을 알았지만 넘어가는 것이 좋다고 생각했지. 지는 어찌 모르겠나. 다음 학기 7등을 안했나. 자식한테는 속고 사는 것 아이가? 돼지가 아깝지만…. 그래도 잘 안 살았나. 그리고 네가 정신 차리고 잘 안 되었나(출세를 안했나)." 교육으로 이야기 하면 나는 대학, 대학원, 박사과정을 마치고, 중학교교사, 고등학교, 교육대학, 경북대학교 교수를 하면서 시험 칠 때 잠깐 곁눈질 하는 학생을 혼내주고, 시험지를 북북 찢어 버린 일도 있었습니다. 아버지의 자식에 대한 용서가 오늘의 저를 만들었다고 생각합니다. 그때만 그런 것이 아닙니다. 저가 학비를 타 갈 때에도 정말 가난했지만, 100원달라면 120원을 주시고, 200원을 달라면 220원을 주셨습니다. 내가 가정형편을 생각하여 더 적은 잡비를 요구하게 되었습니다. 용서와 관용이 사람을 만드는 과정이라 생각합니다. 노인의 경험이 여러분의 삶에 조금이라도 도움이 되었으면 좋겠습니다.

수도승의 화두가 그렇고, 스톱워치가 그렇고 양첸닝의 한 권의 책이 그렇고, 아아 무엇보다 문맹의 아버지의 자식 사랑이 그렇다. 윗글의 주제도 내게는 집념으로 읽힌다. 집념이란 무엇인가? 성공의 열쇠라고 쉽게 말하지 말자. 그것이 한낱 출세가도를 달리기 위한 악착스러움의 다른 이름이라면 어찌 그에게서 오월 보리밭 냄새가 날 수 있겠는가. 1m 퍼팅을 놓쳐 3,000원을 잃었다고 가슴 치는 그에게서 어찌 풋사랑의 향기를 맡을 수 있겠는가. 아마도 그에게서의 집념이란 성적표를 고치던 칼끝으로부터 I did it my way에 이르는, 후회 없는 생의 추동력이라고 말해야 하리라.

Twitter 2010

2010년 11월 서울 워커힐

Twitter 2010

三年不飛又不鳴

3이라는 숫자, 3년이라는 세월, 삼세판이라는 말… 3년이 지나자 캄캄한 터널의 출구가 보이기 시작했다. 흐릿한, 그러나 여명같은. 2010년이 내게는 그런 해였다. 내 몸 어딘가에서 들려오는, 내 몸 어딘가를 여린 부리로 쪼아대는 영혼의 재잘거림, 워밍업 위해 기지개 펴는 순간들의 twitter;

"전하, 신이 수수께끼를 하나 내겠습니다. 언덕 위에 새가 한 마리 있사온데, 3년 동안 날지도 않고 울지도 않습니다. 이 새는 무슨 새겠습니까?" 장왕이 대답했다. "3년이나 날지 않았으니 날면 장차 하늘까지 차고 오를 것이오. 3년이나 울지 않았으니 한번 울면 세상 사람들을 놀라게 할 것이오. 오거는 물러가 있으시오. 내 알고 있소."

莊王卽位三年, 不出號令, 日夜爲樂, 令國中曰, 有敢諫者死無赦. 伍擧入諫, 莊王左抱鄭姬, 右抱越女, 坐鐘鼓之間. 伍擧曰, 願有進隱. 曰, 有鳥在於阜, 三年不蜚不鳴, 是何鳥也. 莊王

曰, 三年不蜚, 蜚將衝天. 三年不鳴, 鳴將驚人. 擧退矣. 吾知之
矣. 居數月, 淫益甚. 大夫蘇從乃入諫. 王曰, 若不聞令乎. 對曰,
殺身以明君, 臣之願也. 於是罷淫樂, 聽政, 所誅者數百人, 所
進者數百人, 任伍擧蘇從以政. 國人大悅. 是歲滅庸.

2010.7.10

새처럼, 봄날을 노래하는 노고지리처럼, 숲과 구름 사이 뻐꾹새
처럼, 꽃처럼, 빈들에 핀 백합처럼, 한 줌 바람과 한 뼘 땅과 한 방울
이슬로 넉넉한 들꽃처럼… 그대 마음이 허공에 닿았다면 날 찾는
이 없다 해도 노래는 아름답고 해가 진다해도 향기는 멀리 간다.

2010.7.11

- 고요의 남쪽: 기도/묵상/침묵의 거소
- 초록의 빈 터: 꿈/희망/비전의 터전
- 오래된 약속: 믿음/의지/예정의 현장

행복은 고요의 남쪽으로부터 발원하여 초록의 빈 터를 지나 오래
된 약속처럼 우리를 찾아온다. 그대 아픈 지금 그 자리를 살펴보라.
초록 싹이 돋는 아픔, 물과 바람과 햇볕과 흙의 아픔, 아름다운 열
매들의 아픔, 허공을 위한 아픔!

2010.7.13

인생에 주어진 의무는/다른 아무것도 없다네./그저 행복하라는
한 가지 의무뿐./우리는 행복하기 위해 세상에 왔지.(헤르만 헤세)

울지 마라. 눈물은 흐르는 강물로 족하다. 세월이 그대를 속인다 할지라도 가슴 뜯지 마라. 노여움은 고추밭 땡볕으로 족하다. 바람 불어 산 너머 남촌 그대와 함께이니 생은 그 때, 거기 출렁이는 보리밭 같이 싱그러운 것;

2010.7.14
만리장성이 허물어진 곳에서 실크로드는 발원한다. 我相의 성벽을 허물지 않고 어찌 바람의 빛깔을 읽을 수 있겠는가.

2010.7.31
불교도들의 시각에 따르면, 고통의 근본 원인은 무지와 욕망과 미움입니다. 이것들은 '마음의 세 가지 독약'으로 불립니다.

2010.8.8
당신이 바꾸려는 행동이 무엇이든, 노력을 통해 이루려고 하는 특별한 목표가 무엇이든, 당신은 그 일에 대한 강한 의지와 소망을 갖는 일에서부터 시작할 필요가 있습니다. 당신은 무엇보다 강한 의지를 가져야 합니다. 그리고 의지를 갖기 위해선 반드시 절실한 마음이 필요합니다. 절실한 마음은 당신이 문제를 극복하는 데 매우 중요합니다. (달라이라마)

2010.8.11
달라이 라마가 분노와 미움을 버리기 위한 가장 중요한 수단으로 이야기한 것; 분노의 원인을 이해하기 위한 명상-분노에 대한 이해를 통해 그토록 해로운 마음의 상태와 전투를 벌이는 것.

2010.8.13

문제에 해결책이 있다면, 걱정할 필요가 없다. 해결책이 없다면 역시 걱정해도 소용없는 일이다.

2010.9.25

전할 수 있는 희망이 있어 감사했습니다. 많은 말을 하지 않아도 함께 흘린 눈물 한 방울로 서로 위로가 되니 감사했습니다. 함께 아픔을 이겨나가는 사람들과 손을 마주 잡고 "더 좋아질 거예요. 더 잘 될 거예요." 힘 있게 말해줄 수 있어 감사했습니다.

어느 분이 신문에 실린 저의 인터뷰 기사를 보시고 화상환자를 돕고 싶은 마음이 생겨 화상환자후원회에 큰돈을 기부하셨다고 합니다. 그 따뜻한 사랑으로 그간 경제적인 어려움으로 치료받지 못하던 42명의 아이들이 무료 진료를 받고, 이제 곧 차례차례 수술을 받게 될 것입니다. 굽은 손가락을 펴게 되고, 없어진 귓바퀴를 만들고, 다물어지지 않는 입을 다물고, 눈을 감을 수 있게 되고, 붙어버린 발가락을 떼어 걸을 수 있게 될 것입니다.

생명이 얼마나 소중한 것인지, 사랑이 얼마나 따뜻한 것인지, 절망이 얼만큼 사람을 죽일 수 있는지, 희망의 힘은 얼마나 큰지, 행복은 얼마나 가까이에 있는지, 기쁨과 감사는 얼마나 작은 것에서부터 시작되는지, 진정 세상에 부질없는 것들이 무엇인지, 우리 인생에 정말 중요한 것이 무엇인지, 내가 앞으로 마음을 쏟고 시간을

바쳐야 할 영원한 가치는 무엇인지, 지난 10년의 시간이 제게 알려 주었습니다. (이지선)

2010.10.30

기도하면 적도 친구로 바꾼다. 그런 면에서 기도는 새로운 관계 의 시작이다. 원수를 위한 기도보다 더 강한 기도는 없을 것이다. 그러나 그것은 가장 어려운 기도이기도 하다. 우리의 본능에 가장 어긋나기 때문이다.(헨리 나우웬)

2010.11.2

논어 6계명

己所不欲 勿施於人 / 不患人之不己知 患不知人也 / 過而不 改 是謂過矣 / 攻乎異端 斯害也已 / 君子 求諸己 小人 求諸人 / 君子和而不同 小人同而不和

2010.11.21

시간이 가만히 서 있는 곳이 있다. 빗방울이 꼼짝도 하지 않고 공 중에 멈춰 있다. 시계추는 반쯤 흔들리다가 말고 둥둥 떠 있다. 개 들은 코를 쳐들고 소리 없이 짖는 자세다. 행인들은 실로 매달리기 라도 한 듯 다리를 허공에 든 채 먼지 낀 거리에 얼어붙어 있다. 대 추야자와 망고와 미나리 향이 공기 중에 멈춰 있다.

또 시간이 가만히 서 있는 곳에 가면 건물 그늘에서 연인들이 끌 어안은 채 입맞춤을 하면서 절대로 놓아주지 않고 가만히 있는 광경을 보게 된다. 사랑하는 남자는 지금 팔을 걸치고 있는 그 자리에서 팔을 절대로 떼지 않을 것이고, 추억이 담긴 팔찌를 절대로 되돌려주지 않을 것이며, 연인을 두고 멀리 여행을 떠나는 일이 절대로 없을 것이고, 질투하는 법이 없을 것이며, 다른 사람과는 절대로 사랑에 빠지지 않을 것이고, 시간 속에서 지금 이 순간 지니고 있는 정열을 절대로 잃지 않을 것이다.

시간의 한가운데 있지 않은 사람들은 움직이기는 하지만 빙하가 움직이는 듯한 속도다. 머리를 빗는 데 1년이 걸릴 수도 있고, 입맞춤 한 차례에 천 년이 걸릴 수도 있다. 얼굴에 지은 미소가 엷어져가는 사이에 바깥 세계에서는 계절이 여러 번 바뀐다. 아이를 얼싸안는 사이에 여기저기에 다리가 새로 건설된다. 작별 인사를 나누는 사이에 도시가 무너져 내리고 기억 속에서 사라지는 것이다.

어떤 사람들은 시간의 한가운데에는 가지 않는 것이 제일이라고 생각한다. 인생은 슬픔이 담긴 그릇이지만, 삶을 사는 것은 숭고한 일이고, 그리고 시간이 없으면 삶도 없는 것이라고, 또 어떤 사람들은 다르게 생각한다. 이들은 만족스러운 기분을 영원히 간직하고자 한다. 설혹 그 영원이 표본 상자 속에 박힌 나비처럼 꿈쩍도 하지 않는 것이라 해도.(앨런 라이트맨)

2010.11.27
나는 그분이 내 곁에 계시면서도 전 우주를 품고 계시다는 사실을 아주 구체적으로 깨달았다. 내가 기도했고 사람들에게 얘기했던 예수님이 바로 그분이셨으나, 이제 그분은 더 이상 어떤 기도나 말도 원하시지 않는다는 사실도 깨달았다. 모든 것이 온전했다. 그 경험을 압축해 두 개의 단어로 표현한다면 바로 생명과 사랑이었다. 그러나 그 단어들은 진정한 임재 속에 육체가 되어와 있었다. 그토록 친밀하게 나를 둘러싸고 있는 그 생명과 사랑 속에서 죽음은 힘을 잃어 자취를 감추고 말았다. 마치 거센 파도가 어디론가 사라져버린 바다 한가운데를 지나고 있는 듯한 기분이었다. 건너편 해안에 이를 때까지 나는 안전하게 보호받고 있었다. 모든 질투와 원한과 분노가 눈 녹듯 사라졌고, 사랑과 생명이 내가 이제껏 염려해온 그 어떤 힘보다도 크고 깊고 강하다는 사실을 목도했다. (헨리 나우웬)

2010.12.5

심리학자들이 성공하는 사람의 말을 분석 연구한 자료가 있다. "I won't."(나는 하지 않을 것이다)라고 말하는 사람은 성공할 확률이 0% 이다. "I can't."(나는 할 수 없다)고 말하는 사람의 성공할 확률은 10% 이다. "I don't know how."(나는 어떻게 해야 할지 모르겠다)라고 말하는 사람은 20%이다. 그런데 "I think I might."(내가 혹시 할 수 있을지도 모르겠다)라고 말하는 사람은 50%이다. "I think I can."(나는 할 수 있다고 생각한다)라고 말하는 사람은 70%이다.

그러나 "I can."(나는 할 수 있다)라고 말하는 사람은 90%이다. 그리고 "I can do by God."(나는 하나님의 도우심으로 할 수 있다)고 말하는 사람은 성공할 확률이 거의 100%이다.(김진홍)

2010.12.9

145 자등명 법등명自燈明 法燈明

자신을 등불로 삼아 밝아지고, 법을 등불로 삼아 밝아지라는 석
가모니 부처님의 유언은 언제 들어도 감동적이고 명쾌하다. 유언이
라면 이 정도는 돼야지 않을까. 쓸데없는 욕심과 어리석음이 가
득한 말들을 유언이라는 이름으로 자식들에게 발설하지 말자. 그냥
조용히 떠나자. 떠나는 순간이라도 업을 짓지 말자.(정효구)

성공한 삶이란, "무엇이든 자신이 태어나기 전보다 조금이라도
나은 세상을 만들어놓고 가는 것, 당신이 이곳에 살다간 덕분에 단
한 사람의 삶이라도 더 풍요로워지는 것.(랄프 에머슨)" 해가 바뀌면
녹색문화컨텐츠개발연구원은 문을 열 것이다. 창파에 돛단배 자등
명 법등명 떠나보낼 것이다. 에머슨의 깃발 펄럭일 것이다.

겨울 오고 첫눈 오고 그리움도 외로움도 겨울처럼 첫눈처럼 찾아
오는데 기다리는 소식은 아직도 없고 아직도 없다고 마중 갔던 내
마음 글썽이며 돌아오는지 창문 흔드는 오직 찬바람.

2010.12.11

자동차 옆 거울에는 '사물은 나타나 보이는 것보다 더 가까이 있
다'고 영문으로 쓰여 있다. 지옥도 천국도, 우정도 적개심도, 꿈도
환멸도… closer than that appear.

2010.12.13

구병산 '이상한 숲 속 농원'에는 오래된 새소리 자판기가 있다 백원짜리 동전 세 개만 있으면 쪼르릉 쪼르릉, 시원한 방울새 소리 한 잔 내려다 마실 수 있다(송찬호)

송찬호는 내 시골 마을 옆 동네 산다. 어느 봄날 나는 그에게서 고추모종 한 판을 얻어 텃밭을 가꾼 적 있다. 이상한 숲 속 농원이 있는 구병산은 내 시골집에서 북쪽으로 멀리 잘 보인다.

九屛山, 아홉 폭 병풍 뒤의 세계는 내 어릴 적 꿈의 동력이었다. 그곳은 별똥별 지는 곳, 은하수가 흘러가서 시냇물을 이루는 그리운 신세계였다.

매밀꽃축제가 열리는 그곳 구병리에서 지난 늦가을 나는 황현산, 이원, 송승환, 함돈균, 박상수, 김사람, 권기덕과 함께 도리탕 안주로 송로주를 취하도록 마셨다. 송로주에 많이 취한 우리는 장님이 되는 중이어서 참 좋은 한 저녁을 보냈었다.

새/자판기/사슴/매밀꽃/호리병/노루구름과 인간인 우리 사이 경계를 찾을 수 없었던, 이상한 숲 속 농원은 얼마나 황홀했던가!

2010.12.14

이익을 우선으로 하는 사람은 참담한 결과를 얻을 것이고 명분을 우선으로 하는 사람은 영광을 얻을 것이란 순자의 이 이야기는 명

분과 이익은 선후의 문제이며 선후와 본말을 정확히 알고 추구해야
한다는 것입니다.

2010.12.15

시간처럼, 하늘 나는 새들의 발자국처럼, 실개천에 두고 간 물소
리처럼, 그리움의 이목구비처럼, 외로움의 손발처럼, 그렇게 흔적
없는 당신, 당신이라 부르면 기화되어 증발하는 당신처럼, 그렇게
나는 너의 여래. 오늘은 내일의 여래이니….

2010.12.22

그러나 그 할아버지에게는 동굴이 아니라 터널이었습니다. 동굴
은 빠져나갈 곳이 없습니다. 그러나 터널은 빠져나갈 곳이 있습니
다. 믿음은 동굴이 아니라 터널입니다.

2010.12.23

어제는 동지, 겨울답지 않게 포근했다. 사무실 곁을 흐르는 신천
을 아주 천천히 걸었다. 『시와반시』의 등짐을 공적으로 넘겨받기
위해 불편한 순간을 건너야 했다. 심호흡이 필요했던 것.

질주 끝에, 질병 같은 내달림 끝에, 해독을 끼치는 내달림 끝에
처박힌 추악의 초상으로부터 벗어나는 데는 채 10분이 걸리지 않
았다.

한심함을 달래려 질주하지 않고 아주 천천히 고속도로를 저속으

로 달려 한 제자를 만나러 갔다. 악몽의 긴 세월을 지워야 했다.

그는 화왕산 아래서 우주의 빛을 받고 있었다. "선생님, 모든 에너지는 빛으로부터 와요. 가만히 있어도 이렇게 행복해요." 불퇴전의 명상. 빛을 향한 불퇴전. 빛은 소리 없이 그렇게, 주민등록 없이도 그렇게, 세상 가득 그렇게!

2010.12.24
하늘엔 영광! 땅에는 평화!

2010.12.28
'비움'이란 말의 뿌리말은 '빛움'으로 이는 "빛이 움터난다"는 말이다. 어디선가 본.

2010.12.29
151. 니르바나
필리핀 마닐라에서 본 유흥업소의 이름이 '니르바나'이다. 밤이 깊어질수록 가난한 도시의 니르바나 간판이 찬란하다. 죽음과 같은 無我 속에서만 니르바나가 찾아온다는데 그곳의 사람들도 無我之境을 체험하는 것일까. 그러나 진정한 무아는 나를 잊거나, 잃는 것이 아니다. 그것은 무지하여 잊거나 잃었던 큰 나를 본래대로 되찾는 것이다. 그런 점에서 무아는 나를 버리는 것이 아니라 나를 넘어서는 것이다. 버리는 것은 포기이지만 넘어서는 것은 사랑이다. (정효구)

치욕의 기억을 버리지 말고, 상처의 순간들을 버리지 말고 치욕의 기억과 상처의 순간들을 넘어서자. 하늘이 풀어놓은 새떼들처럼. 노동의 하늘을 불러들이는 겨울 숲의 니르바나!

2010.12.31
괴테가 쓴 소설 파우스트에 다음의 구절이 있다. "껍질을 벗지 못하는 뱀은 죽는다."

자술연보

아버지, 어머니 영정사진

자술연보

1949년, 경북 상주시 화남면 임곡리 79번지에서 이버지 우모(宇模), 어머니 달성 서씨 차례(次禮)사이에서 3남 2녀 중 장남으로 태어났다. 정확한 생년월일은 호적과는 달리 무자년(1948년) 1월 27일(음력) 자시이다. 내가 태어난 곳은 경북 상주시와 충북 보은군이 실개천을 사이에 두고 마주 앉아 있는, 내 어머니 말씀에 따르자면 하늘까지 70리 밖에 되지 않는 두메산골이다. 구병산을 뒤흔드는 대포소리에 자주 까무라치며 잦은 병치레와 함께 유년을 살아남아 여기까지 왔다. 1955년, 평온초등학교(지금은 폐교가 됨)에 입학했다. 뻐꾹새 소리를 들으며 산길 3km를 넘어 다녔다. 해질녘이면 연못가에 앉아 까닭 없는 슬픔에 잠기곤 했다. 1961년, 충북 보은군 탄부면에 있는 보덕중학교에 입학했다. 20여리 먼 산길을 통학과 하숙과 자취를 해가며 졸업했다. 충청도 말씨와 달라서 경상도 보리문디라고 놀림을 받곤 했다. 소속감의 결여로 인한 심한 외로움에 시달렸다. 1963년, 보덕중학교 개교 이래 처음으로, 한강 이남의 최고 명문고라 자랑하던 대전고등학교에 합격함으로 주위의 선망을 샀다. 외가에서의 부치기 생활과 하숙집을 전전하며 심한 홈 시크에 시달렸다. 산을 넘어 가는 고압철탑을 보며 고향 그리움을 시로 썼던 기억, 학교 백일장에서 '너'라는 제목으로 입상을 했던 기억이 있다. 1학년 때 국어 선생님이 시인(김대현)이셨는데 처음 보는 시인의 분위기가 신기했고, '지구가 돌아가는 소리를 듣는다'는 시인 선생님의 말씀을 오랫동안 의아해 했다. 1966년, 서울대학교에 낙방했다. 1967년, 생에 가장 긴 1년이었다. 가출을 시도하다 불발에 그치기도 했다. 한하운의 전기를 읽으며 찔끔거렸던 기억이 있다.

해방 20주년을 기념하는 어느 일간지에서 김춘수 시인의 「꽃」을 읽고 큰 충격을 받았다. 그 충격을 '이국 여인의 살갗에 몸이 닿는 낯섬'이라고 쓴 적 있다. 1968년, 1년 동안의 길고 긴 재수생활을 마치고 경북대학교 사범대학 국어교육과에 입학했다. 합격이 만만하고 공납금이 싼 지방의 국립대학이라는 점, 김춘수 시인이 계시는 대학이라는 것이 대학선택의 이유였다. 국어국문과가 아닌 국어교육과가 콤플렉스였다. 김춘수 시인이 지도교수였던 복현문우회에 가입, 김광수, 이정우, 손병현 등 선배들을 따라다니며 권기호, 권국명, 전재수 시인 등을 만났다. 학교 공부가 시들해서 강의실보다는 향촌동 술집을 더 자주 들락거리며 이하석 등 자유시 동인들과 교유했다. 얼마못가 문을 닫고 말았지만 학사주점 델레스망을 열어 민청련 사태로 사형 당한 몇몇 투사들과 술을 마시기도 하고 최루탄을 마시며 북부경찰서에서 하룻밤을 묵기도 했다. 대학생활 4년간은 방황과 가난으로 영일 없는 나날이었다. 자주 옮겼던 가정교사 생활과, 연탄불 화덕 앞에 쪼그리고 앉아 추위를 녹이던 배고팠던 날들과 방값이 없어 야반도주하던 날의 보름달과 모기에 뜯기던 시계탑 숲속 잠자리와 그럼에도 강현국 로드라고 명명하며 걷던 회상의 언덕, 그 길의 햇살을 잊을 수 없다. 되돌아보니 회한의 세월이었다. 다시 그날을 살 수 있다면 나보다 먼저 아우를 군에 입대시키지 않을 것이고, 착한 누이를 시골로 전학시키는 이렇듯 끔찍한 천추의 잘못을 저지르지 않을 것이다. 1971년, 10월 이준일이 그림을 그린 시화 아홉 편으로 회전다실에서 졸업시화전을 했다. 1972년, 대학 졸업과 동시에 육군에 입대, 12237166 군번을 받았다. 정읍, 부안, 고창 등 35사단 예하 부대를 전전하다가 모악산 OP에서 길고 지루한 사병생활을 끝냈다. 데모하다 쫓겨 온 바둑기사 박치문과 깡소주 마시며 모악산 꼭대기에서 제대말년을 보냈다. 모악산에서 소재를 얻은 「어느 싸이코의 추억」이 『현대문학』 초회 추천 작품이 되었다. 1775년, 충북 옥천군 청산중고등학교 교사로 부임 첫 사회생활을 시작했다. 대학 문학서클 복현문우회 시

1978년: 김춘수 선생과 함께

절 시화전 그림을 그려준 인연으로 알게 된 캠퍼스 커플 전교숙과 2월 22일 오후 2시 고려예식장 2층에서 김춘수 선생을 주례로 모시고 결혼했다. 군대생활 내내, 빠짐없이, 1주일에 한 장씩 105장의 편지를 보내 준 전교숙의 사려 깊은 사랑 덕분이었다. 아내와의 만남은 내게는 행운임이 틀림없지만 아내에게는 불운이었는지 모르겠다는 생각이 들기도 한다. 그러나 어쩌랴. 행운이든 불운이든 운명인 것을. 1976년, 김춘수 선생 추천으로 『현대문학』 추천 완료 시인이 되었다. 〈자유시〉 동인으로 활동했다. 1977년, 누이 동생 현자 연탄가스 사고사, 세상이 꺼지는 비탄을 느꼈다. 죽음이 내 곁에도 있다는 사실에 놀랐다. 경북대학교 교육대학원 국어교육과 석사과정에 입학했다. 1978년, 딸 지운이 태어났다. 12월 25일 크리스마스 날이었다. 누이가 떠난 자리 어린 생명이 찾아왔다. 공녀들의 학교인 제일합섬 부설 성암여자고등학교로 직장을 옮겼다. 1980년, 아들 교현이 태어났다. "김수영 시에 나타난 현실참여의 특성연구"로 석사학위를 받았다. 1981년, 울산공업전문대학으로 직장을 옮겼다. 드디어 대학교수가 되었다. 김성춘 시인과 자주 어울렸다. 1982년, 오규원 시인이 운영하는 〈문장사〉에서 첫 시집, 『봄은 가고 또 봄은 가고』를 출간했다. 김성춘 시인의 소개로 오규원 시인과 친교를 맺었다. 경북대학교 국어국문학과 대학원 박사과정에 입학했다. 1983년, 대구교육대학교 국어과 교수로 자리를 옮겼다. 마침내 국립대학 교수가 되었다. 1986년, "강현국 시인의 동해기행", "이육사 탐방" 등 대구 MBC TV 특집을 시작으로 한동안 방송활동을 했다. 1988년, "한국 근대시의 바다 이미지 연구"로 문학박사 학위를 받았다. 대구 MBC TV 와이드 프로그램 "오늘의 窓" MC로 김보경 아나운서 등과 3년여 활약했다. 1991년, 대구문인협회 지회장 선거에 나섰다가 4표 차로 낙선했다. 내 삶과 문학활동의 전환점이 되었다. 서종택 등과 대구시인협회를 만든 뒤, "시인대학" 운영 등 1년여 활동 중 뜻이 맞지 않아 그만 두었다. 아버지 강우모 집사 한 많은 세월의 등짐 부려놓으시고 단풍이 붉은 가을 날 하늘나라 가셨다. 1992년, 박재열 시인 등과 시 전문 계간 문예지 『시와반시』를 창간했다. 서울이 아닌 지방에서의 본격 문예지 출간은 한국근대문학 100년사에 처음 있는 일로서 자부심이 컸다. 부산, 광주., 제주 등 지방문예지 출간 러시의 기폭제가 되었다. 전국 언론의 관심과 격려와 우려와 쪼잔한 이웃들의 시샘을 한 몸에 받았다. 『시와반시』가 1년 이상 지속 되면 손가락에 장 지지겠다는 소문에 대해, 창간 1년 기념 라디오 인터뷰에서 "『시와반시』 망하기에는 이미 때가 늦었다고" 응수했던 기억이 아직도 새롭다. 대구교육대학교평생교육원에 "문예대학"을 개설, 10여 년간 수많은 예비 문인 배출 등 지역문학 저변확대를 위해 정성을 쏟았다. 되돌아보니 공도 많았지만 과도 적지 않았다. 두 번째 시집 『절망의 이삭』을 출간했다. 1993년, 산문집 『너에게로 가는 길』을 출간, 처음으로 인세를 받았다. 〈쓰기〉교과서 편찬심의위원으로 위촉받아 자주 교육부를 들락거렸다. 1994년, 시론집 『시의 이해』를 저술했다. TBC 대구방송으로 자문위원으로 위촉 받았다. TBC 사가를 작사했다. 1996년, 세 번째 시집 『견인차는 멀리 있다』를 출간했다. 대구 MBC TV "체험, 함께 사는 사람들"을 6개월 간 진행했다. 1997년, 뉴질랜드 크라이스트처지 교육대학과 자매결연을 협정했다. 김형술 시인이 편집 디자인을 한 시선집 『프랑스 영화』를 출간했다. 그 기념으로 어려운 이웃을 생각하는 문화 이벤트 "시와 아홉 송이 장미"를 무대에 올렸다. 대구문학상을 받았다. 1988년, 하는 일 없이 이름뿐인 한국시인협회 상임위원에 위촉 되었다. 1999년, 경상북도 문화상(문학부문) 심사를 했다. 2000년, 삼성생명 대구지사 사내 보험대학 개설 운영했다. 삼성생명 책임자와 어울려 골프에 빠지게 되었다. 2001년, 시선집 『먼 길의 유혹』을 출간했다. 2003년, 대구시 문화상(문학부문)을 수상했다. 2004년, 네 번째 시집 『고요의 남쪽』을 출간했다. 대구매일신문에 "시와 함께 하는 오후"를 1년 여 연재했다. 경북도 문화상 심사위원으로 위촉되었다. 2005년, 내 어머니 서차례 권사 지팡이 곁에 하얀 고무신 벗어 두시고 하나님 부름 받아 가셨다. 무더운 여름이었다. 2006년, 대구교육대학교 총장에 취임했다. 많은 것을 잃고, 많은 것을 버리고 도달한 곳이었다. 딸 지운 서재원군과 결혼했다. 2007년, 전갈에게 물렸다. 1983년부터 25년 간 교수로, 총장으로, 내 삶의 한 가운데를 부려놓았던 대명동을 떠났다. 청천벽력이었다. 내 꿈의 3일천하가 덧없이 끝나고 3년불비의 지옥살이를 했다. 외손자 동현이가 출생했다. 외손자의 옹알이가 지옥 속의 나를 지켜주었다. 2008년, 아내와 함께 그리스, 터키를 여행했다. 사도 바울의 2차 전도여행지들이었다. 김진홍 목사와 함께 하는 지중해 크루즈 성지순례였다. 비단장수 루디아의 빨랫터와 이스탄불의 아름다운 해변이 잊혀지지 않는다. 2009년, 역사는 이긴 자의 편일 뿐 이 땅에 정의는 존재하지 않음을 확인하는 쓸쓸한 법정 체험을 했다. 구병산 자락을 혼자 떠돌며 세상에 대한 적개심을 삭이려 애썼다. 김수영의 시 「그 방을 생각하며」를 주머니 속에 넣고다녔다. "혁명은 안되고 나는 방만 바꾸어버렸"던 것이다. 2010년, 중국

하이난으로 가족여행을 다녀왔다. 사위 서재원의 주선이었다. 신문방송학을 전공하고 현대홈쇼핑에서 프로듀서 일을 하는 아들 교현과 Storytelling에 대한 이야기를 깊이 나누었다. 문학의 외연확장의 길이 거기 있었다. 문화콘텐츠 개발을 향한 여생의 미션을 확인하는 계기가 되었다. 『시와반시』 발행인 겸 주간을 맡게 되었다. 멀고 험한 길을 굽이굽이 돌아왔다. 결국 올 것이 온 것이었다. 비영리 사단법인 녹색문화컨텐츠개발연구원을 창립했다. 이를 악문 신산의 결실이었다. '소중한 만남, 아름다운 동행'을 모토로 '내 꿈이 이루어지는 행복한 문화공동체'를 만들고 싶었다. 동신교 곁에 사무실을 얻었다. '문예대학'에서 인연을 맺은 최상희(필용)의 도움 덕분이었다. 2011년, 법인 인가를 얻고 이사장에 취임했다. 스토리텔링 강좌 '블루오션'을 열었다. 많은 사람들과 안개 속을 걸었다. 다섯 번째 시집 『달은 새벽 두 시의 감나무를 데리고』를 출간했다. 스토리텔링 잡지 『행복더하기』를 창간했다. 『행복더하기』 제호를 『스토리텔링』으로 바꾸었다. 외손자 동영이 출생했다. 2012년, 손바닥 시집 『초록 발자국』을 출간했다. 대구일보에 스토리로 읽는 경북 문화재 연재를 시작했다. 임진왜란 때 상주의 선비들이 병들고 굶주린 민초들의 구휼을 위해 세운 '존애원'을 만난 것은 충격이었다. 아들 교현 결혼, 며느리 이현주를 새식구로 맞았다. 2013년, 영국, 프랑스, 스위스를 여행했다. 알프스의 푸른 바람과 스위스의 시골 마을, 산정에 비친 아침 햇살이 눈에 밟힌다. 『스토리텔링』을 폐간했다. 자금난 때문이었다. 2014년, 지역특성화 문화예술교육지원사업(대구문화재단) 기관으로 선정되었다. 한국직업능력개발원에 민간자격증 발급 라이센서를 얻었다. 연구원 부설기관으로 미래교육

연구소를 만들었다. Storytelling 스쿨 제자 황명희에게 소장을 맡겼다. 대구, 포항, 창원, 진주, 서울 등지에 문화교육사업 지부를 열었다. 2015년, 한 민간병원의 지원으로 제1회 시와반시 문학상을 시상했다. 지원이 끊겨 1회가 마지막 회가 되었다. 문학상에 대한 회의도 1회가 마지막 회가 되는 데 한몫했다. 마음을 기울였던 문화이벤트 '섬섬제' 또한 같은 처지가 되었다. 환멸이었다. 2016년, 사회복지공동모금회(사랑의 열매)와 삼성그룹이 지원하는 '나눔과 꿈' 프로젝트에 참여하게 되었다. 아폴리네르의 미라보 다리를 본따, '동신교 아래 신천이 흐르고 우리네 사랑도 흘러 내리네'를 문학사전에 올리고 싶었던 허황한 꿈으로 출발한 문화콘텐츠 사업이 시행착오 끝에 얻은 작은 결실이었다. 2017년, 『시와반시』지령 100호를 맞는 해이자 끔찍도 해라! 어언 내 나이 칠십 고희를 맞게 된 해이기도 하다. 『시와반시』창간 25주년, 1992년 가을부터, 크게 타락하지도 않고 단 한차례의 결호도 없이 여기까지 오게 되어 다행이다. 얼마나 많은 사람들의 따뜻한 손길이 닿아 있으랴. 100번째 만드는 기념호에 폐간사를 쓰려던 마음을 바꾸어 재창간사로 고쳐 쓰기로 했다. 그 또한 청재로, 좋은 글로, 격려와 질책으로『시와반시』를 함께 만들어 주신 소중한 사람들의 성원 덕분임이 분명하다. 문학이란 내게 무엇이었든가? 많은 것을 잃었고, 많은 것을 얻었다. 잃은 것은 마음이 아파 말할 수 없고, 얻은 것은 남루하여 밝힐 수 없다. 그러나 문학이 내 생의 동반자였으니 그 '빛깔과 향기에 알맞은' 그의 이름을 불러주는 것이 마지막 도리라고 생각하게 되었다. 그 일을 맡아 애써준 영근, 형술, 학성, 말선, 경무, 명희 등 후배 시인들이 고맙다.

되돌아보니 중심을 꿈꾸었던 내 삶의 처지가 변방이었음에 자주 쓸쓸했고, 가끔 화가 났다. 그러나 이쯤에 서서 이제 나는 내 사는 변방을 사랑하게 되었다. 신영복 선생의 가르침으로 말미암은 것이다.

"변화와 창조는 중심부가 아닌 변방에서 이루어집니다. 중심부는 기존의 가치를 지키는 보루일 뿐 창조공간이 못됩니다. 인류 문명의 중심은 항상 변방으로 이동했습니다. 오리엔트에서 지중해의 그리스 로마반도로, 다시 알프스 북부의 오지에서 바흐, 모짜르트, 함스브르크 600년 문화가 꽃핍니다. 그리고 북쪽 바닷가의 네델란드와 섬나라 영국으로 그 중심부가 이동합니다. 미국은 유럽의 식민지였습니다. 중국은 중심부가 변방으로 이동하지 않았습니다. 그러나 변방의 역동성이 끊임없이 주입되었습니다. 춘추전국시대는 서쪽 변방의 진나라가 통일했습니다. 글안과 몽고와 만주 등 변방의 역동성이 끊임없이 중심부에 주입되었습니다. 그렇기 때문에 변방의 의미는 공간적 개념이 아니라 변방성으로 이해되어야 합니다.

그러나 변방이 창조공간이 되기 위해서는 결정적인 전제가 있습니다. 중심부에 대한 콤플렉스가 없어야 합니다. 중심부에 대한 콤플렉스가 청산되지 않는 한 변방은 결코 창조공간이 되지 못합니다. 중심부 보다 더 완고한 교조적 공간이 될 뿐입니다."

-신영복

꼭 쓰고 싶은 글이 하나 남았다. 외손자 동현이의 옹알이를 해독

하는 것이 그것이다. 꼭 하고 싶은 일이 하나 남았다. '존애원 문화
콘텐츠'를 개발하는 일이 그것이다. 꼭 해야 할 일이 하나 남았다.
『시와반시』를 반듯한 후배에게 물려주어야 할 일이 그것이다.

고요의 남쪽

2017년 7월 1일 초판 1쇄

지은이 강현국
펴낸이 강현국
펴낸곳 도서출판 시와반시

2011년 10월 21일 등록(제25100−2011−000034호)
주소 대구광역시 수성구 지산로 14길, 101−2408호
대표전화 053)654−0027
팩스 053)622−0377
E-mail khguk92@hanmail.net

ISBN 978−89−8345−026−5 03800